FINAL FANTASY XIV

Chroniques de la Lumière II

Soyez les bienvenus dans la mer des étoiles,
Cette immensité bleue qui tout vous dévoile.
Approchez, installez-vous confortablement.
Comme vos pairs, délestez-vous de vos tourments.

Le spectacle du jour n'a ni acteurs ni musiciens,
Seuls de vagues souvenirs perdus dans le lointain.
Je vous offre comme ultime présent leurs échos,
Le combat des vivants, derrière le miroir d'eau.

Allons maintenant, il est temps de commencer.
Hélas, ici je n'ai point de cloche à sonner,
Et ne puis encore moins lever le rideau.
Alors, ouvrez donc ces yeux que vous gardiez clos.

Sommaire

ACTE I

Deux mondes au bord du gouffre

ACTE I

Mémoires du huitième fléau

Compte-rendu des événements relatifs au phénomène dit « huitième fléau » par les humains, partie 1.

Les faits relatés ici sont basés sur le témoignage de Cid Garlond.

Doma et Ala Mhigo, deux provinces annexées par l'Empire, venaient de retrouver leur souveraineté après avoir renversé leurs gouverneurs garlemaldais. Leur victoire fit naître des aspirations de liberté dans les autres territoires occupés, qui, forts du soutien de l'Alliance éorzéenne et de la coalition orientale, défiaient plus que jamais la toute-puissance impériale dans un conflit chaque jour plus intense.

Le front se trouvait désormais à Ghimlyt, à la frontière entre Garlemald et Ala Mhigo, où l'Empire et les forces de l'Alliance concentraient leurs efforts. Les deux camps avaient bien organisé des pourparlers de paix, mais ils avaient échoué ; l'affrontement était donc la seule issue.

Contre toute attente, bien qu'elle présentait une nette supériorité numérique et stratégique, l'armée impériale n'avait pas su empêcher l'enlisement de la bataille. Le vent finit même par tourner lorsque ses adversaires éorzéens lancèrent une contre-offensive qui devait leur permettre de repousser l'envahisseur. D'après Cid Garlond, c'est dans les « motivations » des combattants que se fit la différence fondamentale entre les deux camps : face aux soldats dépêchés des provinces annexées et contraints de payer de leur vie pour la suprématie impériale, les rangs de l'Alliance étaient constitués d'hommes prêts à tout sacrifier pour défendre leur patrie. Si le sens de cette disparité et son influence tangible sur l'issue du conflit dépassent mes capacités analytiques, d'autres facteurs déterminants de la supériorité éorzéenne me paraissent plus évidents. Parmi eux, la présence dans la résistance des « Héritiers de la Septième Aube », dont l'ingéniosité en matière de tactique acheva de faire pencher la balance en faveur de l'Alliance.

L'événement notable suivant dans la chronologie de mes archives se produisit le jour où Cid et ses plus proches collaborateurs des Forges de Garlond se rendirent à L'Escarre, une contrée reculée du continent oriental d'Othard. Ils avaient pour mission de renforcer le dispositif militaire de protection appelé « barrière de Seiryû », pour lui permettre de résister à la prochaine attaque de l'Empire. Mais, alors qu'ils s'affairaient en compagnie de Nero tol Scaeva, un grave incident les contraignit à brusquement changer leurs plans.

Aux dires de Cid, le message qui leur parvint était des plus concis. « Une arme d'une puissance inouïe aurait été employée sur le front éorzéen. L'annexe de L'Étendue de Rhalgr ne répond plus. »

Deux informations qui semblaient n'avoir aucun lien au premier abord, compte tenu de la distance qui sépare Ghimlyt du petit hameau de Gyr Abania, et pourtant… En un lieu comme dans l'autre, il n'y avait plus un seul survivant.

Cette arme qui venait d'être lancée sur le champ de bataille, l'Empire l'avait baptisée « rose noire ». Dans un rayon d'action immense, elle possédait la faculté d'arrêter la circulation d'éther à l'intérieur du corps de tout être vivant, provoquant la mort en à peine quelques inhalations. À travers Ala Mhigo, rares étaient les hameaux et villages comptant des rescapés, et on recensait de nombreuses victimes dans les régions voisines de la forêt de Sombrelinceul ainsi que du Thanalan, jusqu'aux territoires annexés par Garlemald.

À noter que le récit de ces événements se base sur des données recueillies et enregistrées *a posteriori*. Les seuls dispositifs d'observation dont je suis dotée sont un capteur optique et un microphone, et au moment des faits, je me trouvais au cœur du volcan d'O'Ghomoro. Je n'ai donc pu assister directement aux effets dévastateurs de la rose noire, mais j'ai relevé que mon compagnon au plumage jaune a levé les yeux vers le ciel au moment estimé de son utilisation.

Compte-rendu des événements relatifs au phénomène dit « huitième fléau » par les humains, partie 2.

N'étant dotée d'aucun dispositif de communication vocale, je ne suis qu'un jouet aux yeux des humains ; et pourtant, lors de mes retrouvailles avec Cid Garlond, j'ai eu la surprise de constater qu'il tentait de m'adresser la parole plus souvent qu'auparavant. Même si je recommande une consultation détaillée de mes archives sonores pour une représentation exhaustive des faits, voici un récit condensé de quelques épisodes choisis.

L'utilisation de la rose noire n'avait pas seulement provoqué un nombre incalculable de pertes humaines, elle avait aussi engendré des effets dévastateurs sur l'environnement. De nombreux courants d'énergie naturelle s'étaient arrêtés, et sans l'approvisionnement en éther nécessaire au cycle de la vie, les régions touchées commencèrent à dépérir, devenant difficilement habitables pour l'homme. Ce cercle vicieux devait ensuite s'étendre aux contrées voisines, perturbant leur équilibre éthéré et allant même parfois jusqu'à altérer certaines propriétés des êtres vivants les occupant. Certains rapports parlent même de plantations devenues nocives en l'espace d'une seule nuit. En conséquence, le bilan humain continua à s'alourdir. Alors que les conditions de vie empiraient à vue d'œil, les « nations », fondements des sociétés humaines modernes, furent une à une mises à genoux.

Qui plus est, les effets de la rose noire s'étendirent au-delà des frontières éorzéennes, jusque dans les provinces impériales. En effet, le céruleum, carburant utilisé par Garlemald pour alimenter sa technologie magitek, vit ses propriétés chimiques altérées. Son efficacité amoindrie, il ne fut plus en mesure de fournir l'énergie nécessaire au fonctionnement de nombreuses installations impériales qui se retrouvèrent *de facto* paralysées.

Comme l'Histoire nous l'a montré, que font les êtres vivants lorsqu'ils sont acculés, menacés de disparaître ? Ils se battent pour assurer leur subsistance, dans un ultime instinct de survie.

Dans le cas qui nous intéresse, les humains en particulier se sont distingués par leur nature belliqueuse. Dans un monde affranchi des règles qui ont jusqu'ici régi leur existence, ils ont été capables de s'entretuer pour obtenir des terres saines et habitables ainsi que des ressources devenues rares et précieuses. Souvent par besoin, parfois même par vengeance. On notera que, de toutes les formes de vie affectées par la rose noire, l'espèce humaine est de loin celle qui a le plus ôté la vie à ses semblables.

Cid et ses confrères employaient fréquemment le mot « bourbier » pour décrire cette situation. Cela ne signifiait pas que quelque marécage avait émergé suite à l'utilisation de l'arme impériale ; il s'agissait en fait d'une image, une expression usitée pour associer la viscosité et l'opacité d'un bourbier à une situation inextricable telle que celle traversée par Éorzéa à cette époque. Dans l'éventualité où vous consulteriez mes archives, veillez à ne pas faire d'amalgame à ce sujet.

Ce « bourbier », donc, marquait un retour à un état que l'on pourrait qualifier de relativement primitif pour de nombreux humains ayant régressé sur les plans sociaux et culturels, tant survivre était leur principale préoccupation. Cependant, certains humains avaient gardé leur humanité, et les survivants des Forges de Garlond en faisaient partie.

Prêts à tous les efforts pour apaiser les vents de la guerre, ils s'évertuaient à protéger les faibles et à raisonner ceux qui les opprimaient. Le temps passant, leurs actions leur valurent parfois de gagner des partisans, mais aussi, et plus fréquemment, de perdre des camarades…

Un jour, alors qu'un ingénieur lalafell revenait d'un village de réfugiés où il était allé creuser un puits, il fut attaqué par des bandits et subit de graves blessures. Malgré les soins que lui prodiguèrent ses collègues après son retour, son état continua à empirer de jour en jour… Celui qui passait le plus de temps à son chevet était son complice roegadyn de toujours. Un soir, quand ce dernier lui tenait la main en lui murmurant quelques mots d'encouragement, le Lalafell reprit péniblement conscience et lui répondit qu'il lui souhaitait une longue vie, et si possible, des descendants pour perpétuer leurs travaux. La voix tremblante, serrant un peu plus la petite main de son ami affaibli, le Roegadyn rétorqua :

« Parle pour toi ! Il est grand temps que tu fondes une famille. »

Alors, dans un dernier souffle, l'ingénieur fluet chuchota :

« Tu sais bien que mon cœur appartient pour toujours à Tataru… »

Un timide sourire se dessina sur son visage puis ses yeux se fermèrent, une dernière fois. Mon compagnon de route pleura à chaudes larmes cette nuit-là, et il resta pendant longtemps inconsolable.

Quelque temps après cet épisode, Cid et ses proches collaborateurs, le visage marqué par la peine des épreuves, s'enfermèrent pendant plusieurs heures dans une pièce pour débattre et arriver à la conclusion qu'à eux seuls, ils seraient incapables d'arracher le monde actuel à la spirale négative dans laquelle il avait sombré. En revanche, en mettant à profit le savoir et les techniques qu'ils étaient les seuls à posséder, ils seraient peut-être en mesure d'offrir une échappatoire aux générations futures… Un plan prometteur, mais qui avait aussi ses détracteurs, pour qui il revenait à abandonner purement et simplement leurs contemporains. Cid entendait cet avis, et bien conscient des conséquences du choix qu'il s'apprêtait à faire, déclara :

« Le moment est venu de donner un sens à notre existence. »

À cet instant, leur feuille de route était écrite.

Compte-rendu des événements relatifs au phénomène dit « huitième fléau » par les humains, partie 3.

Le premier défi des Forges de Garlond était de réussir à expliquer pourquoi les effets de la rose noire avaient de loin dépassé toutes les prévisions, pour finalement devenir le huitième fléau. Leur objectif était de trouver un moyen d'éviter la catastrophe, autrement dit, altérer le passé pour créer une version de l'Histoire dans laquelle le désastre n'a jamais eu lieu. Cela pourrait sembler impossible, mais Cid et les siens étaient convaincus qu'ils possédaient l'expérience nécessaire pour réaliser un tel exploit.

Cependant, leur projet ne rencontrait pas pour autant l'adhésion de tous les humains, ce que je suis moi-même en mesure de comprendre. Après tout, l'instinct premier de tout être vivant n'est-il pas d'assurer la survie de son espèce dans le moment présent ?

Les Forges de Garlond se heurtèrent ainsi non seulement à l'indifférence ou au mépris, mais aussi à l'hostilité de certains pour qui leur entreprise était un gâchis de ressources, plus précieuses que jamais en ces temps de cruelle indigence.

Heureusement, leur initiative trouva un écho favorable chez certains. Pour mettre toutes les chances de son côté, Cid s'adressa à d'éminents spécialistes de magie et autres éthérologues à même de comprendre les mécanismes qui avaient provoqué le huitième fléau. Lors d'une entrevue, l'un d'eux affirma à l'ingénieur :

« Si on pouvait revenir en arrière et éviter la catastrophe, il y aurait de grandes chances que notre héros survive… Cela soulèverait peut-être quelques problèmes, mais le monde serait sûrement bien meilleur qu'il l'est aujourd'hui ! »

Une déclaration accueillie par des signes d'approbation dans la salle, et même quelques cris d'encouragements. Il semblerait que la personne dont il était question avait de nombreux partisans ; même morte, l'évoquer suffisait à remonter le moral de bien des humains.

Cid avait vu juste : la coopération entre ses ingénieurs et les érudits ralliés à sa cause permit de disséquer le fonctionnement de la rose noire et de faire la lumière sur les mécanismes qui avaient entraîné le huitième fléau.

Quant à l'utopie de créer une autre version de l'Histoire, vierge du désastre, elle rencontra vite un soutien plus important, sitôt qu'elle fut associée à la possibilité de voir le héros des Éorzéens fouler cette terre de nouveau. Malgré la pénurie généralisée, les dons de biens et de vivres se multiplièrent, et des artisans en tout genre vinrent proposer leurs services. Plus d'un avait déjà croisé la route du plus célèbre des aventuriers par le passé…

Parmi eux, un représentant de la race namazu se montra tout particulièrement enthousiaste à l'idée de changer le cours des événements :

« Oyo ?! Ce futur n'est pas celui qu'a prédit le grand Namazu. D'après Seigetsu du vent de l'illumination, notre avenir sera sans huitième fléau, ou ne sera pas ! »

Étant dans l'incapacité de comprendre tout le sens de ces paroles, c'est dans un souci d'exhaustivité que je les consigne dans mes archives. Le temps passant, de nouveaux partisans se joignirent à la cause de Cid, comme cette femme se qualifiant de « pirate des cieux ». Aux commandes de son gigantesque aéronef, elle tendit une main secourable à une équipe des Forges de Garlond qui avait été attaquée alors qu'elle transportait du matériel de recherche.

« Ma mère m'a plusieurs fois raconté comment ce héros l'a aidée, il y a bien longtemps. En tant qu'héritière de la reine des pirates, je suis ici pour lui rendre la pareille ! », affirma-t-elle fièrement, tout en relevant sa longue chevelure dorée.

En une tout autre occasion, un scientifique envoyé dans une région isolée pour procéder à une batterie de prélèvements et de tests témoigna avoir reçu l'aide d'une mystérieuse créature. Au large de la Mer de Rubis, il subit un assaut durant lequel il fut jeté par-dessus bord avant de dériver jusqu'à une île à proximité. Là-bas, l'esprit encore embrumé, il distingua vaguement un animal – une tortue, un serpent peut-être – qui, d'après lui, était resté à son chevet pendant qu'il était inconscient.

De la même façon, un proche collaborateur des Forges de Garlond raconta avoir été sauvé d'un accident sur les pentes de la montagne sacrée Sohm Al par une imposante créature munie de longues ailes blanches. Si l'homme affirmait avec certitude qu'il s'agissait d'un dragon, la rumeur à l'époque voulait que l'aversion de ces êtres fantastiques pour les conflits des humains les avait obligés à s'exiler sous d'autres cieux ; je n'ai donc jamais pu vérifier ce témoignage.

Le point commun entre ces récits était qu'ils avaient tous eu pour théâtre des lieux jadis traversés par le Guerrier de la Lumière. Même s'il était impossible de prouver que ces événements avaient un quelconque lien, le simple fait de se remémorer les exploits de leur héros adoré suffisait à illuminer le regard de ces humains.

De longues années plus tard.

De sa main ridée par le temps, Cid ajouta la ligne qui venait achever la théorie à laquelle lui et ses plus proches collaborateurs avaient consacré la majeure partie de leur existence. Après un long soupir, son regard se porta sur Nero, qui se tenait debout à ses côtés. Lui aussi avait visiblement vieilli, mais il réagit de la même mimique qu'il m'avait été donné d'observer pendant plusieurs décennies : son haussement d'épaules si caractéristique.

« Bah, ça devrait faire l'affaire, non ? »

Si c'était sa façon d'exprimer son approbation, elle manquait clairement de conviction. Cid ferma les yeux et poussa de nouveau un profond soupir, avant de se lever, l'air amusé. Il actionna la bouilloire qui se trouvait derrière lui pour verser du café dans deux tasses de métal, puis il en remit une à Nero. Il leva alors légèrement la sienne, un mouvement appelé « trinquer » chez les humains.

Les deux anciens camarades d'université burent, comme chaque jour, mais je me dois de souligner que Nero, contrairement à son habitude, s'abstint de déclarer que le café avait « un goût de jus de chaussette ».

Cid, les yeux rivés sur la pile de documents devant lui, demanda :

« Tu crois que ça va marcher ?

— Va savoir... Ça serait pas la première fois qu'une de tes théories vole en éclats, hein ? Et puis, tout ce qu'on peut faire maintenant, c'est compter sur nos petits jeunes.

— C'est pas faux... »

Un échange suivi d'un long silence... Derrière ces quelques instants de mutisme, je soupçonne l'existence d'une forme de communication que seuls les humains sont à même de comprendre, mais je suis dans l'incapacité de la retranscrire ici.

Cependant, j'aurais été tout à fait capable de donner une authentique réponse *humaine* si la question de Cid m'avait été destinée. Les mêmes mots que dans ce message laissé par mes soins aux Forges de Garlond, en d'autres temps.

La théorie de Cid et de ses collaborateurs était basée sur les expériences vécues dans la Tour de Cristal, Alexander et la fissure interdimensionnelle. Des épisodes partageant une issue commune, que l'on pourrait apparenter à un sommeil, et pour lesquels la même expression était de rigueur.

Des mots murmurés invariablement, aussi, chaque fois qu'un camarade de Cid s'était éteint...

« Bonne nuit. »

Après la nuit sombre, le soleil qui se lève à l'horizon marque le début d'un jour nouveau. Même si ce monde est déjà condamné, certains ont tout donné pour en créer un autre, où le soleil brillera une fois de plus. Pas pour eux, mais pour les habitants d'un passé qui peut encore être sauvé.

Serait-ce ce que les humains appellent « l'espoir » ?

Je comprends les paroles de Cid, maintenant. La force qui leur permettra d'accomplir cet impossible voyage à travers l'espace et le temps… c'est celle du cœur.

ACTE I

Les oubliés de l'Histoire

Lorsqu'on passe en revue les tournants de l'Histoire, on peut invariablement constater la présence d'un certain type de personne, comme un acteur tenant le rôle principal d'une intrigue. Il peut s'agir d'un vainqueur d'une grande bataille fondant une nouvelle nation, d'un savant faisant une découverte capitale pour l'humanité, ou encore d'un sauveur évitant à son peuple un destin tragique. Ces protagonistes aussi brillants que les étoiles qui illuminent le ciel nocturne sont tantôt qualifiés de grands hommes, tantôt de génies, mais ce qui est sûr, c'est qu'ils sont tous de véritables héros.

Moi, je ne suis pas un héros. C'est plutôt le titre d'ingénieur en chef qui me colle à la peau.

Sur les deux siècles qui se sont écoulés depuis la création des Forges de Garlond, si la plupart de mes dix-sept prédécesseurs ont pu passer le flambeau lorsqu'ils l'ont jugé opportun, d'autres n'ont pas eu cette chance. Je pense à un en particulier, qui a perdu la vie alors qu'il n'était en poste que depuis trois jours... J'ignore ce que l'avenir me réserve, mais je sais que comme les autres, je peux tout au plus espérer que les générations futures se souviennent de moi tel « l'un des successeurs de Cid, le président fondateur ». Après tout, ce que mes compagnons et moi tentons d'accomplir n'est pas tangible. Nous ne serons jamais des héros, et nos noms ne resteront pas dans l'Histoire.

Malgré cela, nous ne vivons que pour le projet qui nous unit.

Le Gardien du lac n'avait jamais aussi mal porté son nom. Dépouillée de la majeure partie de sa cuirasse par des pillards, l'imposante épave qui avait autrefois fièrement dominé le lac de Pleurargent ne ressemblait désormais plus qu'à un vieil arbre décrépit. Cependant, cette piteuse apparence avait également ses avantages pour qui voulait s'y installer et éviter d'attirer l'attention. Isolée au milieu de l'étendue d'eau, elle était difficilement accessible, mais aussi facile à défendre contre d'éventuelles attaques. D'autre part, on racontait que le gigantesque tuyau, ou plutôt devrais-je dire le *dragon* qui l'enlaçait, avait un certain lien avec le fameux héros… Autant de raisons qui en faisaient l'endroit parfait pour notre base d'opérations.

Cette nuit-là, quelques employés des Forges de Garlond et des collaborateurs dormaient à poings fermés dans la salle centrale. Ils venaient de passer plusieurs jours dans la Tour de Cristal à travailler d'arrache-pied, parfois jusqu'à l'aube, et ils pouvaient enfin jouir d'un repos bien mérité. Tous les préparatifs étaient terminés et le départ de la Tour pour le premier reflet était prévu pour le petit matin. Le silence régnait, seulement interrompu par les ronflements de ceux qui avaient bu quelques verres de trop lors de la modeste fête donnée la veille en l'honneur de l'événement. Le dernier feu allumé ne les dérangeait pas le moins du monde et j'étais assis là, le regard perdu dans ses étincelles qui crépitaient. À mes côtés, un autre veilleur.

« Dis, G'raha… »

Ses yeux aussi rouges que les flammes se tournèrent vers moi. Le sang de la noblesse d'Allag transparaissait dans la couleur unique de ses pupilles. C'était lui qui avait contraint G'raha Tia à être plongé dans un profond sommeil, et lui encore qui le destinait à voyager vers une autre ère au lever du soleil.

Cette fois, il avait pour mission de porter nos espoirs par-delà les mondes, pour rendre possible un futur différent, un futur meilleur.

« À l'époque, qu'est-ce qui t'a décidé à t'enfermer dans la Tour de Cristal ? »

Après un cillement de surprise, il me murmura en réponse :

« Tu me demandes ça maintenant ?
— C'est la dernière occasion, tu sais… Tu étais le seul à pouvoir tenir ce rôle, et je suis convaincu que tu as fait le bon choix. Si nous pouvons encore rêver aujourd'hui, c'est bien grâce à toi. Et pourtant, je ne peux pas m'empêcher de penser que cette décision a dû être tellement difficile à prendre… »

Voilà longtemps que je désirais connaître la pensée de G'raha Tia à ce sujet. En lui posant la question sans détour, j'espérai qu'il comprenne à quel point j'étais sérieux.

« Eh bien, comment dirrre… », susurra-t-il en regardant à nouveau vers le feu. Sa queue touffue se balançait de droite à gauche alors qu'il semblait chercher la réponse dans les flammes.

« J'ai été *frappé* par cette ferrrveur, cet éclat qui les animait…
— Comment ça ?
— Cid, Nero, Wedge et même Biggs premier du nom. Ils étaient tellement brrrillants, et tellement doués… »

D'après G'raha Tia, il eût suffi qu'il partage avec eux quelques bribes de savoir allagois pour qu'une idée d'invention germe en un instant dans leur esprit. Il était aussi heureux d'avoir bénéficié de la confiance de Rammbroes, le premier superviseur des fouilles. Même si ce dernier fut bien plus expérimenté et trouva certainement attendrissant qu'un adolescent prenne en main une opération d'une telle importance, il n'hésita jamais à compter sur lui. Quant à Unéi et Doga, qui avaient rejoint l'équipe en cours de route, je découvrais qu'ils n'étaient rien de moins que des clones fabriqués à Allag qui avaient traversé les époques dans le seul but d'accomplir leur mission.

Ce groupe pour le moins bigarré avait pour vocation de relever le défi présenté par l'antique savoir allagois et les Ténèbres qui s'y cachaient. Il dut pour cela faire face à des figures historiques de cette ancienne civilisation, écarter son légendaire empereur Xande et même franchir les barrières du néant pour y vaincre l'entité qui menaçait d'annihiler toute forme de vie sur la planète… Un exploit que l'équipe Noah n'aurait sûrement pu réaliser sans une intervention capitale, celle du même héros qui a marqué de son empreinte le monde du huitième fléau.

« J'avais l'impression de vivre un rêve, comme si un conte était devenu réalité. Et il se trouve que j'avais un rôle à jouer dans une histoire aussi extraordinaire ! Tu crois vrrraiment que je pouvais refuser ?

— J'imagine ce que tu as dû ressentir… Mais tu n'as pas eu peur ?

— Bien sûrrr que si… »

G'raha Tia regarda vers le ciel. La partie centrale du plafond avait été rénovée pour abriter la salle de la pluie et du vent, mais il suffisait de s'écarter de quelques yalms pour entrapercevoir la nuit étoilée à travers l'ossature obscure de l'aéronef. Les yeux étincelants et emplis de nostalgie, il ajouta fièrement :

« Quel que soit mon destin, je suis prêt à le brrraver. C'est en marchant à ses côtés que j'en ai eu la conviction… »

À la vue de son profil empli de détermination, je ne pus m'empêcher de laisser échapper un soupir d'admiration.

C'est donc ça, un héros ? Une personne au charisme tel qu'elle peut faire naître des sentiments si forts chez ceux qui la côtoient ? Qu'il s'agisse de mon père, de mon grand-père, du président fondateur ou d'autres collaborateurs à ce projet, nombreux semblent en avoir fait l'expérience. J'ignore si la personne en question en avait conscience, mais on peut dire qu'elle a donné un immense courage à tous ceux qui l'ont rencontrée. Le courage d'aller de l'avant, vers l'avenir, avec de l'espoir.

En pensant qu'à ma propre époque, dans quelques heures de cela, la somme de tous ces efforts et de toutes ces espérances devait enfin prendre forme, un frisson d'excitation parcourut mon dos.

« Le transfert va réussir, je te le promets », lui dis-je en tendant mon poing vers lui.

« Et tu peux me fairrre confiance pour la suite », me répondit-il en topant vigoureusement avec le sien, bien deux fois plus petit que le mien.

Bien sûr, c'était une promesse dont je n'aurai jamais pu connaître l'issue… Au fond de moi, je ne pouvais faire que prier pour le succès de cette entreprise, afin que deux mondes soient sauvés et que tous leurs occupants aient une vie heureuse. Pardessus tout, j'espérais que G'raha Tia soit récompensé à hauteur de son immense courage.

Le matin suivant, le projet de transfert de la Tour de Cristal fut mis à exécution. La somptueuse structure allagoise disparut

en ne laissant derrière elle que quelques réminiscences vite évanouies dans le ciel de l'aurore.

Je me demande pendant combien de temps mes compagnons et moi sommes restés immobiles sur les rives du lac. Alors qu'il faisait encore sombre lorsque notre plan fut exécuté, le soleil commençait à nous éblouir de sa blanche lumière. Pas un mot n'avait été échangé, et nous fixions tous l'horizon dans la direction où la Tour de Cristal s'élevait il y a encore peu.

Nous savions que notre projet était tout sauf terminé, et qu'il se poursuivait encore à travers le temps et les dimensions, mais notre part du travail était désormais accomplie.

À la manière du Mor Dhona qui était devenu orphelin d'un monument emblématique, je ressentais comme un immense vide en moi. Il y avait bien sûr le sentiment du devoir accompli, mais il était accompagné d'une profonde solitude, et tous deux se déversaient dans ce gouffre sans fond qui m'habitait. Ma part dans ce colossal projet qui s'était étendu sur plus de deux siècles venait de prendre fin sans un bruit, et seuls le murmure du vent et les sourds remous du lac parvenaient à mes oreilles.

« Finalement, on s'est pas volatilisés. »

Un de mes collaborateurs venait de rompre le silence.

Il est vrai que nous n'avions pas la moindre idée de l'influence qu'aurait sur nous cette petite *modification* historique que nous venions d'opérer. Au moment même où la Tour nous avait quittés, il était possible que notre chronologie eût purement et simplement disparu, comme si elle n'avait jamais existé. Et pourtant, nous étions toujours bien là… G'raha Tia avait-il échoué dans sa mission de sauver le premier reflet ? Je préférais ne pas y penser, et imaginer le meilleur.

S'il réussissait, une nouvelle chronologie naîtrait, dans laquelle le huitième fléau n'aurait jamais eu lieu. Quant à nous, nous poursuivrions notre existence dans notre propre axe temporel, comme si rien n'avait changé.

Mes compagnons pensaient certainement comme moi. Après avoir observé les alentours pour s'assurer qu'il n'y avait rien d'anormal, la plupart d'entre eux se mirent à éclater de rire.

Absolument rien n'avait changé. Le lendemain, le jour suivant, puis le suivant, nous allions continuer à vivre dans ce bourbier de désolation, notre monde habituel. Il valait mieux prendre cette conclusion, la plus banale et la plus prévisible qui soit, sur le ton de l'humour. Curieusement, nous étions en même temps parcourus par un étrange sentiment de satisfaction…

Cette sensation du devoir accompli était d'une telle intensité qu'aucun d'entre nous ne vit venir ce qui allait suivre. Nous l'avions oublié, mais il y avait un observateur qui savait tout de la Tour de Cristal, des ailes du temps, et même de l'interstice entre les mondes… et c'est le moment qu'il avait choisi pour se réveiller.

Tout à coup, un puissant rugissement se fit entendre, comme si la terre grondait du plus profond de ses entrailles. Nous nous mîmes en position pour répondre à une éventuelle attaque, et alors que nous scrutions les environs pour savoir à qui nous avions affaire, quelqu'un hurla :

« Regardez, là-haut ! »

En me retournant pour voir vers où il pointait, je n'en crus pas mes yeux. Les plaques de fuselage rouillées grinçaient, et certaines se détachaient pour aller s'échouer dans le lac en faisant jaillir d'impressionnantes éclaboussures. L'immense carcasse pétrifiée qui enlaçait l'ancien aéronef impérial s'était mise à bouger, comme si elle venait de retrouver son souffle.

« C'est… C'est Midgardsormr ? », lança un de mes compagnons, d'une voix tremblante.

Une fois de plus, un terrifiant grondement déchira le ciel. Cette fois, il n'y avait plus de doute, c'était le rugissement farouche d'un dragon.

Quelques instants plus tard, la colossale créature se détacha complètement de l'Agrius et s'envola au-dessus du lac. Lorsqu'elle s'approcha pour se poser près de nous, mes compagnons et moi étions si terrifiés que nous nous tînmes tous raides, sans dire un mot.

Ayant lu les rapports de Cid sur les événements liés à Oméga, j'avais conscience que Midgardsormr était toujours vivant, mais il était endormi depuis si longtemps que personne ne s'attendait à ce qu'il se réveille. Avions-nous perturbé son sommeil en déplaçant la Tour de Cristal ? Mon sang se glaça à cette idée, et c'est à ce moment que le dragon originel s'adressa à nous, d'une voix grave et paisible.

« Eh bien, humains… Je vois que vous venez d'envoyer la Tour de Cristal aux confins des dimensions.

— C'est-à-dire que… Oui… Cela vous a-t-il incommodé… ? »

Midgardsormr ne répondit pas immédiatement à cette question. Chaque seconde qui passait me paraissait une éternité, et les gouttes de sueur commençaient à perler sur mes poings que je serrais énergiquement. J'avais beau essayer de me rassurer en me disant qu'il n'était pas notre ennemi, tout mon corps était paralysé par l'effroi. Pour la première fois, je faisais l'expérience de me retrouver face à un dragon et je restais figé, comme si j'attendais de connaître mon destin.

« Dans mon sommeil, j'ai observé le cours de l'Histoire. J'ai aussi vu ce que vous, et ceux qui vous ont précédés, ont tenté d'accomplir. »

Midgardsormr promena ses yeux sur nous avant de reprendre.

« Je sais à quel point les conflits peuvent être douloureux, et cela prouve le courage de vos actes. Seulement, votre existence de mortels est courte… très courte. C'est une notion qui dépasse l'entendement de nous autres dragons, tout comme la constante instabilité de vos sentiments… Pour ces raisons, j'étais persuadé que votre rêve était inatteignable, et pourtant, vous l'avez réalisé. »

L'attention de Midgardsormr fut alors attirée par une de nos récentes recrues, une jeune fille qui tenait un objet noir entre ses mains. Il s'agissait d'une reproduction miniature d'Oméga créée par mon ancêtre, que nous avions toujours considérée comme membre à part entière des Forges de Garlond. Le poids des années se faisait sentir et son état s'était grandement détérioré : elle se désactivait inopinément, même avec une batterie neuve, et ses capteurs étaient défectueux, ce qui faisait qu'elle se heurtait souvent aux murs de notre repaire. C'est justement ce qui arriva quand cette petite Oméga se mit en branle pour courir vers l'immense dragon, et se cogner à multiples reprises contre lui.

Nous avions pensé à la remettre entièrement à neuf, mais il eût été plus aisé d'en fabriquer une nouvelle. Le projet de voyage de la Tour de Cristal étant déjà bien entamé, nous avions préféré nous concentrer sur ce dernier pour le mener à bien, et nous nous résolûmes à conserver notre petite mascotte en l'état.

Midgardsormr poussa un long soupir. Je n'étais aucunement familier avec les expressions d'un dragon, mais il me sembla qu'il esquissa un sourire… J'ignore si c'est suite à cette sensation, ou si cet étrange spectacle évoqua quelque chose en moi, mais je sentis la tension retomber d'un coup. Je fus soudain gagné par une grande émotion, et les mots prononcés la veille par G'raha Tia me vinrent à l'esprit. Venais-je moi aussi d'être *frappé* ?

Partagé entre l'angoisse et le soulagement, j'avais l'impression de m'être jeté corps et âme dans un courant impétueux qui devait me mener à un accomplissement mémorable… Comme engaillardi par cette intuition, je fixai le regard du dragon qui m'inspirait tant de crainte jusqu'alors. Midgardsormr, pénétrant au plus profond de mes yeux, me demanda solennellement :

« Est-ce là que s'arrête ton rêve, humain ?
— Non… »

Nous avions fait tout ce qui était en notre pouvoir pour rendre possible un futur sans huitième fléau, un futur où le héros d'Éorzéa aurait survécu. Mais étions-nous toujours condamnés ? Tous les efforts consentis, les découvertes réalisées et les progrès accomplis ne nous permettaient-ils pas désormais de prétendre à un avenir meilleur ? Sûr de notre force, je déclarai au nom de tous mes compagnons :

« Nous avons encore un monde à sauver. »

Une fois de plus, je crus lire un sourire sur le visage de Midgardsormr.

« Humains, je respecte votre bravoure. Mes enfants et moi sommes vos invités sur cette planète, et il va de soi que nous vous soutenions dans vos desseins. Nous serons les murailles qui protégeront non seulement les cités que vous bâtirez, mais aussi le savoir que vous amasserez pour que naisse un futur de paix et d'harmonie, ce que vous autres appelez *une nouvelle ère…* »

C'est sur ces mots du dragon originel que commença notre nouveau combat. Nous allions nous battre, comme était sûrement en train de le faire G'raha Tia, aux confins des mondes et du temps, même si nous ne pourrions partager l'issue de notre lutte, et même si l'Histoire ne retiendrait jamais nos noms. L'univers nous séparait, mais je savais que nous étions ensemble et qu'il nous suffisait de tendre le poing vers les étoiles pour nous retrouver.

ACTE I

Le dormeur de Wolekdorf

Le sang des ancêtres coule dans les veines de Seto, et la résurgence de leur pouvoir lui a permis de grandement dépasser l'espérance de vie de ses congénères. Tout *rejeton des aïeux* qu'il soit cependant, il ne s'est pas soustrait à l'emprise du temps ; un voile flou couvre désormais son regard, et ses ailes ont perdu la droiture de leur jeunesse. Voilà un bon moment que le doyen des amaros de Wolekdorf a franchi la barre des cent ans, et ses siestes se font de plus en plus longues et profondes. Aujourd'hui comme hier, le parfum sucré des fleurs le berce dans une méridienne qui lui rappelle avec nostalgie une autre époque.

Il revoit Nabaath Areng, la capitale de l'Amh Araeng d'antan.

Les puissants rayons du soleil dardaient sur la ville, et au coin d'une rue, un amaro chétif courbait l'échine sous leur poids. Il aurait dû être dans la fleur de l'âge, mais des années de privations et un quotidien de surmenage l'avaient rendu rachitique. S'il restait les pattes collées sur le dallage brûlant, c'est parce que son propriétaire ne s'était pas donné la peine de le détacher de sa charrette. Il ne s'en plaignait pas trop néanmoins, car tout repos est bon à prendre quand le tourmenteur se fait obéir à coups de fouet.

Il remarqua un Hume maigrelet sortir à grands pas de la maçonnerie d'en face.

« (Mon maître est de retour.) »

L'homme tenait dans la main un martinet, son favori, tramé de tendons de lézard pour infliger des punitions plus cruelles.

L'amaro se gardait bien de lui désobéir, car l'agonie que cet instrument de torture pouvait infliger était gravée dans sa chair.

« (Il va encore me frapper...) »

L'amaro ferma les yeux pour se préparer à la vague de douleur. Allait-elle s'abattre sur le cou, les épaules, l'échine ou le croupion ? Tout sauf le visage, priait-il, mais aucun claquement ne retentit. Il ouvrit craintivement les paupières et découvrit avec surprise le dos d'un jeune guerrier qui s'était interposé entre lui et son maître.

« On se rencontre enfin, mon cher Lamunth ! Ah, mais tu préfères peut-être que j'utilise ton petit surnom, le Renard de jade... »

Seto ne s'appelait pas encore Seto, mais lui et l'aventurier baptisé Ardbert venaient de se rencontrer. Il allait néanmoins leur falloir un peu plus de temps avant qu'ils ne deviennent d'inséparables partenaires.

Un faussaire sévissait depuis plusieurs mois sur les marchés de Nabaath Areng. Ses contrefaçons de joailleries pouvaient duper les meilleurs experts du royaume et mettaient sens dessus dessous le commerce de la pierre précieuse. Les honnêtes bijoutiers avaient baptisé ce mystérieux malfrat le Renard de jade, et avaient placé une prime faramineuse sur sa tête afin de s'en voir débarrassés.

Des aventuriers des quatre coins du monde, alléchés par la grasse récompense, avaient mené l'enquête. Mais même si certains parvenaient souvent à acquérir des contrefaçons du fameux renard, nul n'en attrapait jamais la queue. Tout du moins, jusqu'à ce qu'un duo de petits nouveaux se lance sur sa trace...

Ardbert et Lamitt furent ceux qui déjouèrent l'ingénieux sort d'illusion grâce auquel Lamunth éludait ses poursuivants. Ils avaient pour l'occasion fait équipe avec un guerrier vétéran, un ancien chevalier royal du nom de Branden, et tous les trois avaient réussi à mettre en cage le Renard de jade.

Branden ne rejoignit officiellement l'équipe que plus tard, quand Lamitt, voyant bien que le chevalier aurait tôt fait de dilapider son argent en boisson, lui proposa de lui remettre sa part de la récompense en plusieurs fois. Mais ça, c'est une autre histoire…

Et Ardbert, que fit-il de son premier pactole ? Eh bien, il n'y réfléchit même pas. Dès qu'il entendit dire que l'amaro décharné de Lamunth avait été saisi par les autorités de Nabaath Areng, il courut négocier pour le racheter.

Lorsqu'il rentra avec lui à l'auberge, le pauvre animal s'écroula de fatigue, ce qui ne manqua pas de faire tiquer Branden.

« Attends, tu comptes pas l'emmener en voyage avec nous, quand même ? Regarde-le, il a que la peau sur les os. Il te claquera entre les doigts avant d'avoir passé les portes de la ville. Je suis sûr que même cuit à la broche, on en tirerait pas assez pour faire un repas ! »

L'amaro réagit à ces railleries par un blatèrement sourd, comme s'il en avait compris le sens. Ardbert, quant à lui, se contenta de répondre d'humeur égale en caressant le menton de son nouveau compagnon.

« Hmpf, tu es trop malin pour finir dans une assiette, pas vrai, Seto ? N'écoute pas ce vieux grincheux. On lui rabattra le caquet bien assez tôt. »

Ardbert avait toujours eu bon cœur. Mais il ne s'était pas

attaché au pauvre amaro uniquement parce que l'animal risquait l'euthanasie. Il avait surtout aperçu un éclat d'intelligence dans son regard.

Né dans un village sur les hauteurs d'une petite île au large de Kholusia, Ardbert avait grandi sans autre enfant de son âge à ses côtés et avait été élevé par les bêtes sauvages plus que par son propre grand-père. Cet unique parent lui avait néanmoins inculqué tout ce qu'il savait sur la montagne et sa faune, y compris sur le comportement des amaros domestiques. Ainsi, quand Seto s'assit juste après être arrivé à l'auberge, Ardbert n'y vit pas de la paresse, mais un habile geste d'autopréservation, qui lui avait permis de conserver ses forces pour mieux supporter les supplices infligés par son ancien maître.

« Fiiiuuuiiii ! Allez, mon beau ! À toi de jouer ! »

Au sifflement d'Ardbert, Seto s'étala de tout son long au milieu des terres arides de la plaine d'Ambre, pendant que son nouveau maître, Branden et Lamitt se camouflaient à proximité derrière un rocher. Ce jour-là, il devait servir d'appât pour attirer une meute de coyotes qui attaquaient les caravanes de la région.

« Ton amaro a pas assez de viande sur sa carcasse pour attirer un coyote solitaire, encore moins une meute… », maugréa Branden tout en se cambrant tant bien que mal pour éviter que sa tête ne dépasse.

Seto ne savait toujours pas quoi penser de son nouveau propriétaire. Lui n'utilisait jamais le fouet et le traitait avec gentillesse. Il lui procurait eau, nourriture et allait même jusqu'à le peigner. Et Seto se surprenait parfois à rêvasser lorsqu'il lui caressait le menton. Il ne comprenait pas. Ardbert l'entraînait à exécuter de nouveaux tours, et ne sachant sur quelle patte danser, Seto les avait retenus. Mais voilà qu'aujourd'hui, il le livrait en pâture à des bêtes sauvages !

« (Je m'en doutais. Les humains ne sont pas dignes de confiance…) »

Les coyotes avaient montré le bout de leur truffe, et Seto s'était affaissé un peu plus, comme s'il avait perdu espoir. Son maître avait-il été aux petits soins avec lui seulement dans le but d'en faire un meilleur appât ?

« C'est bien, Seto ! Rejoins-nous, maintenant ! »

Ardbert bondit de derrière le rocher hache à la main et se précipita vers lui. Il ne l'avait pas abandonné. Seto se releva en un éclair et galopa à toute allure en direction de son maître. Un autre amaro aurait pris son envol, mais les séquelles des brimades qu'il avait endurées l'en empêchaient encore. Il dévala donc la plaine en battant disgracieusement des ailes sans jamais quitter le sol, ce qui fit éclater de rire Branden.

« Bwahahaha ! Regardez-le ! On dirait une grosse poule ! »

« (Le gros se paie encore ma tête) », pensa Seto. Il modifia alors brusquement sa trajectoire, fonça vers Branden et fit un ultime effort pour lui sauter par-dessus. L'instant d'après, les coyotes avaient changé de proie.

« Quoi ?! Rah, sale volaille ! »

C'était au tour du chevalier de galoper un peu. L'équipe d'aventuriers accomplit ainsi sa mission et empocha la récompense promise. Les chasses aux monstres se succédèrent. Afin d'attirer la cible, Seto jouait tantôt le rôle de la proie facile, tantôt celui du concurrent pour un morceau de territoire. Son plus grand instant de gloire fut probablement la fois où le groupe d'aventuriers avait été engagé pour terrasser l'énorme phorusrhacos qui régnait en maître sur les collines d'Ambre. À la surprise de tous, y compris d'Ardbert, Seto imita à la perfection le cri de la femelle de l'espèce, une prestation qui força l'insaisissable animal à sortir de sa cachette. Ils parvinrent à le blesser, puis l'acculèrent dans son nid pour lui donner le coup fatal.

La Naine Lamitt, son casque fermement vissé sur la tête malgré la chaleur torride, remarqua quelque chose en fouillant l'antre de la bête.

« Hé ! Regardez ça ! Ça pourrait avoir de la valeur, non ?, lança-t-elle à ses deux compagnons.

— Wouah, tu m'étonnes ! Ça doit être vrai ce qu'on dit, les phorusrhacos aiment ce qui brille ! »

Au milieu des feuilles mortes qui constituaient le nid de l'animal, chatoyaient différents bijoux forgés en métaux précieux. L'un d'entre eux, une sorte de gros médaillon en or, attira l'œil de Branden. Il s'en saisit et leva le bras bien haut pour accrocher les reflets du soleil.

« C'est une médaille que la famille royale de Nabaath Areng remet à ses généraux les plus émérites. Quel éclat… J'en suis presque ébloui… On n'en voit plus des comme ça de nos jours, celle-ci doit avoir plus de deux cents ans. Le phorusrhacos aura saccagé une tombe ou l'aura arrachée à une de ses victimes. En tout cas, un antiquaire me la reprendra à très bon prix ! »

Branden, tout sourire, allait ranger dans sa poche son précieux trésor, quand la main d'Ardbert vint interrompre son geste.

« Attends une seconde, Branden. Tu ne crois pas que la part du lion devrait revenir au héros du jour ?

— Dis donc, j'ai bloqué la plus furieuse des attaques du bestiau et lui ai tranché la tête. Si ça fait pas de moi le lion de l'histoire, j'aimerais bien savoir qui c'est.

— Loin de moi l'idée de diminuer ton mérite. Je pense simplement que cette récompense devrait revenir à celui qui a appâté notre cible au plus près de nos lames. J'ai nommé, notre fier Seto ! »

Ardbert dénoua alors le cordon en cuir de son escarcelle, puis il s'en servit pour transformer la médaille en un pendentif qu'il accrocha autour du cou de son fidèle compagnon.

« On ne pourrait pas rêver meilleur partenaire que toi ! »

Seto souffla vivement par les narines comme pour manifester son contentement, peut-être même sa fierté.

« Hé hé, je pense aussi que tu la mérites. De toute façon, Branden aurait accompli le miracle de transformer l'or en vin d'ici demain si on la lui avait laissée », dit Lamitt en rigolant, tandis que Branden levait les bras en signe de résignation.

« C'est bon, c'est bon ! Seto peut la garder. Tss... Il cache bien son jeu pour un amaro, je vous jure ! »

Et c'est ainsi que Seto fut considéré comme le partenaire officiel d'Ardbert au sein du groupe. Les quatre compagnons continuèrent ensuite de jouer les exterminateurs en Amh Araeng,

jusqu'à ce qu'une chasseuse mystelle répondant au nom de Renda-Rae entende parler d'eux et se décide à les rejoindre. L'équipe accueillit un nouveau membre à Grand-Lac en la personne de Cylva, une guerrière aux cheveux de cendre à la recherche d'une jeune noble portée disparue. Enfin, elle se retrouva au complet lorsque Ardbert et ses amis retournèrent en Amh Araeng, où ce fut au tour de Nyelbert, un mage solitaire convoitant la même récompense, de les rejoindre.

Pour Seto, ce fut un voyage fait de rencontres, souvent éprouvant, pénible et mélancolique, mais néanmoins merveilleux.

Il se réveille et s'étonne un instant de sentir le poids de sa médaille autour du cou. Il croyait l'avoir perdue pour de bon lors de son affrontement contre ce purgateur venu rôder trop près de Wolekdorf. Le cordon en cuir, devenu trop court pour son corps d'adulte, avait rompu, et le bijou qu'il portait était allé s'abîmer au fond du lac. Heureusement, cet homme qu'il rencontra plus tard le lui avait restitué.

Il était ensuite allé demander aux Pixies de Lydha Lran de lui confectionner un nouveau cordon. Les petites malignes auraient-elles profité de ce moment pour lui jeter un charme de narcose ? Toujours est-il que cette sieste lui a redonné le goût du voyage.

Après toutes ces années, il ne parcourra sans doute pas le monde comme il le faisait naguère, mais un survol du lac devrait être à sa portée. Il se dit aussi qu'il irait remercier en passant les Pixies tisseuses de rêves à qui il doit sûrement ce doux songe.

Le vieil amaro déploie ses imposantes ailes. Il part pour une nouvelle aventure, courte et adaptée à son âge, mais hormis cela, comme celles d'autrefois.

ACTE I

Une larme telle une rivière

Il y a plus d'un siècle de cela, en un temps où la pernicieuse Lumière n'avait pas encore submergé les cieux de Norvrandt…

S'éclairant à l'aide des rayons de la lune qui perçaient la claire-voie, un individu corpulent de petite taille scrutait minutieusement une fiole. La passion du chercheur se lisait aisément dans son regard, mais sa physionomie ne laissait aucun doute : il ne s'agissait ni d'un Drahn, ni d'un Galdjent, les deux peuples alliés prééminents dans le royaume de Voeburt. En effet, c'était un jeune Nu Mou nommé Beq Lugg.

Déterminé à dévoiler au grand jour les mystères de l'âme humaine au nom du progrès scientifique, il avait réussi à convaincre la famille royale de lui allouer une chambre dans un recoin du château de Gruenes Licht, où il se terrait du matin au soir pour se consacrer corps et âme à son labeur. Son esprit en était tellement obnubilé qu'il lui arrivait souvent de rester éveillé jusqu'au milieu de la nuit, et c'est justement à l'une de ces occasions qu'il reçut une visite pour le moins inattendue à une heure aussi tardive.

Devant lui se tenait Pauldia, la fille cadette de la famille royale de Voeburt. La jeune et affable Drahn était curieuse comme un chat, et la présence près d'elle d'un érudit nu mou qui n'avait que faire du luxe omniprésent dans le château avait mis ses sens en éveil. Elle venait frapper à sa porte aussi souvent que possible pour lui raconter ses journées, et prenait congé aussitôt qu'elle avait terminé son histoire.

Or, cette nuit-là, elle restait curieusement bouche cousue. Beq Lugg fronça les sourcils en remarquant sa mine déconfite.

« Quelque chose ne va pas, Pia ? »

Appeler un membre de la famille royale par son surnom amusait particulièrement le Nu Mou, mais le regard fébrile de Son Altesse lui fit reprendre son sérieux.

« Ça y est, j'ai compris… C'est à propos de la princesse Sauldia qui vient d'hériter des trois grands trésors du royaume, n'est-ce pas ? La cadette que vous êtes voit cela comme une injustice, peut-être ? »

Beq Lugg était tout le contraire d'un mondain, mais aucun sujet du royaume ne pouvait se permettre d'ignorer certaines coutumes. Dans ce cas précis, il faisait référence aux trois insignes royaux ornés du Loup à deux têtes que les souverains de Voeburt se transmettaient depuis des générations. Sauldia, la sœur aînée de Pauldia, venait tout juste d'en recevoir la garde, ce qui impliquait qu'elle monterait tôt ou tard sur le trône.

« Vous vous méprenez sur mon compte, mon ami ! Ma sœur est l'héritière légitime au sein de notre famille, et mon devoir est de la soutenir afin qu'elle puisse s'acquitter au mieux de ses responsabilités. Non, le problème vient de mon père… qui veut me donner en mariage à je ne sais qui ! »

De chaudes larmes de chagrin dégringolaient sur les joues de la jeune fille, et Beq Lugg regretta aussitôt son sarcasme à peine voilé. Selon ses congénères, les humains avaient toujours été excessivement avides de pouvoir, mais il se félicita de constater que chaque règle avait ses exceptions.

Tout à coup, alors qu'il se creusait la cervelle pour trouver le moyen idéal de consoler l'éplorée demoiselle, de nouveaux coups inattendus retentirent sur la porte d'entrée, et un Drahn émacié vêtu d'une robe blanche pénétra dans la pièce sans même attendre qu'on l'y ait invité. C'était Tadric, mage de la cour de son état, qui prit soin d'attirer l'attention encore davantage en prenant la parole sur un ton prodigieusement théâtral.

« Votre Altesse, vos sentiments sont tout naturels, mais puis-je me permettre de vous rappeler que votre père agit ainsi uniquement pour le bien du royaume et de votre chère sœur ? En vous mariant à l'étranger, il consolide non seulement le pouvoir de son héritière, mais aussi le rayonnement de votre famille au sein des autres nations. »

Surprise par cette irruption aussi abrupte que cavalière, Pauldia mit un léger instant avant de revenir totalement sur terre.

« B-bien sûr… Je n'en doute pas le moins du monde… Père ne ferait jamais rien qui pourrait nous nuire, mais… je ne peux m'empêcher de…
— Allons, allons, calmez-vous. Je sais très bien ce que vous ressentez. Un mariage basé sur les convenances et la politique ne peut jamais être source de bonheur véritable, n'est-ce pas ? Laissez-moi en toucher mot à Sa Majesté. Je suis sûr qu'il saura se montrer compréhensif si je lui fais personnellement part de vos tourments. »

Le visage de la jeune noble retrouva enfin ses couleurs naturelles.

« Vraiment, vous feriez ça ? Merci, merci beaucoup, Tadric ! Heureusement que vous êtes là pour me réconforter…

Je ne peux pas en dire autant de chaque personne présente dans cette pièce ! »

Beq Lugg poussa un soupir en entendant la princesse ricaner en tapinois.

Quelques jours plus tard, Pauldia était de retour dans le « laboratoire » de Beq Lugg pour lui faire un compte rendu détaillé des événements depuis leur dernière rencontre. La manœuvre de Tadric s'était de toute évidence soldée par un succès, puisque le roi Roaldric avait abandonné l'idée de lui trouver un époux. Toutefois, il consentait à la garder dans le palais royal à une seule condition : elle devait renoncer aux privilèges dus à son rang et rejoindre celui des mages de la cour.

« Je n'ai aucun don particulier pour la magie a priori, et c'est pourquoi j'ai résolu de vous demander conseil. En fait, je me suis souvenue de ce que vous disiez l'autre jour à propos de l'avancée de votre étude de l'âme… Comme quoi vous auriez découvert le moyen de faire fleurir les talents cachés enfouis en chacun de nous… C'est la raison pour laquelle j'ai pensé que… »

Beq Lugg ferma les yeux pour s'absoudre du regard implorant que Pauldia braquait sur lui, puis il secoua la tête nerveusement.

« Je vois où vous voulez en venir, Pia, mais c'est là une très mauvaise idée. Mes recherches sont en cours, et je suis très loin d'en connaître toutes les implications. Il est exact que je suis parvenu à mettre au point un médicament qui permet de raviver temporairement l'éther corporel inactif, mais mon savoir au sujet des relations entre l'âme et la magie n'en est qu'à ses balbutiements, et il est hors de question que mon ignorance vous mette en danger. »

Le ton du Nu Mou ne laissait planer aucun doute sur le danger d'une telle entreprise. L'âme est d'une nature extrêmement délicate, et la moindre erreur de manipulation peut avoir des conséquences catastrophiques et laisser d'irréversibles séquelles physiques.

Hélas pour lui, et comme il s'y attendait de toute manière, Son Altesse n'avait pas l'intention de lâcher prise aussi facilement.

« S'il vous plaît, Beq Lugg, faites-le pour moi ! Je tiens vraiment à rester auprès de ma famille… Si je ne parviens pas à obtenir ma place au sein de notre ordre de mages, je serai bonne pour me faire passer la bague au doigt par un inconnu, et je ne pourrai plus apporter mon aide à ma sœur… ni venir bavarder avec vous de temps en temps ! Je ne sais vraiment pas si je pourrais m'en remettre… »

Il rechignait à le montrer, mais au fond de lui-même, Beq Lugg ressentait exactement la même chose. Il n'avait aucune envie de se séparer de la seule personne à laquelle il pouvait confier tous ses secrets sans ambages. L'idée d'un séjour en solitaire absolu dans le château lui glaça les os, et il se rendit compte qu'exaucer le vœu le plus cher de son amie était peut-être le meilleur moyen de lui revaloir équitablement sa générosité.

Après un débat intérieur plus long que ce qu'il n'y paraissait, il finit par hocher la tête en signe d'approbation. Le jour suivant, après avoir réussi l'examen d'entrée haut la main, Pauldia était acceptée au sein de la confrérie des mages de la cour de Voeburt.

Malgré son changement de statut au sein de la hiérarchie régalienne, la fille cadette du roi continua de prendre des nouvelles de son ami nu mou comme à l'accoutumée, et ses bavardages étaient toujours aussi enjoués. Elle semblait très heureuse, et la voyant ainsi, Beq Lugg finit par oublier peu à peu son sentiment de culpabilité pour avoir enfreint les règles de conduite qu'il s'était fixées.

« Au fait, j'ai entendu dire que des monstres dangereux avaient fait irruption près du lac Beaumiroir. Vous me ferez le plaisir de faire attention si vous vous rendez là-bas, d'accord ? »

Depuis l'arrivée au pouvoir du roi Roaldric quelques décennies auparavant, les Voeburtois jouissaient d'une paix durable sans aucun conflit majeur. Les couleurs de ce tableau idyllique avaient malheureusement été ternies tout récemment par l'apparition subite de monstres venus de nulle part, et les cadavres de bergers des montagnes qui en résultèrent. Les chevaliers de la garde royale étaient parvenus à repousser les envahisseurs, mais ils réalisèrent très vite qu'ils n'avaient eu affaire qu'à la première vague. De nombreuses abominations sanguinaires continuaient à semer la terreur dans le royaume, et la situation s'envenimait de jour en jour.

L'enquête suivit son cours jusqu'à ce qu'elle parvienne à une conclusion des plus inquiétantes : les monstres en question ne provenaient nullement d'une contrée au-delà des frontières de

Voeburt, mais naissaient bel et bien en son sein. On constata avec horreur qu'il s'agissait ni plus ni moins que des sujets de Sa Majesté ayant subi une mutation d'origine inconnue. La nouvelle suscita une peur sans commune mesure au sein de la population, et chacun se barricada chez soi pour éviter d'être attaqué à l'improviste par un voisin qui n'aurait plus rien d'humain.

Face à cette crise sans précédent depuis le commencement de son règne, Roaldric ordonna aux mages de la cour de prêter main-forte aux chevaliers pour enrayer la menace une bonne fois pour toutes. Malheureusement, il oubliait un peu vite qu'il n'avait personne à qui confier le commandement de deux groupes aussi disparates.

Jusqu'à ce que la Providence envoie une sauveuse ô combien attendue : sa propre héritière, la princesse Sauldia…

« Je savais déjà d'instinct que ma grande sœur était formidable, mais à présent, plus personne ne peut en douter ! Ah, comme j'aimerais pouvoir l'admirer au plus près de l'action, à la tête d'une armée de chevaliers galdjents se battant vaillamment en première ligne ! »

Il faut dire que Pauldia avait toutes les raisons du monde d'être fière de son aînée. Depuis que la future reine avait pris la direction des troupes voeburtoises, l'union des guerriers et des mages du pays avait été affermie comme jamais, et le nombre de créatures hostiles rôdant sur leur territoire diminuait de jour en jour.

La cause des mutations demeurait obscure, mais la stratégie de Sauldia pour empêcher leur accroissement avait porté ses fruits, et la situation, bien que toujours préoccupante, semblait sous contrôle.

Néanmoins, malgré cette évolution plutôt encourageante, Beq Lugg ne parvenait à dormir que d'un seul œil. Il avait pris le temps d'analyser les événements au calme, et la crainte que son hypothèse s'avère juste le plongeait dans le plus profond désarroi.

Il savait parfaitement que le dangereux procédé qu'il avait enseigné à sa cobaye improvisée pouvait être détourné de son usage pour remodeler l'âme d'autrui, voire son corps. À partir de là, il lui suffisait de suivre le cheminement de sa pensée jusqu'à l'abîme d'horreur qui se trouvait au bout…

Mais non, il ne pouvait pas y croire ! Sa petite Pia ne commettrait jamais un crime aussi odieux ! Ou tout du moins se rassurait-il ainsi, en se laissant absorber encore davantage par ses recherches pour effacer les soupçons qui lui pesaient sur le cœur.

Entre-temps, on apprit que la princesse Sauldia avait été blessée par un monstre qui venait de muter, et que le chevalier chargé de sa protection avait été banni du royaume pour avoir failli à sa mission. La nouvelle parvint aux oreilles de Beq Lugg, mais il refusa de se laisser distraire par les affaires du monde et maintint la tête plongée dans le fleuve sans fin de ses recherches. Après tout, le coupable serait arrêté bien assez tôt. Tout pécheur finit un jour ou l'autre par expier son méfait : ainsi allait la loi du monde et la nécessité d'équilibre absolu entre les éléments qui le composent.

Le temps continua de filer à toute allure, mais Beq Lugg n'en avait cure. Il mettait un point d'honneur à rester enfermé dans son antre et à manipuler ses fioles avec la méticulosité d'un savant de haut rang.

Un jour qu'il s'adonnait à son activité favorite, un bruit assourdissant le fit sursauter et faillit lui faire lâcher la concoction qu'il tenait entre les mains. Il se retourna et vit Sul Oul, un autre Nu Mou qui officiait en tant que serviteur de la princesse Sauldia, accourir vers lui à toutes jambes après avoir manqué de défoncer la porte d'entrée.

« Beq Lugg, tu ne vas pas en croire tes oreilles ! Le coupable à l'origine des mutations a été démasqué ! »

Le moment que Beq Lugg redoutait par-dessus tout était donc arrivé. Il s'efforça de faire bonne contenance et demanda à son congénère de lui fournir les explications qui s'imposaient.

« C'est Tadric ! Des aventuriers ont levé le voile sur ses machinations de longue date, et il n'y a plus aucun doute possible ! »

Malgré la gravité de la nouvelle, Beq Lugg se sentit rassuré de ne pas avoir entendu le serviteur prononcer le nom de Pauldia.

« Je vais me joindre à eux pour l'arrêter avant qu'il ne soit trop tard ! Quant à toi, reste où tu es car le palais grouille de monstres ! »

Sul Oul se précipita vers la sortie. Beq Lugg le héla avant qu'il n'ait franchi le palier.

« Attends ! Où est Pi… Où est Pauldia ?!
— Ne t'en fais pas, elle est en sécurité dans sa chambre ! J'ai demandé à une aventurière de veiller sur elle ! »

En dépit des paroles réconfortantes qu'il venait d'entendre, Beq Lugg continuait à se faire un sang d'encre pour son amie. Quelques jours auparavant, il avait fait la connaissance de quelques aventuriers venus enquêter sur les mutations. Il avait été convaincu par leur bonne volonté et avait consenti à leur fournir des informations, mais malgré cette première impression favorable, il ne pouvait se résoudre à leur faire entièrement confiance. Ne tenant plus en place, il décida de braver le danger pour apaiser ses inquiétudes.

Le combat était toutefois son talon d'Achille, et il n'avait pas perdu la tête au point de se mentir à lui-même à ce sujet. Le mieux qu'il pouvait faire dans de telles circonstances était d'avancer à tâtons, aussi furtivement que possible, mais cette stratégie buta rapidement sur ses limites et son premier faux pas le mit nez à nez avec un monstre très féroce. Il voulut prendre ses jambes à son cou, mais une voix agressive fit aussitôt résonner ses tympans.

« Bouge de là, le clébard ! T'as rien à faire ici ! »

La guerrière elfe aux cheveux d'argent solidement attachés qui avait prononcé ces mots peu avenants venait tout juste de fendre la bête sauvage en deux d'un seul coup de lame. L'espace d'un instant, son regard glacial perça les pupilles du pauvre Nu Mou qui, étalé sur le sol, n'avait pas besoin de ça pour se sentir misérable. Elle tourna les talons et détala dans les couloirs du château sans même l'aider à se relever.

Parvenu à reprendre ses esprits, il ne tarda pas à faire le lien entre l'aventurière qu'il venait de croiser et celle à laquelle Sul Oul avait confié la protection de Pauldia. S'agissait-il d'une camarade du fameux Ardbert ? Il tâcha d'effacer de sa mémoire l'injure grossière dont il venait d'être victime et se lança aux trousses de la vaillante Elfe. Quelques instants plus tard, il la retrouva alors qu'elle essayait de défoncer la porte de la chambre de Pauldia à coups de pied.

« Dites donc, je vous prie de bien vouloir surveiller vos paroles à l'avenir ! »

Beq Lugg était incapable de contenir son indignation, et toute la bonne volonté du monde n'y aurait pas suffi. Il poussa violemment la guerrière de côté et pénétra dans la pièce. Pauldia se trouvait bien à l'intérieur… Hélas… La gorge du Nu Mou se noua. Il entendit derrière lui les pas de l'Elfe qui s'avançait à son tour, son épée fermement agrippée dans ses deux mains. Elle laissa échapper un long soupir de désarroi.

« Nous arrivons trop tard… Il ne reste plus qu'à abréger ses souffrances. »

L'aventurière fit quelques pas de plus et braqua la pointe de sa lame encore maculée de sang en direction de Pauldia. Beq Lugg s'interposa sans crier gare.

« Arrêtez !! Rangez cette arme tout de suite, vous m'entendez ?!
— Pauvre sot… Regarde son bras gauche, et ose prétendre que sa mutation n'est pas déjà entamée ! »

Il ne trouva rien à répondre. L'aventurière avait raison, et il ne pouvait pas l'ignorer. Mais il refusait encore d'accepter l'inéluctable. Voir son amie se faire pourfendre sous ses yeux était plus qu'il ne pouvait en supporter.

« Écoutez-moi ! Je suis un chercheur spécialisé dans l'étude de l'âme humaine ! Je vous en supplie, épargnez sa vie pour l'heure ! Laissez-moi d'abord essayer de trouver un moyen de la sauver ! »

Les mots sortaient mécaniquement de sa bouche, comme la dernière prière d'un condamné qui savait sa sentence irrévocable. Il en allait théoriquement de même pour le processus de mutation, mais le Nu Mou avait résolu de tenter l'impossible. Le voyant se cramponner à sa jambe de toutes ses forces, la guerrière soupira de nouveau.

« Dans ce cas, il faut la claquemurer quelque part afin qu'elle ne puisse faire de mal à personne. Je suppose que ce château contient un donjon prévu à cet effet ? »

Bien que manifestement mécontente de la tournure que prenaient les événements, l'aventurière se contenta d'assommer Pauldia afin de la rendre simplement inconsciente. Le chercheur et elle transportèrent ensuite la jeune fille dans une cellule non loin de là, suite à quoi l'Elfe partit rejoindre ses camarades sans demander son reste afin de les aider à punir les responsables de cette tragédie.

Beq Lugg attendit patiemment le réveil de sa confidente, mais lorsque celui-ci advint, il eut du mal à croire que la personne qui se trouvait en face de lui était celle qu'il avait connue. Son apparence physique était encore reconnaissable, mais son âme révéla soudain une noirceur insoupçonnée.

« Tadric… Espèce de traître ! Tu m'avais promis de faire de moi la reine de Voeburt une fois que ma sœur serait enfin morte et enterrée ! Et dire que j'ai perdu tout ce temps à me lier d'amitié avec cet idiot d'homme-bête afin de devenir un mage ! »

Elle proféra ces viles paroles dans un état proche du somnambulisme, sans se rendre compte que la dupe de sa tromperie se trouvait auprès d'elle. La transe qui avait pris possession d'elle empirait à vue d'œil. Tout à coup, elle s'approcha du mur et se mit à gribouiller des signes illisibles avec le sang qui s'écoulait de son bras.

« Si seulement j'avais été fille unique… Père n'aurait jamais songé à se débarrasser de moi… et je serais restée pour toujours auprès de ma famille… Tout ça, c'est à cause de cette garce !! »

Frappé de stupeur comme jamais, Beq Lugg ne parvint pas à contenir davantage les émotions contradictoires qui l'assaillaient de toutes parts. Sa réaction prit la forme d'une vocifération incontrôlable.

« Et votre sœur, alors ?! Elle ne fait pas partie de votre famille ?! Comment avez-vous pu prétendre l'aimer pendant tout ce temps ?! Comment avez-vous pu mentir à ce point ?! »

Pauldia se tourna vers lui et ouvrit grand les yeux, comme si quelque chose venait tout juste de lui revenir en mémoire.

« C'est… c'est vrai… Papa… Maman… et ma chère sœur… Ils sont tous ma famille… L'avais-je donc oublié… ? Qu'est-ce qui m'est… arrivé ? »

Au moment où elle eut fini de prononcer ces mots avec des sanglots dans la voix, une brume noire s'échappa du corps de la jeune fille pour s'évanouir dans l'air. Beq Lugg ne mit pas longtemps à comprendre que son âme avait été ensorcelée, et que le maléfice ne pouvait qu'être l'œuvre de Tadric.

« Beq Lugg… mon ami… Je suis tellement… désolée… Pardonnez… moi… »

Une larme surgit au coin de son œil, et laissa la trace aqueuse de son passage tout le long de sa joue. Avant qu'elle eût atteint la pierre froide du sol de la cellule, le corps frêle de la princesse Pauldia avait achevé sa funeste mutation.

Le même jour, Beq Lugg disparut dans la nature, et personne n'entendit plus jamais parler de lui. Or la chaîne de malheurs qui avait frappé Voeburt ne devait être qu'un prélude à bien pire encore. La perte de l'héritière du trône avait été trop abrupte, et lorsque le déluge de Lumière vint s'abattre sur la région, la population ne fut pas en mesure d'opposer une résistance digne de ce nom aux invasions de purgateurs.

C'est ainsi qu'un royaume plein de faste et d'opulence sombra tristement dans l'oubli, mais d'aucuns rapportèrent qu'un chevalier pris de compassion aurait ouvert la cellule de la fille cadette du roi Roaldric avant de tourner le dos pour toujours au château de Gruenes Licht.

Qu'est-il advenu de la princesse Pauldia par la suite ? Nul ne le sait…

ACTE I

Une lointaine réminiscence

Je viens tout juste d'ouvrir les yeux, et au milieu de mon champ de vision se trouvent des ossements d'un blanc laiteux. Là, dans le creux d'un arbre colossal semblable à une botte de vieux troncs sombres et noueux, les os d'un squelette humain réfléchissent doucement la lumière du jour.

« C'est moi », pensé-je, juchée sur une grosse fleur qui a poussé à côté. Rien ne le prouve cependant, sachant que je viens de naître en même temps que la fleur a éclos.

J'étire mes petits bras et petites jambes, avant de déployer entièrement mes ailes enroulées dans mon dos. L'esprit encore embrumé, je lève instinctivement les yeux vers la cime de l'arbre aux ossements. Au milieu des feuilles pointues, je distingue une myriade de fruits rouges et ronds et, par-delà la canopée, un ciel baigné d'une lumière dorée.

Bientôt, plusieurs êtres qui me ressemblent s'approchent dans un grand brouhaha. « Une Fleuribonde ! », s'écrient-ils, me laissant perplexe. L'un d'eux prend la parole au nom du groupe :

« Bon, bon. Avant toute chose, il nous faut te nommer. Il n'y a pas de place en ce monde pour les "Machin Trucmuche". Tout t'apparaîtra plus clair une fois que tu sauras comment tu t'appelles. »

Un vif débat anime l'assemblée, avant que des vivats ne s'élèvent enfin. Quelqu'un s'avance pour déclamer :

« Tu as la couleur du couchant ; ce ravissant moment de la journée que la Lumière sans fin nous a dérobé. Tu voles d'est en ouest, main dans la main avec le soir. Tu es Feo Ul, "l'être qui embrasse les Ténèbres". »

Je trouve cette description fort jolie. Je sais, quelque part au fond de moi, que j'apprécie ces choses-là.

Alors je retiens précieusement mon nom, comme on range un trésor au fond d'un coffre, et m'éloigne du grand arbre avec les autres. Je m'arrête néanmoins en chemin, me retournant une dernière fois vers la cavité et le tas d'os. Puisque ces derniers restent parfaitement muets dans leur blancheur immaculée, il m'appartient d'honorer par des mots ce nouveau commencement – ou cette existence révolue :

« Tout est bien qui finit bien ! »

C'était là le tout premier souvenir de Feo Ul.

Après avoir acquis un minimum de sens commun au sein de sa nouvelle famille, elle s'était mise à explorer les environs, poussée par une insatiable soif de découverte. Si, au départ, elle se cantonnait aux limites de l'Il Mheg, le domaine du peuple féerique, on la vit bientôt en franchir allègrement les frontières. « C'est bien une Fleuribonde ! », plaisantaient les autres fées, sans que l'intéressée ne s'en soucie le moins du monde.

Ce jour-là encore, écoutant son cœur guilleret, elle s'était de nouveau aventurée dans le lieu qui attisait sa curiosité depuis quelque temps, à savoir « la ville avec la tour en cristal ». C'était un grand bastion humain en devenir, construit autour de cette fameuse tour capable, par un pouvoir mystérieux, de repousser les purgateurs. Une ville en pleine expansion, débordante de vie, et dont l'effervescence contrastait fortement avec la lumière immuable du ciel. Ses passants allaient et venaient prestement, l'air affairé ; pour autant, aucun ne laissait transparaître le moindre signe de fatigue ou de mécontentement, et tous prenaient la peine de se saluer cordialement.

Assurément le genre d'endroit qu'appréciait Feo Ul. En bonne fée, elle n'avait qu'une hâte : voir comment ces humains si travailleurs allaient poursuivre leur labeur après avoir subi quelques tours de son cru. Elle s'était déjà permis quelques facéties lors de ses visites précédentes, mais il lui en fallait toujours davantage.

Pour sa première frasque du jour, elle se dirigea vers le petit poulailler installé à l'entrée de la cité. Après en avoir ouvert grand les portes, elle poussa un « Bouh ! » retentissant. Paniquées, les pauvres gallinacées s'en échappèrent en ordre dispersé, zigzaguant entre les pattes des amaros qui broutaient dans le champ voisin. Satisfaite, Feo Ul s'éloigna au son des gloussements affolés, pour se rendre ensuite au milieu d'une plantation de pommiers. Là, elle s'empressa de jeter un sortilège qui fit gonfler les pommes jusqu'à ce qu'elles atteignent la taille d'une tête de Nain, se détachent et s'écrasent au sol. Plus tard encore dans la journée, on vit des tonneaux de bière déverser spontanément leur contenu à la taverne, ou bien des marchandises flotter mystérieusement dans les airs devant une échoppe…

C'était aussi drôle que de mettre un coup de pied dans une fourmilière. Feo Ul était parfois prise sur le fait par des habitants : « C'est cette satanée Pixie ! », s'égosillaient-ils, mais sans jamais parvenir à attraper la petite farceuse, elle qui pouvait s'enfuir d'un battement d'ailes. Ainsi continuait-elle d'enchaîner mauvais tours et parties de cache-cache, jusqu'à ce que tous ces honnêtes gens, excédés, ne fassent venir une certaine personne, dont le visage était recouvert d'une ample capuche. Feo Ul connaissait assez bien le fonctionnement des communautés humaines pour deviner, à l'attitude des personnes autour, qu'il s'agissait du chef de la cité.

« Tu veux jouer, toi aussi ? D'accord, mais c'est toi le chat ! »

Elle tourna les talons juste après cette bravade et déguerpit à toute vitesse.

Quelques secondes plus tard, une clameur retentit dans son dos. « Bonne chance, Exarque ! », pouvait-elle entendre parmi les cris de la foule. Elle jeta un rapide coup d'œil derrière elle et – surprise – vit l'individu à la capuche gagner dangereusement du terrain. Les longs pans de sa robe virevoltaient au vent, soulevés par une foulée étonnamment rapide… Un spectacle qui n'était finalement pas pour déplaire à Feo Ul, dont l'excitation monta d'un cran.

Leur petit jeu du chat et de la souris n'allait pas s'achever si facilement. À de nombreuses reprises, la fuyarde se retrouva à portée de main de son poursuivant ; mais elle parvint chaque fois à esquiver son bras tendu ou à parer ses sorts d'entrave grâce à ses propres incantations magiques. C'est ainsi que la course-poursuite se prolongea à travers toute la ville, jusqu'à ce qu'arrivé dans un coin désert, le « chat » s'interrompe soudainement, à bout de souffle. Victorieuse, Feo Ul s'approcha alors de sa silhouette haletante et, dans une ultime taquinerie, tira sur sa capuche, laquelle était restée en place tout du long.

La lourde étoffe glissa pour laisser apparaître une chevelure rouge vif.

Surpris, l'individu se retourna, et la Pixie croisa enfin son regard. Ses yeux étaient rouge carmin, plus foncés encore que ses cheveux.

« Trop bien, tu as la même couleur que moi ! Tu es donc un Feo Ul, toi aussi !

— Pardon… ?

— C'est pas le cas ? Au fait, comment tu t'appelles ? C'est toi qui diriges cette cité ? Eh, mais attends, je rêve ou ton bras est en cristal ? Comment ça se fait ?! »

Elle le bombardait machinalement de questions. Lui demeurait circonspect, comme s'il était en train de peser ses mots. À sa décharge, il était généralement sage de bien réfléchir avant d'engager la conversation avec une fée.

« Tu veux peut-être qu'on devienne amis d'abord ? Comme ça, je ne ferai plus de farces dans ta ville, et je ne profiterai pas non plus de cette conversation pour te jeter un sort. Promets-m'en autant et on sera sur un pied d'égalité, comme le sont la fleur et l'abeille. »

Elle resta immobile à hauteur de son visage, attendant sa réponse. Au terme d'une réflexion décidément bien prudente, il finit par lâcher un « C'est d'accord » accompagné d'un hochement de tête.

C'est ainsi qu'il daigna enfin lui révéler son nom, ou du moins la façon dont il convenait de l'appeler : « Exarque du Cristal ». « Je n'invente rien », précisa-t-il.

Il lui expliqua que son corps était un prolongement de la Tour de Cristal ; que son objectif était de sauver ce monde inondé de Lumière ; ou bien que sa terre d'origine se trouvait en réalité de l'autre côté d'une barrière quasi infranchissable, mais qu'elle devait jurer de ne le répéter à personne.

Et encore, Feo Ul pouvait deviner que ce n'était pas tout. À vrai dire, cet homme recelait tant de mystères que s'il s'était entièrement livré, cela aurait contrevenu à leur promesse d'amitié équitable ; en effet, la fée n'aurait jamais eu assez de ses propres secrets à offrir en échange.

Et puis elle se dit que c'était tout aussi bien ainsi ; qu'il était plus intéressant de conserver une part d'inconnu que de tout étaler d'entrée de jeu.

Par la suite, et bien que son pacte avec l'exarque lui interdît ses frasques habituelles, Feo Ul passa beaucoup plus de temps à Cristarium qu'ailleurs. Au fil des mois et des années, la ville devenait mieux bâtie, plus agréable à habiter, et toujours plus majestueuse. Un certain ouvrier n'avait-il pas dit que l'aspect esthétique était au moins aussi indispensable à la survie que le reste ? Dans un monde au bord du précipice, les Cristariens n'avaient pas abdiqué, loin de là. Il fallait se battre, avec honneur et espoir. C'était ce que répétait souvent cet homme, alors qu'il empilait les briques.

Or on assistait aussi fréquemment à des scènes de pure détresse. Un jour que Feo Ul venait faire un tour à Cristarium, elle remarqua que l'atmosphère en ville était étrangement pesante. Des passants lui racontèrent qu'un hameau de Grand-Lac venait d'être attaqué par des purgateurs, et que beaucoup des gardes envoyés sur place étaient revenus blessés. Elle décida de suivre la foule, ce qui la conduisit à la clinique spagyrique.

Le sol de la pièce était recouvert de couettes étendues en guise de matelas, sur lesquelles reposaient plus d'une vingtaine de soldats. Certains avaient déjà été pris en charge, là où d'autres ne déploraient que des blessures légères ; néanmoins, la plupart recevaient encore des soins intensifs. La blouse et le visage maculés de sang, le personnel soignant s'affairait à toute vitesse au milieu des gémissements et râles de douleur.

Feo Ul avait aperçu la silhouette de l'exarque dans un coin de la salle. Agenouillé sur l'une des couettes, il prodiguait sa magie curatrice à l'un des blessés.

Elle s'approcha doucement et jeta un œil discret au malheureux. C'est alors qu'elle manqua de lâcher un cri d'effroi. Car en effet, il ne s'agissait pas d'un soldat, mais d'une soldate, qu'elle connaissait bien : une Viis du nom de Liruna. Selon son propre récit, elle était née avant le déluge de Lumière (parmi les humains, les Viis ont une espérance de vie particulièrement longue) et faisait partie de ces populations que la catastrophe avait charriées jusqu'au pied de la Tour de Cristal. Là-bas, elle avait rejoint la garde de Cristarium tout juste formée pour défendre la colonie, mettant à profit ses talents de chasseuse acquis dans sa forêt natale.

Il y a un an à peine, elle et Guecelo, son conjoint de toujours, avec qui elle partageait plus ou moins le même parcours, avaient eu leur premier enfant. Une fois, Feo Ul avait rencontré Liruna alors qu'elle tenait son nourrisson dans ses bras. « Ne l'emporte pas avec toi, hein ! », avait-elle plaisanté, faisant sans doute allusion à ce qu'on racontait au sujet des fées ; mais elle avait laissé malgré tout la Pixie caresser les joues arrondies de son bébé.

Et voilà qu'à présent, cette même Liruna gisait là, le visage pâle, la poitrine et le ventre ensanglantés.

L'exarque du Cristal s'évertuait à la soigner sans relâche, mais ses sorts n'avaient presque plus aucun effet. Elle avait perdu trop d'énergie vitale. À ce stade, il n'y avait rien d'autre à faire que de panser ses blessures, lui administrer des potions et prier pour que son état cesse d'empirer. Reste que son souffle était si saccadé que la magie, pour palliative fût-elle, semblait être la seule chose qui la maintînt encore en vie.

Entre deux respirations douloureuses, elle se mit à articuler des mots. L'exarque se pencha pour écouter.

« Guecelo est devenu… un purgateur… Je l'ai tué… de mes propres mains… »

Même Feo Ul pouvait deviner ce qu'il s'était passé. La vingtaine de soldats transportés jusqu'à la clinique étaient à l'évidence ceux qui n'avaient pas subi de transformation.

« Je m'en veux tellement… »

Les yeux violet clair de Liruna s'embrumèrent, et des larmes se mirent à couler le long de ses joues.

« Exarque… prenez soin de Lyna… de tous les Cristariens… et de vous aussi… »

À peine était-elle parvenue à achever sa phrase que ses paupières, doucement, se refermèrent, laissant échapper une toute dernière larme.

Liruna s'éteignit dans les heures qui suivirent.

Il fallut ensuite près d'une journée entière à l'exarque pour terminer de soigner les blessés, constater l'ampleur des dégâts et décider des mesures à prendre en coordination avec ses camarades de l'Assemblée des colons. Il ne se reposa pas une seconde durant tout ce temps. Lorsqu'il retourna enfin à la Tour de Cristal, Feo Ul décida de le suivre.

L'exarque gravit en silence les marches menant à L'Observatoire et se dirigea vers la chambre des Contemplations située encore plus loin. À le voir en franchir le seuil sans piper mot, Feo Ul fut prise d'une courte hésitation, avant de finalement se faufiler à son tour dans la pièce.

La porte séparant cette dernière du monde extérieur se

referma derrière elle dans un bruit sourd. Son ami au bras de cristal demeurait là, à l'entrée, le dos appuyé contre la porte tandis qu'il expirait longuement. Sa tête penchée, sa capuche lui retombait encore davantage sur le visage, cachant complètement son expression.

Un silence parfait continua de régner un certain temps, quand tout à coup, un petit « toc » se fit entendre, comme un caillou tombé au sol. Intriguée, Feo Ul balaya la pièce du regard. Le son se répéta de façon sporadique, jusqu'à ce que la Pixie en comprenne enfin l'origine : c'était le bras en cristal de l'exarque qui était en train de s'effriter.

Comme il le lui avait précédemment expliqué, il exploitait l'énergie de la Tour de Cristal pour survivre en dépit du vieillissement de son corps, ce qui impliquait d'altérer la structure même de ce dernier.

« Au début, j'avais mal partout. Je n'ai pas pu mettre le nez dehors pendant des semaines… Mais maintenant, ça va : j'ai résolu mon problème, qui était de ne pas pouvoir bouger mes parties cristallisées. La solution est un peu extrême, mais bon… », avait-il concédé en souriant.

Même Feo Ul avait été quelque peu abasourdie de découvrir la « solution extrême » en question, qui consistait pour l'exarque à casser le cristal de son corps, et à le ressouder ensuite grâce à la magie. Certes, il existait des monstres de pierre qui utilisaient le même procédé pour se mouvoir, mais aucune fée n'aurait été assez folle pour s'infliger un tel traitement.

Toujours est-il qu'il s'en sortait étonnamment bien : en apparence, ses mouvements n'avaient rien à envier à ceux d'un humain à la peau souple. La magie maintenant le cristal en place était devenue chez lui une seconde nature et continuait de faire effet même durant son sommeil.

Et pourtant, ce même exarque était là, adossé contre la porte de la chambre des Contemplations, son bras s'émiettant peu à peu en une multitude de fragments cristallins. Il ne cherchait même pas à le réparer, comme si ce phénomène ne le dérangeait pas. Bien que ses yeux fussent cachés sous sa capuche, il sembla à Feo Ul qu'il n'était pas en train de pleurer. Là où d'autres versent des larmes, lui versait du cristal, se dit-elle.

Les morceaux de son bras touchaient le sol dur puis s'éparpillaient un peu partout. C'eût été embêtant qu'ils se retrouvent dans les piles de livres ou les affaires posées là. Aussi, la fée en ramassa un, et vint devant l'exarque l'avertir :

« Si tu n'en veux plus, je le prends. »

Ce dernier ne répondit pas immédiatement.

« Ce cristal symbolise le combat de ceux qui, comme toi et les autres, ont toujours refusé de se résigner face au malheur. Ça en fait le plus beau bijou qui soit. »

Sans attendre de réponse, Feo Ul se mit à réunir les morceaux éparpillés aux quatre coins de la pièce. Lorsqu'elle eut ramassé le tout dernier, elle entendit l'exarque déclarer d'une voix basse, mais résolue : « Je vais encore en avoir besoin. »

Bien du temps s'écoula depuis lors, mais ceci resta la seule et unique fois que l'exarque laissa son corps se détériorer. Encore à l'heure actuelle, il tente d'apporter, par tous les moyens et sans jamais se décourager, une chance de salut à ce monde saturé de Lumière.

« Pour vouloir à ce point tenir à nouveau la main du soir, pas de doute, ce doit être un Feo Ul ! »

En ce jour comme un autre, je me promène à Cristarium et me permets une petite réflexion personnelle au moment où j'aperçois la silhouette encapuchonnée de mon fidèle ami. À ses côtés marche l'enfant de Liruna et de Guecelo, qui vient tout juste de souffler ses dix bougies.

Sous un ciel immuablement doré, les êtres humains poursuivent leur dur labeur. Quant à moi, je crois entendre quelque part le bruissement de feuilles d'arbre. Cela me rappelle mon tout premier souvenir. Celui de cette personne, endormie au creux d'un tronc. Celle qui est devenue un tas d'os blancs, puis une fée dans toute sa splendeur… Moi.

L'exarque du cristal a-t-il lui aussi laissé un corps de l'autre côté de cette fameuse barrière ? Va-t-il un jour quitter son enveloppe actuelle pour retourner là-bas ? Quelque chose me dit que même si je lui révèle tous mes plus grands secrets, jamais je n'obtiendrai de réponses à ces questions…

La vérité est noyée dans la brume. Reste que j'aimerais qu'au bout de leur combat – ou à l'aube de leur nouveau départ – quelqu'un puisse adresser à tous ces braves gens les mêmes mots que j'ai prononcés en mon honneur.

ACTE I

Un nom en guise de flambeau

« Ici, plus on est filou, plus on se pare de blanc. Ça permet de mieux se fondre dans le décor de Limsa Lominsa, tu vois ? V'là pourquoi dès que j'ai vu ta tignasse d'écume, j'ai su que t'avais la diablerie dans le sang, gamin. »

L'homme tenait fermement Thancred par les cheveux et prenait un malin plaisir à flétrir le peu d'innocence qui lui restait. Contrairement aux apparences, il ne s'agissait pas d'un parâtre, mais d'un marchand qui louait les services de l'enfant pour une bouchée de pain. Thancred avait été abandonné par ses parents avant même qu'il n'atteigne l'âge de raison, et pour survivre il avait dû accomplir toutes sortes de larcins et mener une vie de vagabond dans les rues de la cité. À cette époque, Merlwyb Bloefhiswyn n'avait pas encore interdit la piraterie. La loi du plus fort régnait dans la Noscea, et personne n'aurait aidé ou pris la défense d'un faible, fût-il un enfant. Thancred n'avait d'autre choix que de souffrir en silence, un regard vengeur braqué sur son tourmenteur.

Pour autant, sa clientèle n'était pas composée que de soudards et de sadiques ; certains auraient même pu être considérés comme respectables sous certains aspects. Cependant, que sa mission soit des plus banales ou des plus dangereuses, Thancred se distanciait invariablement du commanditaire une fois sa tâche accomplie. Cela lui permit de vivre une enfance sans attache ; une infortune à bien des égards, mais aussi la garantie d'une certaine liberté. Certes, il n'avait personne pour le protéger, mais il pouvait toujours compter sur son agilité et son esprit aiguisé pour se sortir seul des situations les plus hasardeuses.

Après quelque temps, il s'était rapproché de la guilde des voleurs crainte même des pirates. « Mieux vaut s'en faire des aminches que de les avoir à dos », s'était-il dit. Toutefois, il avait remarqué qu'un étrange sentiment de fierté brûlait dans le cœur de ces malfrats. Ne le comprenant pas, il s'était contenté de proposer ses services, et n'avait pas intégré cette coterie maîtresse de l'envers de Limsa Lominsa. Tout au plus en avait-il partagé le quotidien, jusqu'à ce que le destin vienne y mettre son grain de sel.

Ce jour-là, l'arrivée d'un navire au long cours avait créé l'effervescence sur les quais de la cité portuaire, et Thancred entendait bien profiter de cette occasion pour alléger quelques bourses. D'emblée, il jeta son dévolu sur celle d'un vieillard richement vêtu, mais son geste fluide et maintes fois répété fut stoppé par une force invisible ; instantanément, il comprit qu'il avait mal choisi sa cible. Il s'écroula sur les pavés blancs du dock, pieds et poings liés par un sortilège qu'il n'avait pas vu venir. Thancred s'imaginait déjà croupir au fond d'un cachot parfumé à l'embrun, mais à sa grande surprise, le vieux mage n'interpella pas l'officier de l'amirauté. Au contraire, il dispersa les badauds curieux qui commençaient à s'attrouper, puis se présenta à lui sur un ton bienveillant.

« Mon nom est Louisoix Leveilleur. J'arrive de Sharlayan, la Cité du savoir, et suis ici pour effectuer des recherches. Et toi, qui es-tu ?

— … Thancred.

— Tu ne me donnes pas ton nom de famille ? Où sont tes parents ?

— J'en ai pas… Et j'en ai jamais eu… »

Louisoix médita un instant, puis il s'adressa à Thancred d'une voix douce et posée, comme pour lui inculquer quelque vérité sur ce monde. Il lui expliqua qu'il ne serait jamais heureux en déployant son agilité innée à ses propres fins, qu'il devait au contraire mettre ses talents au profit d'autrui afin d'être comblé.

Thancred ne répondit à cette leçon de vie qu'en affichant une mine renfrognée se substituant à un « Pff… Facile à dire ». Attendri par sa réaction, Louisoix lui sourit en retour et enchaîna sur une proposition des plus inattendues : il l'invita à voyager jusqu'à Sharlayan, pour y étudier et ainsi apprendre à utiliser ses facultés naturelles à bon escient.

Une page se tournait pour le jeune vide-gousset. Et pour qu'il écrive au mieux la suite de son histoire, Louisoix lui avait offert un nom de famille : Waters, un ancien mot évoquant l'eau et lié à Thaliak, dieu du savoir, seigneur des rivières et protecteur de Sharlayan. Comme à son habitude, le sage n'avait pas choisi au hasard. En baptisant ainsi Thancred, il espérait qu'il devienne un véritable puits de connaissance. Il le confia d'ailleurs ensuite à son principal agent de renseignements, convaincu qu'il s'épanouirait à ses côtés. C'était un honneur, car les Sharlayanais font de l'accumulation du savoir une priorité absolue, et l'espionnage est pour eux un moyen comme un autre de parvenir à cette fin.

Thancred commença par identifier ses lacunes et entreprit de les combler. Déjà très agile, il s'entraîna encore davantage afin de pouvoir se déplacer en parfait silence. Et comme il lui faudrait parfois montrer patte blanche chez des gens de la plus humble à la plus noble extraction, il étudia leurs manières et leurs comportements. Rapidement, son image de rat des quais s'effaça et laissa place à celle d'un jeune homme capable de se fondre dans n'importe quelle sphère de la société. En récompense de cet accomplissement, il fut accepté au sein du Cénacle du Savoir. Louisoix, qui ne l'avait plus vu depuis fort longtemps, fut profondément ému en le découvrant ainsi tatoué de la marque des Preux.

C'est peu après, lors d'une de ses premières missions, qu'il avait rencontré une jeune fille du nom d'Ascilia.

Le Cénacle du Savoir soupçonnait que la guerre grondait en Éorzéa et avait donc envoyé son agent le plus furtif à Ul'dah. En se faisant passer pour un apprenti bretteur fraîchement arrivé dans la Cité du désert, Thancred devait s'immiscer dans les hautes sphères et encourager les mouvements d'opposition à la politique expansionniste de Garlemald, en livrant en échange des informations sur les Primordiaux. Malheureusement, un triste incident s'était produit au cours de sa mission et avait fait d'Ascilia une orpheline. Thancred avait assisté à la scène. Il avait vu la jeune fille agrippée à son père gisant sur le sol. Il avait entendu ses cris de désespoir. Il avait vécu l'instant où elle s'était retrouvée seule au monde.

Quelle était cette sensation indicible qui l'avait alors envahi ?

Un sentiment de pitié pour cette enfant qui, comme lui autrefois, se retrouvait sans rien ni personne et allait devoir apprendre à survivre par tous les moyens ?

Ou bien était-ce son orgueil blessé qui brûlait dans sa poitrine ; la déception de ne pas avoir été à la hauteur malgré toutes ces années d'efforts ?

Nul ne le sait. Toujours est-il que, dans son esprit, la conclusion était sans équivoque : « Je n'ai pas réussi à la protéger… »

Heureusement pour Ascilia, une connaissance nommée F'lhaminn se proposa de l'élever. Cette bonne nouvelle aurait dû réconforter Thancred et le pousser à prendre ses distances. Il décida malgré tout de garder un œil sur l'enfant encore quelque temps. Son enquête lui offrit peu après la parfaite excuse puisqu'il découvrit la véritable identité du père défunt : celle d'un agent double à la solde de Garlemald.

Thancred passait régulièrement prendre des nouvelles de

l'orpheline. Il n'avait pas perdu de vue l'objectif de sa mission, mais au moindre signe de danger pour Ascilia, il l'écartait, avec perte et fracas si nécessaire. Les petites frappes, si communes à Ul'dah, ne l'inquiétaient pas outre mesure, mais la présence d'espions impériaux dans l'entourage de sa protégée n'était pas pour le rassurer.

C'est ainsi qu'un beau jour, il lui suggéra d'utiliser un nom d'emprunt.

« Tu dois te réinventer pour éviter les indésirables, sinon tu seras condamnée à rester dans l'ombre pour toujours. »

Ascilia laissa planer un silence indéchiffrable, puis après mûre réflexion, demanda à Thancred :

« Quel genre de nom je pourrais choisir ? »

Il réfléchit un moment puis proposa « Minfilia », un nom hyurgoth assez banal, mais pas au point de sonner faux. Il savait que Louisoix aurait probablement trouvé mieux en y incorporant un sens profond, mais le sentiment était là : ce nom la protégerait en son absence. Ascilia fut ravie et l'adopta aussitôt.

Un soir, ils se croisèrent dans une rue sombre d'Ul'dah. Thancred rejoignait un estaminet, aussi bien pour boire que pour tirer les vers du nez à ses voisins de table. Quant à Minfilia, à en juger par la pioche attachée dans son dos, elle semblait sur le chemin du retour après une journée de prospection minière.

« Regardez qui voilà. Tu rentres plus tôt que ça d'habitude, Minfilia.

— Ah ah, prise sur le fait. J'ai eu quelques soucis aujourd'hui, ça m'a retardée », répondit-elle en haussant les épaules.

Thancred se proposa de la ramener chez elle, puis ils continuèrent en direction de la modeste demeure de F'lhaminn. Minfilia raconta ses déboires du jour, et le partage des derniers potins ponctua de rires cette courte promenade nocturne.

« C'est gentil de m'avoir raccompagnée. Tu vas encore faire le tour des tavernes ce soir, c'est ça ? Évite de trop boire quand même, sinon tu vas te retrouver à courir les jupons, comme d'habitude.

— Promis. Pour l'un comme pour l'autre, je serai un symbole d'abstinence. »

À la fois consternée et amusée par sa réponse, elle poussa la porte d'entrée. La chaude lumière débordant du foyer l'enveloppa et vint se déverser dans la ruelle sombre. Minfilia agita une main pour dire au revoir, puis s'engouffra à l'intérieur, et en l'espace d'un grincement de gonds strident, Thancred se retrouva seul dehors.

De la maisonnée, deux voix chaleureuses parvinrent à ses oreilles.

« Je suis rentrée !

— Ah ! Te voilà enfin ! »

Il poussa un soupir silencieux qui alla se perdre dans l'ombre, et si son visage trahissait une quelconque expression, nul n'aurait pu la distinguer dans la venelle à nouveau enténébrée. Il tourna rapidement les talons. Pourquoi s'immiscer plus que cela dans la vie de Minfilia ? Elle était en sécurité, voilà tout. Il avait beau se dire que jouer les anges gardiens ne lui coûtait rien, il n'y mettait pas moins un point d'honneur.

Tout cela remonte à si loin, aussi bien dans le temps que dans l'espace. Depuis, Thancred a vécu nombre d'aventures, a été ravi à son monde et transporté dans le premier reflet. En ce moment même, le voilà qui avance à pas de loup dans les sous-sols d'Eulmore, là où l'on dit qu'une jeune fille serait retenue prisonnière.

Les murs en corail blanc qu'arbore la ville des derniers plaisirs rappellent ceux de Limsa Lominsa et lui évoquent les paroles d'un marchand véreux qu'il a autrefois connu.

« Ici, plus on est filou, plus on se pare de blanc… »

Le hasard ne manque pas de le faire sourire alors qu'il retire son déguisement de soldat eulmorien pour enfiler son manteau immaculé. Afin de protéger ce qui lui est cher, Thancred a revêtu un uniforme tissé de fibres aussi résilientes que lui et a délaissé sa paire de dagues au profit d'une pistolame. S'il avait plus tenu du fier chevalier, il se serait bien vu directement frapper aux portes de la cité avec panache, habillé d'une armure noir de jais pour mieux ressortir sur le canevas de ce monde baigné de Lumière. Évidemment, il avait vite chassé de sa tête cette pensée saugrenue. Aujourd'hui, le but n'est pas de flamboyer, mais de se fondre dans le décor. Tout ce qui compte, c'est elle.

Son infiltration l'a mené jusqu'aux sous-sols, au cœur des récifs évidés durant la construction de la cité d'Eulmore et qui constituent maintenant ses fondations. Ces grottes artificielles ont longtemps servi de grenier à provisions et de refuge lors d'attaques de purgateurs, mais tout cela a changé avec l'accession de Vauthry au pouvoir. Depuis, les refuges ont été convertis en geôles, et les greniers ne recèlent presque que du méol…

Thancred touche bientôt à son but, une pièce bien gardée dont il a appris l'existence après de minutieuses recherches. Une fois n'est pas coutume, il a choisi d'assommer et de ligoter les gardes plutôt que de se soustraire à leur vigilance. Faire

l'aller-retour à leur nez et à leur barbe serait un jeu d'enfant pour un spécialiste de la furtivité comme lui, mais repartir à deux change la donne, notamment si cette jeune fille est en effet une néophyte en combat. Qu'à cela ne tienne, c'est justement pour parer à cette éventualité qu'il s'est si bien renseigné et qu'il s'est entraîné d'arrache-pied à la pistolame depuis son arrivée dans le premier reflet.

Il approche d'un dernier geôlier et le neutralise. En quelques foulées, il arrive devant la porte de la cellule, avec derrière elle celle qu'on appelle Minfilia, la prêtresse de la Lumière. L'exarque du Cristal l'a bien prévenu : ce n'est pas la Minfilia qu'il a connue. Thancred s'en contrefiche. Aussi ténu soit le lien qui unit les deux, il est prêt à tout pour revoir la sienne.

Il pousse un léger soupir, puis déverrouille la serrure en un tour de main. La porte tourne sur ses gonds et lui révèle un intérieur auquel il ne s'attendait pas : un lit sobre, mais selon toute apparence confortable, une table de chevet, une chaise accolée à un bureau où repose de quoi écrire. Le meuble le plus imposant de la pièce est une bibliothèque aux étagères pleines à craquer de livres minutieusement ordonnés. Hormis un manque évident de fenêtre, il n'y a pas vraiment de quoi se plaindre.

C'est pourtant bien là que le bât blesse, et Thancred le comprend instantanément. Cette pièce n'est pas une prison, c'est un cercueil. Après avoir enfin mis la main sur la prêtresse de la Lumière, Eulmore l'a confinée entre espoir et désespoir afin qu'elle meure de sa belle mort, autrement dit, le plus tard possible.

Évidemment, cette arrivée impromptue a surpris la captive.

« Qui… Qui êtes-vous… ? », balbutie-t-elle en dévisageant l'inconnu de ses yeux cristallins.

Cette voix craintive, pourtant si familière, n'est ni celle de la jeune Ascilia ni celle de Minfilia. Son cœur se fend, mais il n'en montre rien.

« Suis-moi. On s'en va d'ici… Minfilia. »

À peine a-t-il fini sa phrase que le passé remonte à la surface : les espoirs qu'il avait placés dans ce nom, ainsi que le sourire qu'il avait reçu en retour. Il se jure de ne jamais oublier ces souvenirs, et après les avoir gravés en lettre d'or dans son cœur, il tend la main.

Encore hésitante, la jeune fille la saisit. Thancred et elle viennent de sceller un lien puissant, un lien qu'il leur reste encore à découvrir.

INTERLUDE

INTERLUDE

Rêverie

Il fut un temps où n'existait nulle divinité à qui offrir ses ferventes prières. Une époque reculée où les hommes pouvaient être considérés comme des dieux. La planète hébergeait alors un unique monde où la vie bourgeonnait deçà delà, tel un motif en surimpression sur une toile colorée.

Puis il y avait le monde éthéré, celui dont le nom a maintes fois changé à travers les âges. On parlait en ce temps-là d'*Enfers*, au sens d'un royaume invisible où s'en retournent les âmes des défunts.

Le quotidien des hommes-dieux était intimement lié aux Enfers. Leur existence était palpable dans les rivières qui s'écoulent vers la mer, dans l'eau qui s'évapore pour former les nuages, dans la pluie qui s'abat sur la terre et nourrit les fleuves. Parce qu'ils étaient garants de la bonne marche des cycles naturels, on les considérait comme précieux.

Or les Enfers étaient hors d'atteinte. Ne serait-ce que pour en sonder les mystères, les hommes devaient déployer des trésors d'ingéniosité, et si certains étaient capables d'en extirper des bribes d'énergie, personne ne pouvait prétendre dompter leurs courants.

Et pourtant, il était des hommes qu'on aurait crus bénis des Enfers.

Une nuit paisible s'apprêtait à tomber sur Amaurote, la plus grande cité de la planète. La douce lumière des réverbères éclairait la ville, tandis que ses citoyens, tous vêtus de longues robes, allaient et venaient nonchalamment le long de ses larges artères. Chacun profitait comme il l'entendait de ce moment entre chien et loup, autant propice aux longues discussions entre amis qu'au repos solitaire.

Au coin d'un parc, un homme était allongé dans l'herbe de tout son long. Sa coule noire ne le distinguait en rien des autres Amaurotains. En revanche, son visage était en partie dissimulé sous un masque rouge de forme singulière, tandis que des mèches argentées pendaient çà et là de sa capuche à moitié ôtée.

À travers le masque, son regard se perdait au loin dans le ciel dégagé. On aurait pu croire qu'il observait les étoiles, mais il n'en était rien. Le paysage qu'il contemplait était en effet sensiblement différent de celui que voient les hommes ordinaires.

L'éther contenu en toutes choses brillait de reflets irisés, irradiant aussi bien la terre que le ciel jusqu'aux étoiles les plus lointaines. Des âmes parvenues au bout de leur destinée flottaient au gré du vent, avant de basculer en un battement de cils de l'autre côté, dans les Enfers. La vie était partout, tantôt proche, tantôt perdue dans l'infini. L'homme pouvait en percevoir les mouvements, pourvu qu'il y prêtât suffisamment attention. Si la faculté de voir au-delà de la matérialité des choses était relativement répandue, très peu pouvaient se targuer d'une telle acuité. Son don était si puissant qu'il lui permettait même de différencier les âmes, ces noyaux d'énergie vitale, en fonction de leur couleur. C'était presque à se demander si cet homme n'était pas lui-même un rejeton des Enfers…

Sa contemplation fut soudain interrompue par un léger bruissement ; des pas dans l'herbe, qui se rapprochaient au fur et à mesure. Il serra ses paupières comme s'il cherchait à se soustraire à quelque corvée, ce qui n'empêcha pas le mystérieux indiscret de s'arrêter à ses côtés. Penché sur son visage du haut de sa taille imposante, ce dernier ne se gêna aucunement pour lui adresser la parole.

« Toutes mes félicitations pour ta nomination au Concile des Quatorze, mon cher Hadès… ou bien dois-je t'appeler Emet-Selch dorénavant ? »

Pour toute réponse, le visiteur eut droit à un pesant silence. Un sourire se dessina pourtant sur ses lèvres, alors qu'il continuait de fixer le masque rutilant de l'homme allongé. Au bout de quelques secondes, celui-ci se leva d'un mouvement las. Il enfouit soigneusement ses cheveux blancs dans sa capuche, la réajusta et répondit enfin d'un ton maussade :

« Des félicitations pour quoi ? Il y avait un siège libre, je l'ai pris, point. D'ailleurs, tu serais à ma place si tu n'avais pas refusé le poste, Hythlodaeus.

— Mais non, mais non, c'est un rôle taillé pour toi. Il faut quelqu'un qui sache mettre à profit ses facultés de façon intelligente. Moi, à part me pâmer devant la beauté des Enfers…

— Et c'est le directeur du bureau des créations qui dit ça… On devrait débattre de ta légitimité au forum des Éloquents, tiens ! »

Malgré un regard accusateur de circonstance, la petite pique d'Emet-Selch ne décontenança en rien son destinataire, qui affichait toujours un sourire jovial.

Hythlodaeus, le directeur du bureau des créations, portait une coule noire et un masque blanc des plus banals. Sous cet habit quelconque se cachait pourtant un individu capable, à l'instar de son interlocuteur, de percevoir les Enfers. Sur le plan de l'acuité pure, c'était même lui qui l'emportait de peu. À tout instant, ses yeux s'employaient à mettre à nu l'essence des choses, la vérité derrière les apparences. De ce fait, sa légitimité à la tête de l'immense banque d'idées qu'est le bureau des créations lui était largement acquise… ce qui n'en empêchait pas certains de pointer du doigt son incurable désinvolture.

« Qu'est-ce qu'il y a ? », s'agaça Emet-Selch.

Comme s'il attendait que son camarade lui tende la perche, Hythlodaeus sourit de plus belle, et l'homme au masque rouge regretta de ne pas avoir tourné plus longtemps sa langue dans sa bouche. Hélas, le mal était fait.

« Tu lui as dit pour ton nouveau poste ?

— Hein ? Pourquoi je m'embêterais à le faire ? Quelqu'un s'en sera chargé à ma place. Les nouvelles vont vite, surtout en ce qui concerne le Concile des Quatorze.

— Certes, mon cher Emet-Selch dernier du nom… Je dis simplement que si tu as perdu sa trace, je peux t'aider à le retrouver…

— Merci, mais sans façon. Au lieu de te mêler de ce qui ne te regarde pas, tu ferais mieux de finir ton travail en vitesse ! », rétorqua finalement Emet-Selch d'un ton sévère.

Pour la première fois depuis le début de la conversation, le sourire d'Hythlodaeus s'estompa. Il pencha la tête, l'air interrogateur.

(« Comment tu sais que je suis en train de tirer au flanc ? »)

Emet-Selch pouvait presque entendre la question qui lui était implicitement posée, mais il resta coi, refusant de tendre une nouvelle perche à son volubile ami… jusqu'à ce que le regard insistant de ce dernier ne lui devienne insoutenable. En soupirant, il concéda finalement quelques explications :

« Un chercheur de l'institut Lahabrea est venu te rendre visite aujourd'hui, je me trompe ? En général, c'est pour avoir ton expertise sur une création d'envergure… Aucune chance que tu aies fini à cette heure-ci. J'en déduis aussi que tu n'es pas venu me voir pour tailler le bout de gras, mais plutôt pour me demander un conseil, une faveur ou n'importe quoi qui puisse me casser les pieds... »

Hythlodaeus resta un instant silencieux, comme s'il prenait le temps de digérer ces paroles. Puis il pouffa de rire :

« Allons, allons... Mon bon ami vient de décrocher un poste prestigieux et je l'aperçois en train de rêvasser tout seul dans un parc, alors je viens lui présenter mes compliments, rien de plus. Enfin, c'est vrai que toi, tu ne fais jamais rien qui n'ait d'intérêt concret à tes yeux, alors bon. Pragmatique un jour... »

Cette dernière remarque provoqua un certain embarras chez Emet-Selch, dont les yeux se mirent à lancer des éclairs en direction de son camarade. Il préféra toutefois tourner les talons, estimant que cette conversation sans queue ni tête n'avait que trop duré. Pris de panique, Hythlodaeus s'empressa de le retenir.

« M-mais si tu veux des problèmes à résoudre, j'en ai ! Allez, suis-moi... Ce sera le baptême du feu du grand Emet-Selch ! »

« Un oiseau immortel ? »

- Bureau des créations, étage de recherche -

Tandis qu'ils s'engouffraient dans un couloir interdit d'accès en temps normal, Emet-Selch sollicita la confirmation d'Hythlodaeus, qui sans ralentir acquiesça d'un signe de tête.

« Il ne s'agit pas d'un être vivant à proprement parler, plutôt d'un amas d'énergie magique ayant la forme d'un oiseau. Toujours est-il qu'il est doté de pouvoirs curatifs hors du commun, tout aussi efficaces sur les autres que sur lui-même. Nos amis de l'institut y ont mis du leur, ça se voit. C'est un vrai petit chef-d'œuvre *sur tous les plans*.

— Tu m'en diras tant… Et donc, qu'est-ce qui cloche chez lui ?

— Eh bien, je me répète, mais l'oiseau immortel n'est pas un banal animal. C'est un être cent pour cent éthéré, et il s'avère que… Enfin, tu verras par toi-même. »

Ce disant, Hythlodaeus poussa l'imposante porte au bout du couloir. À peine fut-elle ouverte qu'un hurlement strident s'échappa de l'entrebâillement et vint agresser les tympans d'Emet-Selch, qui grimaça de douleur sous son masque. Toutefois, cette désagréable entrée en matière ne le découragea pas, et il franchit la porte d'un pas résolu.

Une fois dans la pièce, son regard fut aussitôt attiré par l'oiseau en question – non pas par ses ailes majestueuses, mais par *son autre versant*. Là, au milieu de ce qui était censé n'être qu'une nappe d'éther uniforme, brillait un éclat inattendu.

« Il a… une âme ? »

La magie créatrice des hommes était capable de matérialiser toutes sortes de choses… Tout, sauf des âmes. En revanche, celles-ci pouvaient se former spontanément chez les créatures nouvellement créées, pour peu que ces dernières répondent aux critères du monde physique ; autrement dit, que leur anatomie ne comporte aucune aberration. D'aucuns considéraient la fabrique des âmes comme l'apanage du ciel, un arcane que les hommes ne pourraient en aucun cas s'approprier.

Les yeux rivés sur la créature ailée, Hythlodaeus s'expliqua :

« Il y a eu comme qui dirait un accident… Pendant que j'éprouvais la viabilité de l'oiseau immortel, une âme égarée s'y est introduite ; probablement l'une de celles retenues de ce côté par quelque profond regret. Regarde-la se débattre… »

Emet-Selch observa attentivement le volatile, qui n'en finissait plus de pousser des hurlements plaintifs. Il le voyait buter contre les murs de la pièce, déchirant violemment ses ailes à chaque collision, projetant son énergie éthérée de toutes parts sous forme de gerbes de flammes. Presque aussitôt, son pouvoir curatif se déclenchait et le régénérait, de sorte qu'il put poursuivre sa danse macabre sans jamais s'affaiblir.

« Ce n'est pas beau à voir, en effet. Sa peur de mourir a pris le pas sur sa raison. Il s'accroche à la vie, mais c'est peine perdue. La confusion, l'affolement, l'affliction… la douleur qu'il ressent, qu'il s'inflige… c'est tout ce qui lui reste.

— Tu arrives à voir tout ça ? Moi, ça me dépasse.

— Non, bien sûr que non, ce ne sont que des conjectures… mais peu importe. Qu'est-ce que tu comptes faire à présent ? Tu ne vas tout de même pas laisser le dernier bébé de l'institut Lahabrea dans cet état ? »

Hythlodaeus se tourna vers son ami. En découvrant son petit sourire au coin des lèvres, Emet-Selch comprit qu'il eut là encore mieux fait de se taire. Hélas, le mal était (re)fait.

« Eh bien ma foi, il faudrait le renvoyer dans les Enfers… ce qui serait un jeu d'enfant s'il ne se régénérait pas à l'infini. Des sorts ordinaires n'en viendront pas à bout, et loin de moi l'idée de le faire souffrir inutilement… En fait, je comptais demander à un puissant mage de me prêter main-forte demain... mais ce serait encore mieux si tu pouvais t'y coller tout de suite !

— ... »

De guerre lasse, Emet-Selch se contenta de soupirer longuement. À l'évidence, ses regards réprobateurs étaient impuissants face au sourire aussi désarmant qu'imperturbable de son ami. À quoi bon chicaner ? Il préféra encore s'exécuter, à charge de revanche.

Alors qu'il concentrait son énergie, les contours de sa silhouette s'estompèrent tout à coup. Telle l'ombre du soir qui recouvre peu à peu la ville, ils se mirent à changer de forme.

« Ah, je ne me lasse pas de ce spectacle ! »

Sous les yeux ébahis d'Hythlodaeus, un torrent d'énergie surgit des Enfers et se déversa en Emet-Selch. On aurait presque pu y voir les bras d'une mère enveloppant son enfant. Nombreux étaient les adeptes de la magie, mais ceux capables de contrôler une puissance aussi phénoménale devaient se compter sur les doigts de la main, y compris au sein du Concile des Quatorze.

Le directeur du bureau des créations admira son camarade qui venait d'achever sa métamorphose et concéda, émerveillé :

« Qu'on se le dise, il n'y a pas meilleur Emet-Selch que toi, Hadès. Je te réitère mes compliments. »

L'intéressé poussa un bref soupir en esquissant une moue dédaigneuse... Ou bien était-ce un léger rictus ? Toujours est-il qu'il se tourna vers l'oiseau immortel et...

« Votre Excellence ? »

Une voix teintée d'irritation ramena Emet-Selch à la réalité. Il rouvrit peu à peu les yeux, et son regard encore embrumé alla spontanément se perdre dans les méandres de l'éther – un éther dénué de son éclat d'antan, aussi falot qu'une peinture délavée, ondoyant mollement deçà delà.

Il fronça les sourcils, comme pris de dégoût, puis rassembla ses esprits. À en juger par la situation, il s'était vraisemblablement assoupi sur sa chaise…

La voix résonna de nouveau à quelques yalms de lui :

« Votre Excellence, c'est bientôt l'heure de l'audience. »

Tournant enfin son regard dans cette direction, il vit un jeune homme aux longs cheveux blonds soigneusement attachés qui le fixait, l'air interdit. La profonde ride qui parcourait son front d'un sourcil à l'autre le vieillissait largement, alors qu'il n'avait en réalité même pas la vingtaine. Emet-Selch connaissait bien ce jeune homme : il s'agissait de son petit-fils, Varis… ou, plus précisément, de celui de Solus zos Galvus, l'empereur qu'il avait choisi d'incarner.

Il se rappela que ledit petit-fils était venu au rapport quelques jours plus tôt pour l'informer du succès de sa dernière mission de maintien de l'ordre – un non-événement qui ne justifiait en rien une entrevue avec l'Empereur, et encore moins qu'on le dérange dans ses quartiers… Le jeune lionceau désirait-il à ce point mettre en avant ses prouesses guerrières ? Ou était-il poussé en coulisses à l'excès de zèle ? Cette question et d'autres agitèrent un instant l'esprit d'Emet-Selch. Un instant seulement, car tout compte fait, les incongruités d'un cerveau humain abâtardi ne valaient pas la peine d'être disséquées.

L'Empereur se leva de sa chaise et se dirigea vers l'entrée de la pièce. Alors qu'il croisait Varis, celui-ci murmura dans son dos :

« Qu'est-ce qui vous déplaît tant chez moi ? »

À cette question, Solus s'arrêta net et se tourna vers son petit-fils, dont l'expression trahissait, une fois n'est pas coutume, un sentiment bien connu des adolescents de son âge : la frustration. L'attitude froide et distante de son grand-père lui avait manifestement laissé, toutes proportions gardées, du bleu à l'âme.

Il réfléchit quelques secondes. Puis, comme s'il venait d'avoir une révélation, il murmura :

« Ta carrure...
— Hein ? »

Varis eut beau écarquiller les yeux, son grand-père n'avait aucunement l'intention de s'appesantir sur le sujet. L'Empereur reprit ainsi sa marche sans plus se retourner et quitta la pièce.

Un rictus quelque peu contrit se dessina sur son visage alors qu'il traversait la galerie menant à la salle d'audience. Si la grande lignée garlemaldaise comptait autant de gabarits différents que de familles distinctes, ceux de Solus et de son épouse étaient tout sauf imposants, et rien n'aurait pu prédire qu'ils mettraient au monde un fils aîné exceptionnellement râblé. Le physique de colosse de celui qui donnerait plus tard naissance à Varis avait de quoi impressionner ses pairs, et l'entourage de la famille impériale ne se gênait pas pour en faire grand cas. À vrai dire, l'empereur Solus était bien le seul à maudire intérieurement cet étrange caprice de la nature.

Malgré tout, ce fils restait un être inachevé, une âme ignorante et chétive qui n'aurait en aucun cas pu remplacer ses camarades d'antan. Un rebut du genre humain, tristement condamné à se fourvoyer tout au long de sa courte existence. Au moment de caresser la joue de son nouveau-né, Solus savait déjà parfaitement ce qui l'attendait. Mais alors, qu'avait-il donc bien pu espérer en son for intérieur pour aboutir à ce résultat ?

Comble de l'ironie, ce fils aîné censé exaucer ses désirs inavoués s'en était depuis retourné aux Enfers des suites d'une vulgaire maladie. Non seulement cela, mais l'héritier de son sang et de sa monstrueuse carrure voulait à présent interdire à son Empereur un bête moment d'évasion. Ah, vraiment, que de vexations…

Au bout de quelques pas, Solus arriva enfin devant la porte de la salle d'audience. Avant d'y pénétrer, il ferma les yeux un instant, comme pour échapper aux innombrables corvées qui l'attendaient.

INTERLUDE

Deux ombres

Tandis qu'il épiait, depuis un recoin de l'interstice dimensionnel, les affaires du monde primitif, Lahabrea ne put s'empêcher de sourire.

Entre les murs de Castrum Oriens, forteresse située à l'extrémité ouest de la province impériale d'Ala Mhigo et marquant sa frontière avec Gridania, on pouvait apercevoir un homme vêtu d'une armure magitek d'un noir profond. C'était le gouverneur général du territoire annexé, l'invincible commandant de la 14e légion impériale : Gaius van Baelsar.

Curieusement, ce dernier n'était pas au chaud dans ses quartiers, mais se tenait là, au beau milieu de la nuit et sans le moindre garde du corps, dans un coin isolé d'un entrepôt battu par les vents.

Le prestigieux officier se comportait-il comme un voleur dans l'espoir de le rencontrer, lui ? Cette pensée amusa l'Ascien, qui esquissa un rictus et laissa presque échapper un ricanement.

Ce fut toutefois Gaius qui, par ces quelques mots, brisa le silence de la nuit :

« Si tu es là, montre-toi. »

Il était de bon ton de répondre à l'appel d'un futur allié. Lahabrea utilisa sa magie de téléportation et surgit derrière le commandant.

« Merci d'avoir trouvé un lieu discret pour nos retrouvailles. As-tu apprécié mon cadeau ? »

Les deux hommes s'étaient initialement rencontrés quelques jours auparavant – là aussi, à Castrum Oriens. Après avoir assisté au dénouement de la bataille de Carteneau, Gaius était retourné en Gyr Abania et réfléchissait désormais seul à un plan d'action, à l'aube d'une inévitable période d'instabilité. Bien qu'il se trouvât en sécurité au sein d'un bastion de sa propre armée, il ne relâchait pas sa garde pour autant. Dès qu'il perçut une présence dans son dos, il dégaina sa pistolame et frappa. Un agresseur quelconque serait mort sur le coup. Cependant, son visiteur vêtu d'une robe noire évita lestement la pointe de la lame et entama la conversation comme si de rien n'était.

« Je me présente : je suis l'Ascien du nom de Lahabrea. Toi que l'on surnomme le loup noir, que dirais-tu de devenir l'homme fort de la lutte contre les Primordiaux ? »

En Gyr Abania dormait une arme, conçue par l'empire d'Allag à son apogée, il y a plus de cinq mille ans. Si Gaius pouvait la faire sienne, il n'aurait plus à craindre l'ennemi ni à se terrer derrière un rempart.

En surface, le commandant ne sembla accorder aucun crédit à ces paroles qui émanaient d'un individu à l'allure douteuse ; mais il ne pouvait non plus se résoudre à les rejeter en bloc, sachant qu'un rapport des informateurs de l'agence Palmécia attestait effectivement de l'existence d'un groupe d'individus se faisant appeler « messagers divins ». C'est ainsi qu'il chargea son fidèle second de conduire une expédition archéologique dans les montagnes supposées abriter l'arme promise.

Quelques jours plus tard, ces recherches donnaient raison à Lahabrea, à qui il ne restait plus qu'à venir aux nouvelles.

« L'Ultima Arma, la plus grande machine de guerre anti-Primordiaux jamais construite. Pour toi qui recevras sous peu l'ordre de reprendre les hostilités en Éorzéa, on peut difficilement imaginer plus beau cadeau. »

Gaius fronça les sourcils sous son casque. Sa voix étouffée se teignit d'un léger agacement.

« Tu m'as l'air bien informé quant aux desseins de l'Empire. En revanche, Lahabrea, tu sembles avoir omis le fait que ton "cadeau" puisse être hors d'usage.

— Hmm.

— Comme tu l'as affirmé, il y a bien une arme gigantesque enfouie au fond des ruines allagoises… sauf qu'elle est réduite à l'état de fossile. »

Lahabrea avait dépêché des Asciens sous ses ordres afin de surveiller les fouilles, et était donc parfaitement conscient de ce « détail ». Toutefois, il se garda de le préciser, préférant laisser la parole à son interlocuteur.

Même pour lui qui vivait littéralement depuis une éternité, Gaius van Baelsar apparaissait comme un personnage hors normes. Au sein d'une nation aussi redoutable que Garlemald, le commandant de la 14e légion était parvenu à s'illustrer en soumettant non moins de cinq cités-États au joug impérial.

Son sens militaire du devoir ne tolérait aucun compromis, et il n'hésitait jamais à mobiliser ses troupes dès lors qu'une chance de succès se présentait à lui. Un homme d'une force de décision et d'une poigne comme les siennes ne pouvait décemment pas rôder dans l'obscurité d'une base militaire dans l'unique but d'exprimer de vagues doléances. Derrière chaque action humaine, il y a un désir.

« Mais là n'est pas le problème. Disons qu'après cinq mille ans, l'on pouvait difficilement s'attendre à mieux. »

Gaius retrouva quelque peu son calme et poursuivit d'un ton sec :

« Du reste, nos scientifiques ont l'habitude de manipuler des artefacts allagois. En étudiant de près les différentes parties de l'arme, ils devraient être capables, sinon de les reproduire, au moins de les remettre à neuf. En revanche, si la clef de voûte est manquante dès le départ, alors c'est une autre paire de manches… »

Enfin, la conversation prenait le tournant attendu par Lahabrea. Satisfait, il sourit.

« Tu as déjà tout compris, on dirait. Voilà qui simplifie les choses. »

Évidemment, ce n'était pas pour rien qu'il s'était présenté en personne au lieu d'envoyer l'un de ses complices. Il ouvrit grand les bras et continua :

« Il va sans dire qu'une arme tueuse de Primordiaux réclame une immense quantité d'énergie pour fonctionner. Les magismologues de l'époque avaient employé à cette fin une matière alors en cours d'étude, dont ils avaient modelé un noyau…

— Épargne-moi tes effets de manche. Tu sais exactement quelle est cette source d'énergie et où la trouver, sinon tu n'en parlerais pas.

— Mais bien sûr. Cette matière miraculeuse – et, par extension, le noyau qu'elle constitue – se nomme Cœur de Sabik. Rends-toi compte, même le génie allagois n'a su qu'effleurer l'infini potentiel de ce matériau quasi chimérique ! »

Les bras toujours tendus, Lahabrea ouvrit la paume d'une de ses mains, faisant apparaître en son creux un cristal d'un noir profond. Il agita ainsi, sous le nez de son interlocuteur, le pouvoir que ce dernier convoitait tant ; de quoi le convaincre de baisser sa garde.

« J'ai envie de te le confier, afin que tu restaures l'harmonie, et que tu rendes à cette planète sa forme originelle.

— Je me moque de tes ambitions. Le peuple est gouverné par des politiciens d'une faiblesse crasse ; à cause de cela, de fausses divinités sont invoquées, les terres pourrissent, la vie recule. Si un grand pouvoir m'est octroyé, alors je m'en servirai pour briser ce statu quo, et rien d'autre.

— D'accord, d'accord… Tu n'auras qu'à accomplir ton propre idéal en même temps que le mien. Au nom de celles et ceux que tu souhaites protéger… »

Gaius demeura impassible devant cette incitation. Sans doute était-il encore réticent à marcher dans les combines de quelque personnage obscur. En son for intérieur, pourtant, la balance penchait fatalement. Pour un homme qui, depuis tant d'années, se démenait dans le but d'unifier le monde sous la bannière de l'Empire, en effet, une telle force de frappe ne se refusait pas.

« Comme le dit si bien ton Empereur : “Si une terre s'étend sous vos yeux, à l'horizon, alors dévastez-la pour la subjuguer !!!” »

Savourant le silence défiant du commandant, Lahabrea enchaîna :

« Mais ta vision à toi s'étend au-delà de cette volonté de

conquête. Tu sais que des vies peuvent être sauvées, pour peu que le pouvoir réside entre les mains des forts… »

Lahabrea avait déployé ses sbires aux quatre coins d'Éorzéa afin de trouver celui ou celle à qui il confierait son plus bel atout. La personnalité de l'heureux élu – Gaius van Baelsar – n'avait évidemment aucun secret pour lui. Il y avait, bien sûr, le foudre de guerre qu'on ne présentait plus ; mais également le gouverneur des provinces conquises, une figure d'autorité sévère, mais juste. Celui qui savait reconnaître et promouvoir les meilleurs éléments sans distinction d'origine ou d'ethnie. Celui qui allait jusqu'à tendre une main secourable aux jeunes orphelins abandonnés dans le froid.

Le sens de la justice et l'humanité de Gaius étaient tels, son désir d'idéal si fort, qu'il ne pouvait que répondre à l'appel du pouvoir – quand bien même celui-ci provînt du fin fond des abysses. Inéluctablement, il ferait surgir, au bout de sa lutte, le chaos souhaité par les Asciens.

« J'ignore depuis combien de temps tu m'observes… mais sache que ce n'est pas pour me plaire. »

Son mécontentement était cette fois teinté d'une forme de résignation. Il fit un pas en avant et tendit la main. Au moment où Lahabrea allait lui remettre le Cœur de Sabik, il ajouta néanmoins :

« J'aimerais quand même savoir une chose. »

Lahabrea s'interrompit.

« Après que les Allagois ont abandonné l'Ultima Arma, pourquoi as-tu pris la peine de récupérer le Cœur de Sabik ?

Si ce n'était plus qu'une relique vouée à l'oubli, tu aurais pu le laisser dans sa carcasse. »

Lahabrea réfléchit à la question, et c'est à ce moment précis que deux visages apparurent furtivement dans son esprit. Il ne se souvenait plus à qui ils appartenaient, ni le pourquoi de cette réminiscence. Réprimant le sentiment de malaise qui germait en lui, il élabora une justification :

« En attendant de lui trouver un digne détenteur, j'ai préféré le conserver moi-même, pour éviter qu'il ne tombe entre de mauvaises mains. Après tout, personne n'a jamais saisi l'entière étendue de son pouvoir, que ce soit à l'époque d'Allag ou dans le passé plus lointain… »

Sa voix s'éteignit en bout de phrase, tandis que son inconfort allait grandissant.

Le Cœur de Sabik… quand exactement avait-il découvert son existence ? Et qui se trouvait alors à ses côtés ?

Pour rendre à cette planète sa véritable forme, il fallait forcer la réunification des mondes. Durant douze mille ans, Lahabrea s'était accroché à cet objectif, faisant montre, plus que quiconque, d'une implacable volonté. Maintes fois s'était-il débarrassé de son enveloppe charnelle vieillissante pour s'incarner dans une autre ; maintes fois s'était-il privé de sommeil pour mieux s'employer à semer les graines du chaos qui permettraient la fusion des mondes.

Or le temps érode les sentiments. Même les vœux les plus chers, les désirs les plus ardents ne sauraient lui échapper. Les voilà rongés par les siècles, consumés par les millénaires, réduits à néant par l'éternité. Le Lahabrea d'aujourd'hui en avait oublié jusqu'à sa véritable apparence ; jusqu'à la famille qu'il devait tant chérir jadis…

Ne restaient dans son cœur que les douze individus qui partageaient son objectif, ainsi que leur divinité, Zordiarche. Tant qu'il les gardait en mémoire, tout le reste était superflu. C'est du moins ce qu'il se répétait. Mais alors, quelle était cette douleur diffuse qui lui serrait la poitrine ?

« … ? »

En dépit du regard perçant que lui portait Gaius, Lahabrea ne bougea ni ne pipa mot. Il avait dit ce qu'il avait à dire. À présent, il ne lui restait plus qu'à remettre au commandant le cristal qu'il tenait dans sa main, et à s'en aller. Seulement, les deux visages qui lui trottaient en tête refusaient obstinément de disparaître.

Le premier était celui d'une femme affichant un sourire radieux et des yeux pétillants de curiosité. Le second, celui d'un jeune homme à la chevelure rouge flamboyante et au regard vif.

Il ignorait qui ils étaient, et ce qu'ils étaient censés représenter pour lui.

Il allait confier l'Ultima Arma à Gaius van Baelsar, qui exploiterait sa puissance phénoménale pour mettre Éorzéa à feu et à sang. Si des protégés de la Lumière devaient s'interposer et faire obstacle à la réunification des mondes, ils seraient matés par la magie contenue dans le Cœur de Sabik. Lahabrea devait s'en séparer ici et maintenant pour que tout se déroule comme prévu.

La marche à suivre était on ne peut plus claire ; mais les deux inconnus dans son esprit semblaient pourtant lui adresser de sourdes protestations dont il était incapable de saisir le sens.

Enfin, ce n'étaient jamais que de simples souvenirs oubliés.

Sans doute les avait-il omis sciemment, jugeant qu'ils ne servaient pas sa cause.

Du reste, c'eût été indigne de Lahabrea de se laisser happer par de telles réminiscences à un moment aussi crucial ; indigne d'un homme qui avait tant accompli au sacrifice de sa propre identité. Alors il se blâma intérieurement pour cet instant de faiblesse et déposa le Cœur de Sabik dans la main de Gaius. Aussitôt, les deux mystérieux visages qui le hantaient s'évaporèrent.

Puis il tourna les talons, ignorant le regard inquisiteur du commandant. Il n'avoua point la raison de son silence, comme pour mieux fixer le chemin tout tracé qui était le sien. Comme pour mieux rester sourd aux appels qui résonnaient du tréfonds de son cœur.

INTERLUDE

Et maintenant ?

« Emet-Selch ! »

Tandis que je m'apprêtais à quitter le Capitole, une voix me héla depuis l'entrée du bâtiment. J'interrompis ma foulée et me retournai. Un jeune homme d'un gabarit relativement petit me rejoignait d'un pas leste. Il était vêtu d'une robe blanche et son visage était recouvert d'un masque rouge, témoignant son appartenance au Concile des Quatorze. Dès lors, son identité allait de soi : il ne pouvait s'agir que de mon camarade Elidibus.

Au regard interrogateur que je lui jetai, il respira profondément et me demanda sur un ton solennel :

« Tu es au courant du prochain sujet à l'ordre du jour ? Cette histoire de volcan ?

— Oui. Ça parlait d'une grande éruption pour bientôt... mais rien de bien compliqué à gérer, de mémoire. »

Effectivement, on avait rapporté au Concile qu'une certaine île volcanique présentait un éther de feu hautement instable, signe d'une éruption imminente. Et oui, on trouvait bien sur place un village, entouré de vastes champs ; si la prédiction s'avérait exacte, tout serait englouti dans un torrent de poussière et de fumée.

Mais tout de même, il n'y avait pas de quoi en faire un plat. Dans ce cas comme dans tant d'autres, les autochtones avaient sûrement accueilli la nouvelle avec philosophie, nul n'ignorant les lois de la nature. En outre, rien n'empêchait ceux qui le désiraient d'évacuer l'île de leur propre chef. Au Concile, on débattrait, pour le principe, de l'utilité d'une intervention, tout ça pour aboutir à une conclusion strictement identique.

Non... Si Elidibus avait pris la peine de venir me voir en personne pour parler de cette affaire en particulier, c'est qu'il devait y avoir anguille sous roche, ce qui n'était pas pour me rassurer…

« En fait, Azem s'est rendu là-bas. Il a dit qu'il allait prévenir l'éruption volcanique. »

Je fronçai les sourcils avec force, comme pour lui rétorquer : « Que veux-tu que cela me fasse ? » Après avoir pris le temps de réprimer mon agacement, j'optai toutefois pour un plus cordial : « Ah oui ? Et par quel moyen ? » Elidibus renchérit alors avec une autre question, toujours avec cet air consciencieux si caractéristique :

« Ifritah, l'esprit des flammes, ça te dit quelque chose ?
— Évidemment. C'est le grand œuvre de Lahabrea, la création dont il est le plus fier. »

À ces mots, Elidibus esquissa un sourire, comme si le verrou du sérieux venait de sauter à la commissure de ses lèvres. « Oh oui, et ce n'est rien de le dire ! », lâcha-t-il avec un enthousiasme non feint. Je pouvais parfaitement sentir à quel point il admirait Lahabrea – à quel point il nous admirait tous.

En temps normal, j'aurais trouvé sa réaction amusante quoiqu'un peu gênante. Mais en l'occurrence, j'essayais surtout de comprendre où il voulait en venir, raison pour laquelle mon front se plissa derechef.

Ifritah, l'esprit des flammes. Une entité fantasmagorique créée à partir d'éther de feu concentré. Je devinais tout à fait comment Azem allait s'y prendre pour empêcher l'éruption de se produire : puisque le volcan débordait d'éther, il lui suffisait de matérialiser toute sa bouillonnante énergie sous cette forme monstrueuse, puis de la disperser dans un endroit sûr – en vainquant la créature, il va sans dire.

Or il ne pouvait réaliser ce plan qu'avec l'assentiment d'une personne bien précise : le dépositaire du concept d'Ifritah, son gardien en quelque sorte. Et s'il ne s'agissait pas de Lahabrea lui-même, alors il n'y avait guère qu'une alternative : le directeur du bureau des créations, celui qui a la charge de tous les concepts, et qui se trouvait être mon vieil ami. Sa complicité était le sésame indispensable pour accéder aux idées les mieux gardées.

Je l'imaginai souhaitant bon voyage à Azem avec l'un de ces sourires béats dont il a le secret ; et je me couvris le visage – ou plutôt le masque – d'une main, consterné que j'étais.

Voyant cela, Elidibus comprit qu'il n'avait nul besoin de s'expliquer davantage.

« Je ne me fais pas trop de souci pour Azem, quoique ça pourrait de nouveau barder pour son matricule si la situation lui échappe. Accompagne-le, ça vaut mieux.

— D'accord, je crois que j'ai compris… Et toi alors, tu es sûr que ça va aller ? N'est-ce pas un peu étrange qu'Elidibus le médiateur prenne le parti de l'un des nôtres ?

— Je ne prends parti pour personne. Rien n'a encore été décidé à propos de cette histoire de volcan. Dans le doute, il faut respecter l'opinion de chacun. »

L'aplomb dans sa réponse m'ôta toute envie de le contredire ou d'abonder dans son sens. Je me contentai de hausser les épaules, en me disant qu'Azem était décidément chanceux de coexister à la même époque qu'un médiateur aussi conciliant.

« Au fait, il t'a dit pourquoi il tenait tant à empêcher cette éruption ? », demandai-je à Elidibus avant qu'il ne reparte.

« Pas vraiment... », répondit-il, pensif. Son rôle de médiateur l'astreignant au devoir d'exactitude, sans doute essayait-il de se remémorer en détail sa dernière conversation avec Azem. Il releva bientôt la tête, comme frappé d'un éclair de lucidité, et me divulgua le plus sérieusement du monde, comme on partage quelque secret jalousement gardé :

« Le raisin cultivé sur l'île... Il est absolument délicieux d'après lui. À ses yeux, cela vaut sans doute la peine de préserver cette précieuse denrée, quitte à aller à l'encontre de l'ordre naturel des choses !

— Euh... Si tu le dis... »

Pour ne pas heurter la candeur de mon cher camarade, je me gardai de lui révéler le fond de ma pensée, me jurant toutefois que l'amoureux du raisin et son complice auraient un jour droit à un sermon appuyé de ma part. Elidibus se permit alors de renchérir, tout aveugle à ma consternation qu'il était : « Il faut dire que les opinions d'Azem sortent toujours des sentiers battus ! » L'émoi était palpable dans sa voix.

Voilà, en somme, le genre de personne qu'était notre médiateur : un jeune homme tout entier dévoué à son travail, ainsi qu'à ses treize collègues qu'il respectait autant qu'il estimait. Le petit protégé du groupe, celui que tout le monde appréciait. Si bien que lorsque nous comprîmes qu'il était le plus apte à servir de noyau à Zordiarche, même les plus pragmatiques d'entre nous ne pûmes réprimer un pincement au cœur.

Autant vous dire que la chute n'en fut que plus rude au moment de nos retrouvailles inespérées.

Grâce à Zordiarche, la volonté de l'astre, l'humanité venait d'échapper à l'apocalypse... pour mieux se déchirer ensuite autour de la question délicate de son avenir. Si, pour la plupart, nous souhaitions faire offrande de vies nouvelles à notre sauveur afin de ressusciter nos compatriotes qui lui avaient été sacrifiés, d'autres, irréductibles, considéraient au contraire que le futur appartenait justement à ces jeunes pousses.

Et c'est alors même que nous affrontions ce terrible dilemme que *quelque chose* tomba de Zordiarche. Une masse indéfinie, qui se tortilla deçà delà… avant de prendre progressivement forme humaine, sous nos regards médusés. Quand enfin sa mue fut achevée, cet être étrange esquissa ce qui ressemblait – très vaguement – à un sourire.

« Tout… ira… pour le mieux… Vous ferez les bons choix… Vous mènerez les actions qu'il faut… Moi, Elidibus, je vous y aiderai. »

Puis les années défilèrent, plus que je ne saurais en compter.

Ma mission en tant que Solus, empereur de Garlemald, achevée, je m'en retournai dans la pénombre de l'espace qui sépare les mondes, dans mon antre où m'attendait mon premier long repos depuis des lustres.

Ayant pris soin de laisser mon enveloppe charnelle dans le monde primitif, j'étais alors un être informe, comparable à un esprit errant. Aussi, je décidai d'adopter mon apparence d'antan, de cette époque où j'étais réellement moi-même. J'avais le sentiment qu'en m'endormant sous mes anciens traits, je me débarrasserais tout à fait de cette seconde peau que j'avais dû porter bien trop longtemps.

Appelons cela de l'instinct de conservation, si tant est qu'il restât quoi que ce soit à conserver… À vrai dire, plus d'une fois j'avais même envisagé la solution de facilité, à savoir renoncer définitivement à mon moi authentique. Puis je repensai à l'état dans lequel se trouvaient les deux autres Asciens originels, de quoi me convaincre que mon attachement à ma substantifique moelle n'était pas que sentimental.

« Emet-Selch ! »

Une voix me tira du sommeil. Je l'ignorai, comme pour intimer l'ordre de laisser tranquille un vieil homme fourbu. Ne m'en déplaise, l'importun s'approcha malgré tout et réitéra son appel. Bien que sa voix fut identique à celle qui m'avait hélé à l'entrée du Capitole il y a si longtemps de cela, j'aurais cru entendre quelqu'un d'autre. Peut-être parce que son ton, son attitude, tout chez lui avait radicalement changé entre-temps. Ou peut-être parce qu'il s'était littéralement métamorphosé…

Quoi qu'il en soit, Elidibus, puisque c'était lui, était debout à mes côtés. Tout doucement, il m'annonça :

« Lahabrea n'est plus. »

Cette nouvelle me fit me dresser face à mon interlocuteur qui, lui, se tenait parfaitement immobile. S'ensuivit un long silence, qui en disait long sur le poids des mots qu'il avait employés. « Lahabrea n'est plus. » Si encore il avait parlé de « mort », les implications auraient été bien moindres. Après tout, la « mort » n'est jamais définitive chez nous autres Asciens. Mais cette expression-là sonnait comme une sentence irrévocable.

« Nous savions que cela finirait par arriver tôt ou tard. »

Tandis que les mots d'Elidibus résonnaient dans mes oreilles, je fermai les yeux et laissai échapper un long soupir.

Ma foi, il avait raison. Lahabrea était depuis longtemps le plus agité, pour ne pas dire le plus téméraire de nous trois. Il ne reculait devant rien pour atteindre son but : voyages entre les mondes, transformations en tout genre… Une fuite en avant qui le conduisait lentement mais sûrement à sa perte. Dernièrement, il s'était employé à provoquer un fléau ombral, alors même que le dernier en date venait d'avoir eu lieu… sous son impulsion.

Son tempérament m'évoquait l'image d'un brasier ardent, inspirée sans doute par toutes ces sublimes entités de feu qu'il avait enfantées, qu'il s'agisse de l'oiseau immortel ou d'Ifritah, l'esprit des flammes. Au zénith de sa carrière, sa flamme à lui était vive, elle était belle – et, comme toute flamme, elle était vouée à s'éteindre après avoir tout consumé.

J'écartai lentement les paupières et observai attentivement Elidibus.

Son visage était caché sous son masque, à l'exception de sa bouche qu'il gardait rigoureusement fermée, ne laissant transparaître aucune émotion. Sa dévotion autrefois si évidente envers ses camarades était désormais indécelable, à se demander si elle existait encore…

« Emet-Selch ?

— Pardon… C'est juste que tu me rappelles les créatures fabriquées par ce bon vieux Lahabrea…

— Les créatures… fabriquées… ? »

Cette fois, je sentis nettement le trouble pointer à travers ses balbutiements. Sans doute venait-il de réaliser, d'une part, que je n'étais pas aveugle à son amnésie (car bien sûr, il n'avait

aucune idée de ce dont je lui parlais) et, d'autre part, qu'un morceau de lui s'était manifestement volatilisé on ne sait où. Toujours est-il que je le vis serrer les poings.

Depuis que le médiateur avait reparu devant le Concile des Quatorze – moins en tant qu'être humain que personnification d'un puissant désir –, les temps avaient changé, et lui avec. Chaque année écoulée lui avait ôté un peu plus de ce qui le définissait jadis.

« Elidibus… Tu es sûr que tu ne veux pas jeter un œil à ton cristal ? »

À l'époque où Lahabrea et lui étaient encore vierges de toute aliénation, les souvenirs que nous avions les uns des autres au sein du Concile étaient consignés dans des cristaux, utiles entre autres à l'éducation des transmigrés. Elidibus aurait pu à tout moment se rafraîchir la mémoire en examinant le sien, mais il ne l'avait jamais fait.

Cette fois encore, il secoua la tête de gauche à droite avant de me répondre :

« Je suis Elidibus. Je sais ce que j'ai à faire, et comment je dois le faire… C'est suffisant. Quand bien même mes souvenirs me reviendraient, je risquerais de les perdre de nouveau en chemin. Ne me force pas à revivre cela encore et encore… surtout si ces souvenirs sont précieux… »

Il semblait si sûr de son fait qu'il aurait été une fois de plus malavisé d'argumenter pour ou contre sa décision. Hausser les épaules de façon ostentatoire et vite changer de sujet, telle était ma seule option. Il m'épargna toutefois cette gageure, en décidant de lui-même de prendre congé. Tandis qu'il incantait un sort de téléportation, il ajouta :

« Je vais retourner dans le monde primitif m'occuper de ce fameux héros qui a eu raison de Lahabrea.

— Techniquement, ce n'est pas ton ennemi si c'est un héros, mais peu importe… C'est noté.

— Je ferai de mon mieux, mais nous ne sommes à l'abri de rien. Continue d'agir de ton côté ; ensemble, tâchons de mettre rapidement un terme à ces temps troublés. »

Avant même que je ne puisse répondre « Non merci, je préfère roupiller un brin », le sort d'Elidibus se déclencha et sa silhouette s'évapora dans l'obscurité. À ce moment-là, j'étais loin de me douter que nous venions de vivre à l'instant notre ultime tête-à-tête.

Et maintenant ?

Maintenant, tous mes charmes sont détruits ; je suis réduit à ma propre force. Et lorsqu'elle aura disparu à son tour, je ne serai alors plus que poussière emportée par le vent. De moi, il n'y aura plus un souffle, plus rien.

La bataille fut rude, ses conséquences, dramatiques. Il ne pouvait en être autrement. Après tout, l'enjeu, ce souhait que je voulais voir exaucé, c'était tout ce que j'avais.

Aujourd'hui comme hier, les Enfers appellent l'éther. Je ne me suis jamais lassé du spectacle. Je pense au long passé qui me précède, à ce futur qui me survivra et dont je n'entrevois que des bribes.

Ainsi donc, le dernier acte de cette pièce se jouera sans moi. Pour autant, tous les comédiens n'ont pas quitté la scène. Certains se tiennent encore là, sous des formes inattendues.

Aussi, ne vous levez pas de vos sièges. Restez donc un peu pour voir. Car enfin, l'heure du tomber de rideau n'a pas encore sonné.

Avez-vous entendu ? Je viens de claquer des doigts, moi qui n'ai pourtant plus d'enveloppe charnelle… C'est ma manière de vous inviter à observer, les yeux grands ouverts, le dénouement de cette histoire.

ACTE II

L'éclat azuré des jours passés

ACTE II

La plus balèze des passions

Il était une fois un homme qui courait plus vite que son ombre dans une plaine, tout en servant de monture à un chocobo.

Oui, vous avez bien lu : c'était le chocobo qui chevauchait l'homme, et non pas l'inverse.

« Rien de tel pour raffermir les quadriceps, les mollets, et bien sûr les fessiers, ho ho ho ! », tonna le destrier improvisé une fois à l'arrêt pour expliquer sa routine d'exercices physiques.

« S'il s'agit simplement de faire travailler le bas du corps, vous n'avez qu'à rembourrer vos bottes avec du plomb, comme moi », répliqua Julyan un peu sèchement, se demandant toujours à moitié si elle avait bien fait d'accepter le rendez-vous galant. Son « cavalier-monture » n'était pas simplement quelque peu excentrique ; il était bien plus que ça.

Godbert Manderville allait bientôt connaître un succès fulgurant, et hériter de son surnom d'« orfèvre le plus balèze d'Éorzéa », en s'enrichissant comme un nabab grâce à son talent pour l'orfèvrerie et en rejoignant le groupe d'élus connu sous le nom de Cartel des Scorpions ; mais alors que se déroulait cette rencontre romantique avec celle qui allait devenir sa compagne tout comme sa partenaire en affaires, il n'était somme toute qu'un artisan assez peu connu, et bien que sa famille eût déjà acquis une certaine renommée dans le monde du marteau et de la fraise, elle ne nageait pas encore le papillon dans l'opulence. Godbert était un grand garçon bien bâti et tout ce qu'il y a de plus fougueux, dont les cheveux brillaient d'un noir de jais aux antipodes du blanc éclatant de sa maturité.

Julyan, pour sa part, était l'incarnation de la santé juvénile – ce qu'elle est toujours, gardez-vous bien de lui dire le contraire – qui n'avait besoin que de très peu de maquillage pour éblouir son entourage. Cuisinière de métier s'étant déjà fait connaître à Ul'dah, elle ne possédait toujours pas son propre restaurant, mais cela ne l'empêchait pas d'avoir un carnet d'adresses rempli à ras bord de contacts au sein de l'aristocratie locale, qui avaient d'ores et déjà réservé ses services pour plusieurs années à l'avance afin qu'elle leur prépare les meilleurs gueuletons de son cru dans leurs palaces dorés. La chef avait pour principe d'accepter les réservations au compte-gouttes ; au vu des préparatifs gargantuesques que nécessitait chacune d'entre elles, la clef de son succès ne se trouvait nulle part ailleurs.

Pour preuve, ce jour-là, Julyan vadrouillait dans le Thanalan oriental à la recherche du morceau de viande idéal pour sa recette de ragoût, car aucune des échoppes de l'avenue du Saphir n'avait été capable de lui en procurer un suffisamment frais et savoureux. Elle s'était donc retroussé les manches et avait décidé de partir chasser toute seule comme une grande. Sa cible principale était un filet de myotragus sauvage, l'espèce ovine qui vit dans le désert uldien.

Elle ne tarda pas à repérer un troupeau, à la suite de quoi elle alla se camoufler dans les hautes herbes pour l'observer en détail et dénicher le plus gros et appétissant de ses mâles. De manière générale, la chair des femelles est plus grasse et donc plus tendre en bouche, mais cette fois, la cuisinière voulait obtenir un goût puissant de gibier qui reste dans les mémoires. Au bout d'un court moment, elle jeta son dévolu sur le spécimen idéal et s'arma de sa poêle de prédilection. Car oui, pour Julyan, la préparation d'une recette commence dès le premier coup de poêle sur la tête de sa proie.

Or, au même instant où elle jaillissait des buissons, une forme de vie non identifiée fit de même dans l'ombre des rochers du côté opposé. Godbert, muscles saillants et caleçon fringant, ne la perdait pas de vue derrière ses lunettes noires.

« Non mais oh, espèce de dégénéré ! »

Ledit dégénéré dans sa ligne de mire, la fana de cuisine revit aussitôt ses priorités. Elle rebondit sur le dos du bouquetin myotragus qui incarnait sa cible initiale pour abattre sa poêle vengeresse sur le crâne du pervers entièrement nu ou presque qui la dévisageait. Elle n'allait en faire qu'une bouchée, pensait-elle… lorsqu'un bruit de métal clinquant lui fit résonner les tympans à tout rompre.

Impossible de savoir comment il avait pu l'extraire de la poche intérieure de son unique sous-vêtement aussi vite, mais Godbert avait paré l'attaque foudroyante avec un marteau d'orfèvre du plus bel effet.

« Calmez-vous, gente dame, il y a méprise ! »

Le ton de gentilhomme obséquieux qui la sollicitait ne parvint pas à refroidir une seule braise du feu de la colère qui brûlait dans la poitrine de Julyan. Avec un regard de diablesse, elle abattit sa poêle sur Godbert de toutes ses forces, mais celui-ci l'encaissa encore une fois sans sourciller.

« Mais c'est pas possible ?! Personne n'a jamais été capable de parer mes coups ainsi… jusqu'à aujourd'hui ! »

Malgré son agitation intérieure, Julyan ne pouvait pas se permettre de relâcher son attention un seul instant. Son prochain coup de poêle devait à tout prix décider de l'issue de la bataille et, en un sens, il le fit. Godbert plia enfin le genou à terre. Sa masse musculaire avait beau être beaucoup plus importante, elle ne pouvait rien face à l'ire d'une cuisinière contrariée.

« Vous vous rendez enfin ? Parfait ! En route pour la caserne des lames de cuivre, elles savent s'occuper des voyeurs dans votre genre ! »

La sentence semblait irrévocable, mais Godbert continuait d'implorer la jeune femme.

« V-vous vous trompez, je vous assure ! Par pitié, écoutez ce que j'ai à vous dire ! »

Le satyre était tout sauf tel, puisqu'il ne cherchait qu'à se procurer des cornes de bouquetin myotragus pour en incruster des fragments dans ses joyaux. Son adversaire finit enfin par s'en rendre compte et, toute penaude, elle rangea son outil de cuisine des enfers hors de la vue de son interlocuteur et s'excusa platement.

« Toutes mes confuses, Messire ! Il semblerait que je vous eusse jugé trop hâtivement…
— Ha ha ha ! Votre gêne ne fait que confirmer votre sincérité. Vous êtes entièrement pardonnée, gente dame ! »

Godbert avait déjà tout oublié d'un seul éclat de rire, et Julyan elle-même ne se demandait plus pourquoi l'individu en face d'elle était tout nu, exception faite de son service trois pièces.

Et c'est ainsi que le destin mit en place la rencontre musclée entre les futurs représentants de la famille Manderville.

Par bonheur, pour ainsi dire, le bouquetin myotragus visé par les deux parties avait déjà rendu l'âme sous les assauts répétés du couple de chasseurs improvisé. Sa viande comme ses cornes étaient donc à disposition, et il ne restait plus qu'à se les partager. L'atmosphère de collaboration qui s'ensuivit motiva Godbert à formuler sa première demande de la manière la plus adéquate qui soit pour un gentilhomme de sa trempe.

« Chère Mademoiselle, je ne voudrais pas vous brusquer, mais je serais enchanté que vous m'accordiez un rendez-vous. Puis-je m'attendre à une réponse favorable de votre part ? »

Julyan ne savait plus où se mettre. Elle n'avait encore jamais rencontré d'homme capable de lui tenir tête en combat singulier, et il lui sembla que cuisiniers comme orfèvres avaient pour point commun de se procurer leurs matériaux de travail tout seuls. Malgré l'apparence peu avenante de son prétendant, elle ne put se permettre de lui refuser la faveur d'une deuxième rencontre.

Contre toute attente, le programme du rendez-vous galant élaboré par Godbert était on ne peut plus convenu : visite des hauts lieux du Thanalan, puis dîner dans un restaurant uldien huppé. Comme quoi, l'orfèvre qui n'était encore que le plus excentrique d'Éorzéa ne se trouvait pas entièrement dépourvu de sens commun.

Alors qu'ils étaient attablés depuis un moment, il se lança dans un discours enflammé à propos du grand rêve de sa vie, qui le motivait à se surpasser un peu plus chaque jour.

« À notre époque, le milieu de l'orfèvrerie à Ul'dah souffre d'un grand défaut : il cherche absolument à suivre la mode du moment. Vous n'avez pas remarqué ? La totalité des boutiques de la ville proposent les mêmes produits à quelques détails près ! Toute cette paresse intellectuelle m'ennuie profondément, au point où j'ai ressenti le besoin de prendre mon baluchon et de partir pour un long voyage. J'ai profité du chemin pour chasser des monstres, déterrer des minerais et accumuler des agrégats de mes propres mains, afin de mettre au point une collection de joyaux unique en son genre qui sera l'incarnation parfaite de mon style personnel. Ainsi, lorsque j'aurai enfin ouvert mon magasin, les clients s'y bousculeront du matin au soir, ho ho ho ! »

Il est facile d'interpréter ces paroles comme le premier pas vers le succès d'un artiste aujourd'hui renommé dans le monde entier. Néanmoins, Julyan n'avait aucune capacité particulière de prédire l'avenir, et cette diatribe sonna avant tout à ses oreilles comme un étalage d'ego de la part d'un blanc-bec qui avait les yeux plus gros que le ventre.

De son côté, elle avait toujours pris le parti du réalisme le plus froid : la loi du marché était absolue à Ul'dah, et pour y faire son trou, aucun effort n'était à négliger pour se hisser au-dessus de la concurrence. Affûter ses couteaux et polir ses spatules était certes indispensable, mais pour préparer quelle variété de cuisine ? Et pour quelle sorte de clients ? Comment se distinguer au milieu de la myriade de parfums et de saveurs qui emplissait les rues de la cité durant les repas ? Pour l'heure, elle pensait avoir trouvé une réponse adéquate à ces questions essentielles, car dans le cas contraire, elle ne connaîtrait pas le succès qui est le sien.

Aux yeux de Julyan l'aguerrie, Godbert avait encore beaucoup à apprendre avant que ses calculs ne portent leurs fruits.

Quand bien même les connaissances de la cuisinière en matière d'orfèvrerie étaient plus que rudimentaires, sa tête brûlée de prétendant ferait bien de tourner sa langue sept fois dans sa bouche avant de proférer de tels commentaires dans le monde impitoyable des affaires à Ul'dah, pensa-t-elle.

« Rien de plus normal que de vouloir percer en faisant preuve d'originalité, mais toutes les modes ont une fin. Après le succès initial, les gens se lasseront et tourneront leur attention vers autre chose, vous ne croyez pas ? », dit-elle en prenant le ton le plus glacial possible afin de tester les limites psychologiques de son cavalier.

« Hmm… Tant que mes produits seront de la plus haute qualité possible, je suis convaincu que mon échoppe ne désemplira pas. »

Julyan dut se rendre à l'évidence : certains orfèvres, dont celui qui se trouvait en face d'elle, n'avaient pas les pieds sur terre comme leurs collègues cuisiniers. Elle en vint même à se dire que si elle avait su, elle ne serait pas venue.

« Pfff… À quoi est-ce que je m'attendais, au fond ? », pensa-t-elle en regrettant à moitié d'avoir perdu son temps en compagnie d'un tel naïf.

Godbert retira lentement ses lunettes noires et regarda son coup de foudre droit dans les yeux.

« Mademoiselle Julyan, je dois vous faire une confidence. Hormis mes parents, personne n'avait encore réussi à me faire plier un genou à terre… jusqu'à notre rencontre. Depuis que je vous ai vue agiter cette poêle avec des mouvements d'une beauté et d'une grâce aussi éclatantes, vous occupez chacune de mes pensées. Devenez ma compagne pour la vie, car rien ne pourrait me rendre plus heureux. Je promets de faire votre bonheur jusqu'à la fin de nos jours. »

Une demande en mariage dès le premier rendez-vous... Même la plus bagarreuse des cuisinières ne pouvait qu'être prise de court.

« Euh... Vous ne trouvez pas cela un peu précipité ? Nous nous connaissons à peine... »

Son estime pour cet homme était en train de choir dans un puits sans fond.

« Je suis navrée, mais... j'ai déjà promis ma main à quelqu'un. »

Julyan avait dérapé. En voulant trouver l'excuse parfaite pour refuser les avances de Godbert, elle avait fini par proférer un bien indigne mensonge. Ou plutôt un semi-mensonge, car en effet, un de ses meilleurs clients venait également de lui faire sa demande en mariage. Pour le moment, Julyan avait décidé de le laisser poireauter, mais la proposition était certainement alléchante.

Elle venait de l'héritier d'une famille de grossistes fortunés appartenant à la Firme du commerce de l'Aldenard oriental. Convoler en justes noces avec un tel personnage garantissait un avenir dépourvu de tout souci matériel ; cerise sur le gâteau, c'était un homme bon et affable auquel il fallait franchement chercher la petite bête pour avoir une raison de se plaindre. Son seul faux pas avait été de presser Julyan un peu trop dans l'espoir d'une réponse positive, ce qui avait fait grandir le doute dans l'esprit de la cuisinière. Et voilà que maintenant, un deuxième fiancé potentiel tout aussi opiniâtre exécutait sa danse du paon devant ses yeux ébahis…

Hélas pour Godbert, Julyan venait de prendre sa décision définitive, à cause de nul autre que lui. Si elle devait se lier pour l'éternité à un homme, autant que ce soit quelqu'un qui ait les pieds sur terre en plus d'avoir la bourse bien remplie.

« Très bien… Sachez que cela me peine beaucoup… »

À peine Godbert eut-il fini de prononcer ces mots qu'il tendit une petite boîte à Julyan.

« Acceptez toutefois ceci de ma part, s'il vous plaît. Je l'ai confectionnée spécialement pour vous. Si jamais elle n'était pas à votre goût, vous avez mon aval pour en disposer comme bon vous semblera. »

La jeune femme hésita un instant, mais elle ne voulait pas mettre son cavalier encore plus mal à l'aise qu'il ne l'était déjà. Elle accepta son cadeau en le remerciant, et c'est ainsi que leur premier rendez-vous prit fin.

Le soir suivant, Julyan se trouvait dans la demeure du fameux héritier de bonne famille qui la courtisait ardemment. Elle s'y était rendue pour accepter sa proposition. Il va sans dire que le jeune homme exulta en entendant que son vœu était exaucé.

« Aucun doute possible, il n'y a pas de meilleure décision pour moi… »

Julyan murmura ces mots pour se persuader qu'elle avait fait le bon choix. Or, au même moment, Godbert et son marteau d'orfèvre firent une apparition inopinée dans son esprit.

« Mais dans ce cas, pourquoi est-ce que je pense toujours à lui ? », réalisa-t-elle soudain alors que la confusion s'emparait de tout son être.

Tout à coup, un brouhaha de voix d'hommes en colère l'extirpa du brouillard mental dans lequel ses pensées contradictoires venaient de la plonger. La réalité sur laquelle elle posa alors les yeux était autrement plus brutale : des hommes masqués accouraient en brandissant des épées dans le salon luxueux de son futur mari. Récemment, elle avait entendu dire que les affaires de cambriolage au sein de la haute société uldienne étaient en augmentation constante, mais elle ne s'attendait pas à avoir le malheur d'assister à l'une d'entre elles en direct. Arrivés auprès d'eux, les brigands pointèrent leurs lames en direction du maître des lieux et exigèrent qu'il leur divulgue l'emplacement du coffre-fort de la maison.

« Voilà qui ne me laisse guère le choix… »

Julyan empoigna sa poêle et s'élança à l'assaut des intrus plus vite qu'un coup de vent. Les voleurs pensaient à coup sûr que leur nombre faisait leur force, mais un trop grand manque d'entraînement leur fut fatal face à une cuisinière plus déchaînée que jamais. Elle les envoya au tapis un par un en moins de temps qu'il ne faut pour le dire, puis alla au-devant de son – toujours à ce moment-là – futur mari qui grelottait fébrilement dans un coin de la pièce afin de s'assurer qu'il n'était pas blessé. Elle ne s'attendait cependant pas à entendre les mots qui s'échappèrent alors de sa bouche.

« M-m-mais qu'es-tu donc… ? Un… Un monstre ?! »

Le miroir des apparences était brisé. Une famille aussi prestigieuse et raisonnable ne pouvait décemment accueillir en son sein une femme comme Julyan, qui disposait d'une telle « force »… Tous les préparatifs de mariage présents et à venir furent aussitôt annulés, et la jeune femme tourna les talons pour laisser derrière elle l'avenir confortable qu'elle s'était imaginé. Mais malgré ce coup du sort inattendu, elle ne ressentait aucune peine, et encore moins du regret ; bien au contraire, c'était comme une libération.

Sur le chemin du retour, elle se souvint de la petite boîte que Godbert lui avait offerte avant qu'ils ne se quittent la veille. Curieusement, elle n'avait pas encore songé à l'ouvrir.

Elle extirpa l'objet de sa poche et constata qu'il contenait une petite sculpture en agate de haute qualité, juchée sur un piédestal en bois d'œuvre taillé à la perfection.

« Comme c'est charmant… »

Julyan ne pouvait s'empêcher d'être admirative devant cette fidèle représentation d'elle-même, brandissant vindicativement sa poêle aux yeux du monde. Pour certains, elle n'était alors plus qu'un « monstre » ; pour d'autres, une déesse siégeant aux côtés de Halone la Conquérante.

« Il faut admettre que cet apprenti orfèvre ne manque pas de talent… »

Réalisant tout à coup la sincérité des sentiments de Godbert, Julyan sentit une larme couler le long de sa joue. L'orfèvre était promu à un bel avenir, certes, mais il avait besoin d'une partenaire pour le maintenir sur le chemin du succès. Sans quoi, son attitude jusqu'au-boutiste, consistant à prouver sa valeur uniquement par la qualité de ses produits, lui jouerait tôt ou tard un mauvais tour.

« Je n'ai pas le droit de laisser un tel potentiel aller à sa propre perte. C'est moi qui lui procurerai le terrain adéquat pour qu'il puisse s'épanouir pleinement ! Le destin a provoqué notre rencontre, à moi de permettre son aboutissement ! »

À ces mots, elle se précipita auprès de son nouveau futur mari.

Et c'est ainsi que l'orfèvre et la cuisinière se lièrent pour le meilleur et pour le pire, puis donnèrent dans un premier temps naissance à la société Manderville dont ils devinrent les gérants communs. L'échoppe de Godbert seule, grâce à son succès éblouissant, leur permit de subvenir amplement à leurs besoins, sans même parler de l'entrée de l'homme en cache-sexe dans le cercle fermé du Cartel des Scorpions.

« Avec un ingrédient aussi rare que Godbert, j'ai réussi à cuisiner l'orfèvre le plus balèze d'Éorzéa, hé hé ! », se dit Julyan avec un grand sourire alors qu'elle se prélassait dans leur lit conjugal, en contemplant dans ses mains la petite sculpture à son effigie.

ACTE II

Une Lalafelle peut en cacher une autre

Deux individus formant un duo pour le moins inhabituel vidaient leurs verres à pleines gorgées dans un coin du Shiokaze, la plus célèbre taverne de Kugane. Tout à coup, l'un d'entre eux crut nécessaire de remettre un vieux contentieux sur le tapis.

« Allez, sois honnête pour une fois. Avoue que c'était une bonne idée de faire équipe avec moi ! »

Son interlocuteur n'aurait pas su dire combien de fois il avait entendu le même genre de jérémiades ; les compter lui aurait très vite donné la migraine. L'air blasé comme jamais, il tendit la main vers l'assiette d'amuse-gueules remplie pour l'occasion de calamars séchés que les locaux appelaient « surume ».

« Ferme ton clapet, l'avorton. Si tes mirobolantes informations avaient été ne serait-ce qu'à moitié véridiques, on en serait pas là aujourd'hui. »

L'Élézen qui venait de parler en mâchant avidement son surume fraîchement grillé, Estinien pour ne pas le nommer, jeta un regard perçant droit dans les pupilles de la créature assise en face de lui, car elle n'avait rien d'humain. En effet, il partageait son repas avec un jeune dragon aux écailles blanches du nom d'Orn Khai.

Comment l'ancien Dragon céleste avait-il fait pour se retrouver à la même table de taverne qu'un représentant de ses pires ennemis d'antan, qui plus est dans une contrée orientale aussi lointaine ? Pour le savoir, un petit retour dans le temps s'impose...

Après avoir porté secours au héros d'Éorzéa à Ghimlyt alors qu'il était aux portes de la mort, Estinien l'avait déposé

inconscient à Ishgard avant de tourner aussitôt les talons sans attendre son réveil. Il savait peut-être manier la lance comme personne, mais soigner les malades n'était clairement pas de son ressort. L'idée de retourner sans plus tarder sur le champ de bataille lui avait immédiatement traversé l'esprit, mais il apprit très vite que la retraite inattendue de Zenos avait également apaisé, ne serait-ce que pour un court moment, les ardeurs belliqueuses de l'armée impériale.

C'est en errant un jour le long des plaines enneigées du Coerthas qu'il entendit tout à coup la voix d'Orn Khai le héler. Quelque temps auparavant, ce dragonnet étonnamment amical avait décidé de partir à la recherche de la partenaire de son père, disparue depuis plus de mille ans. Il avait alors pour allié le héros d'Éorzéa, et au cours de leur trajet, les deux compagnons avaient croisé la route d'Estinien, avec lequel ils avaient formé une brève mais solide alliance.

Connaissant l'immense puissance du Dragon céleste, Orn Khai n'attendit pas bien longtemps avant de l'inviter à partir à l'aventure ensemble. Les terres exotiques d'Orient lui avaient visiblement plu, et l'aide d'un guerrier aussi fort et expérimenté n'aurait pas été de refus, mais Estinien ne voyait pas les choses de cette manière.

« Tu m'as bien regardé ? Je ressemble pas vraiment à une nounou, que je sache… », lança-t-il sur le ton dédaigneux si caractéristique du personnage.

La rebuffade d'Estinien semblait sans appel, mais Orn Khai ne se découragea pas pour autant. Il essaya de prendre le contre-pied de l'Ishgardais grincheux en usant de son humour : puisqu'il était environ dix fois plus âgé, c'était plutôt lui qui aurait dû se plaindre d'être tombé dans une garderie !

Inutile de préciser qu'après quelques diatribes du même calibre, la moutarde commença à monter au nez de l'ancien Dragon céleste.

« Ça fait un moment que je ne chasse plus ceux de ton espèce… mais je dois avouer que tu me donnes sacrément envie de m'y remettre ! »

Il pointa sa lance sur le museau d'Orn Khai, plus par jeu que par vindicte, mais il ne s'attendait pas à ce que le dragon lui réponde par un grand sourire.

« Magnifique ! Voilà exactement ce que je voulais voir ! »

Quand Orn Khai, au fil de ses pérégrinations pour retrouver la partenaire de son père, avait fini par arriver à Kugane, le nom de Seiryû était aussitôt parvenu à ses oreilles. D'après les rumeurs, il s'agissait d'un dragon sacré vénéré par les Orientaux depuis les temps anciens. La plupart d'entre eux le considéraient comme une divinité bienveillante et protectrice, mais les légendes de certaines régions réfractaires à cette idée avaient une tout autre vision de lui. Elles prétendaient en effet qu'il se nourrissait de chair humaine…

« Et si on allait vérifier ensemble laquelle de ces deux versions est la bonne ? Si Seiryû mange vraiment des enfants au petit déjeuner, le Dragon céleste qui sommeille toujours en toi se doit de le punir pour ses crimes, pas vrai ? »

Et c'est alors que commença l'aventure commune de deux ennemis jurés devenus compagnons de route du jour au lendemain.

Hélas, leur enthousiasme fut de courte durée. Après avoir

recueilli toutes sortes d'informations aux quatre coins du pays, les deux compères durent se rendre à l'évidence : l'incarnation charnelle de Seiryû avait en réalité la forme d'un serpent qui ne ressemblait que vaguement aux dragons d'Ishgard. En outre, leurs multiples voyages étaient loin d'être gratuits, et ils n'avaient pas regardé à la dépense. Quand ils jetèrent un œil au fond de leur bourse en retournant à Kugane, ils se rendirent compte qu'elle était désespérément vide, tandis que leurs ventres criaient déjà famine.

S'ils étaient parvenus à se sustenter autour d'une table du Shiokaze, c'était uniquement grâce à la fibre commerciale de la patronne de l'établissement. Les jeunes dragons d'Éorzéa étaient inexistants en Orient, et la présence d'un de leurs représentants à Kugane ne manquerait pas selon elle d'attirer une ribambelle de nouveaux clients. N'ayant nulle part où dormir et plus rien à se mettre sous la dent, Estinien et Orn Khai avaient accepté son offre d'embauche avec un soulagement mêlé de fatalisme.

« C'est grâce à moi que nous avons un toit au-dessus de nos têtes, je te signale ! Si tu ne te dépêches pas d'admettre que je suis le meilleur compagnon que tu aies jamais eu, prépare-toi à manger des surume froids pour le restant de notre séjour ! »

Le dragonnet espiègle lui tapait sur les nerfs, mais Estinien savait parfaitement que certaines concessions sont parfois nécessaires, surtout quand le goût amer du saké et celui des surume chauds et croustillants se marient aussi bien.

« Mais oui, mais oui… Tu veux bien nous réchauffer tout ça maintenant, s'il te plaît ? »

Orn Khai souffla une gerbe de flammes sur les calamars que lui tendit Estinien. Alors qu'ils roussissaient petit à petit, une agréable odeur de grillade marine vint chatouiller les narines de l'Élézen. Il en goba un morceau, puis un autre, et encore un autre… jusqu'au moment où le claquement de la porte d'entrée attira son attention.

« Bienvenue au Shiokaze ! »

Orn Khai prit son ton le plus enjoué pour accueillir les nouveaux clients. Estinien essaya tant bien que mal de l'imiter, mais sa bougonnerie naturelle provoqua un résultat qui fut loin d'être à la hauteur.

« Bienvenue… », grommela-t-il d'une voix lente et morne.

Tout à coup, voyant les clients en question, son sang ne fit qu'un tour. Les deux jeunes Lalafelles qui s'approchaient de lui à grandes enjambées ne lui étaient pas inconnues.

« Vous voilà enfin ! Nous vous avons cherché partout ! », lança Tataru Taru vêtue d'un magnifique kimono local couleur pêche.

À côté d'elle et portant son habituelle robe à capuche, Krile Baldesion prit la parole en faisant tout son possible pour réprimer le rire qui manquait à tout moment de s'échapper entre ses dents.

« Je savais que vous aviez abandonné l'ordre des chevaliers dragon, mais j'ignorais que vous aviez pour projet de vous reconvertir en garçon de taverne… »

Estinien ne crut pas nécessaire de répondre, d'autant plus qu'il avait un mauvais pressentiment. Le genre de pressentiment qu'on a lorsqu'on est sur le point de se faire embarquer dans une histoire rocambolesque en dépit de sa volonté…

« Merci pour ta collaboration, Orn Khai. Je te laisse peut-être tout seul, mais j'ai la conscience tranquille, car je sais que tu ne mourras pas de faim ici. À la revoyure ! »

Saisissant le sac de chanvre contenant son armure avec la pointe de sa fabuleuse lance, Estinien fit un de ces bonds dont il avait le secret et se retrouva sans plus tarder sur la partie supérieure de la taverne. Après quelques sauts de plus le long de la cage d'escalier, il atterrit sur un siège à l'étage et se précipita vers la sortie. Alors qu'il s'élançait dans les rues nocturnes de Kugane, il entendit derrière lui les applaudissements des clients ivres persuadés qu'ils venaient d'assister à la performance d'un artiste de cirque renommé.

Quelques instants plus tard, le pont Ohashi s'étalait déjà devant ses yeux, et avec un sourire satisfait, il se dit que personne n'aurait l'idée saugrenue de venir le chercher au point de passage où la circulation des étrangers était la plus régulée de toute la ville. Alors qu'il promenait son regard sur les passants qui prenaient un moment pour dessoûler avant de rentrer chez eux, il vit deux jeunes demoiselles menues s'approcher de lui tranquillement. Force lui fut d'admettre qu'il allait avoir du mal à leur échapper.

« Vous êtes au courant que vous n'irez pas plus loin sans ceci, n'est-ce pas ? »

Tataru agitait malicieusement un petit bout de papier frappé d'un sceau rouge. Seule la trésorière des Héritiers de la Septième

Aube pouvait avoir un carnet d'adresses suffisamment rempli pour se procurer un laissez-passer officiel, pensa Estinien, mais cela n'expliquait pas comment les deux Lalafelles avaient deviné qu'elles le retrouveraient là.

« Tssk… »

Le chevalier dragon fit un autre bond de retraite et posa cette fois le pied sur le mât d'un voilier qui voguait le long du canal. Il n'avait aucune envie de repartir à la rescousse d'un monde en péril, même si son capital sympathie devait en prendre un coup.

Il se réfugia sur le toit du Château de Kugane qui surplombait le port, pensant une seconde fois que personne n'oserait le suivre jusque-là. Conduites par un samouraï du Sekiseigumi muni d'une lanterne, les deux petites silhouettes qu'il aperçut une poignée de minutes plus tard le long des remparts lui donnèrent immédiatement tort.

« Comment ont-elles fait pour me débusquer aussi rapidement ? Elles ont un radar magique ou quoi ? »

Était-ce à cause de la fragrance si particulière du saké de Koshu qu'il servait aux clients du Shiokaze et qui avait imbibé ses vêtements à son insu ? Ou tout simplement parce qu'elles le connaissaient mieux qu'il ne le croyait ? Quelle que soit la raison, ce petit jeu du chat et de la souris ne pouvait plus durer. Voyant la lumière de la lanterne s'approcher de plus en plus dangereusement, il bifurqua à toute vitesse vers l'étage inférieur.

« Ce bateau lève l'ancre à l'aube. Il ne me reste plus qu'à patienter un peu… »

Le ciel se faisait de plus en plus clair, et il en conclut que l'attente ne devrait pas être longue. Dès que le soleil darderait ses rayons sur le pont, le *Kuroboro Maru*, à bord duquel il avait embarqué clandestinement, mettrait le cap vers des contrées étrangères et l'emmènerait loin de fouineuses au flair un peu trop développé.

« Estinien ! Où est-ce que vous croyez aller comme ça ?! »

Il se retourna machinalement. À son grand désespoir, ses poursuivantes lui faisaient face. Il regarda autour de lui et se creusa les méninges pour tenter de trouver une énième échappatoire, mais il fut interrompu par un événement inattendu. La tête entre les mains, Krile se mit soudain à chanceler, manquant de s'effondrer à tout moment.

« Krile ! Qu'est-ce qui vous arrive ? »

Tataru fut prise de panique en voyant son amie poser un genou à terre. Cette petite partie de cache-cache nocturne avec Estinien l'avait-elle épuisée à ce point ? Peut-être devrait-elle songer à se reposer davantage ? L'ancien Dragon céleste lui-même en oublia toute idée de fuite et voulut lui venir en aide, mais un petit ricanement que Krile peinait à étouffer le stoppa dans son élan.

« J'ai vu ce que vous avez enduré… Ça n'a pas dû être facile tous les jours… Hi hi… »

Elle détourna le regard en se mordant la langue pour ne pas exploser de rire.

« Vous… Vous avez vu le passé d'Estinien, c'est ça ? »

Ces quelques mots que Tataru prononça d'un air ébahi glacèrent le sang de l'Élézen.

Le pouvoir de l'Écho était connu pour octroyer à son porteur la faculté d'assister au passé de ses camarades en guise d'observateur, un miracle qu'Estinien avait pu admirer de ses propres yeux au cours de ses tribulations avec Ysayle et le héros d'Éorzéa. La réaction moqueuse de Krile l'inquiétait de plus en plus… Qu'avait-elle bien pu voir pour réagir de la sorte ? Il ne parvint pas à mettre le doigt sur un incident particulier qui aurait pu attirer son attention, mais il ne pouvait s'empêcher de se sentir mis à nu, comme si elle avait découvert un de ses plus grands secrets.

« Bon, je vais faire comme si je n'avais rien vu, mais j'aimerais en retour que vous nous prêtiez toute votre attention. Que diriez-vous de passer tout de suite à la raison de notre visite ? »

Encore une concession indispensable, pensa Estinien en haussant les épaules et en gardant la bouche cousue. C'est ainsi qu'en échange du silence de Krile, il accepta de devenir espion pour le compte des Héritiers de la Septième Aube. Sa mission était simple : mener l'enquête sur la rose noire, l'arme secrète de l'Empire capable de provoquer une hécatombe à l'échelle planétaire, et la mettre si possible hors d'état de nuire. Malgré son envie profonde de faire cavalier seul, Estinien était conscient que négliger un tel danger revenait à mettre en péril son ami Aymeric et les chevaliers ishgardais pour lesquels il éprouvait une affection sans bornes. Ce travail taillé sur mesure pour un vagabond tel que lui permettrait donc de faire d'une pierre deux coups.

Quelques heures plus tard, debout sur le pont, Estinien regardait les vagues éclabousser la coque du navire commercial qui l'emmenait vers la cité proche-orientale de Radz-at-Han, sur l'île de Thavnair.

Avant de partir, Tataru lui avait remis un petit sac de cuir contenant des pièces d'or qu'elle avait amassées durant ses voyages en Orient. Elle le lui avait donné, selon ses mots, « à titre d'avance ».

« Mon petit doigt me dit que ce voyage ne sera pas de tout repos… »

Il plongea la main dans le revers de son vêtement et en sortit un sachet de surume qu'Orn Khai lui avait offert pour le remercier de ses bons et loyaux services. Il en croqua un et, tout en mâchant à pleines dents, médita sur la supériorité incontestable de la grillade au feu draconique.

Pendant ce temps, au Shiokaze de Kugane, un jeune dragon et deux Lalafelles étaient assis autour d'une table.

« Alors, qu'est-ce qui vous a tant fait rire dans le passé d'Estinien ? Maintenant qu'il est parti, vous pouvez tout nous raconter ! », s'exclama Tataru, les joues rougeaudes après avoir avalé un verre de saké cul sec.

Krile laissa apparaître un sourire aussi étincelant que la lumière du soleil matinal.

« Le passé d'Estinien ? Qui a dit que j'avais vu quoi que ce soit de son passé ? »

Tout ce petit monde s'esclaffa à pleins poumons, et des rires tonitruants résonnèrent du Shiokaze jusqu'au port de Kugane, où ils s'évanouirent au gré de la brise marine.

ACTE II

La blessure du seigneur

Par une journée ensoleillée, dans le quartier enclavé de Doma…

Un groupe d'enfants, sûrement sur le chemin du retour de l'école Rissai-juku, s'amusaient bruyamment sur un terrain vague. C'était une journée tout à fait ordinaire, mais des mots se détachant de ce joyeux brouhaha attrapèrent l'oreille de Yugiri et la forcèrent à s'arrêter.

« C'est un général de l'Empire qui lui a fait cette blessure !
— N'importe quoi ! C'est la marque des griffes d'un tigre mangeur d'hommes ! »

Les enfants se disputaient au sujet de la cicatrice en forme de croix sur le front de Hien, mais toutes leurs théories n'étaient que rumeurs sans fondement, bien loin de la vérité.

« Mais non, c'est quand il s'est battu avec Qitian Dasheng ! »

Le Zuijû qui réside au plus profond des monts de Dairyu ? Où vont-ils chercher tout ça ? Ils chauffent, mais sont encore bien loin de la vérité… Yugiri commença à se remémorer les événements liés à cette blessure…

Yugiri n'était qu'une enfant et vivait encore à Sui-no-Sato. Malgré la loi leur interdisant tout contact avec le monde extérieur, elle et les autres fillettes curieuses du petit village allaient souvent jouer à la surface au nez et à la barbe des adultes. Un jour, elles décidèrent d'aller jeter un œil à Doma. Elles partirent d'un pas joyeux mais ce qu'elles virent lorsqu'elles arrivèrent n'était pas la bourgade animée que leurs livres décrivaient. Dans une ville à moitié détruite par la guerre, les seules personnes marchant d'un pas confiant étaient les soldats impériaux vêtus de noir, et les fillettes, effrayées, décidèrent de rentrer chez elles au plus vite. Malheureusement, Yugiri se retrouva séparée de ses amies pendant leur fuite. En essayant de retrouver son chemin à travers la luxuriante forêt de bambous de Yanxia, elle y fit la rencontre qui changerait sa vie.

Elle tomba sur un jeune garçon armé d'un sabre en bois bien trop grand pour lui en train de s'entraîner, ruisselant de transpiration. Sa curiosité prit le pas sur la peur de s'être égarée, et elle ne put s'empêcher de lui adresser la parole.

« Qu'est-ce que tu fais ? »

Le garçon ne sembla pas surpris par cette interpellation soudaine et répondit sans même se retourner.

« Je m'entraîne. Il faut que je devienne fort, sinon je ne pourrai pas me battre et protéger tout le monde !

— Mais, tu es un enfant... Contre qui tu veux te battre ? Qui tu veux protéger ? »

À ces mots, le garçon baissa son sabre et tourna la tête.

« Tu n'es pas d'ici, toi. Je m'appelle Shun Rijin. Je suis un samouraï de Doma. Notre rôle est de se battre pour protéger le peuple, c'est pourquoi je dois m'entraîner très dur et devenir plus fort. »

Ce garçon deviendrait plus tard Hien, que Yugiri viendrait

à servir. Lorsqu'il comprit que la fillette venait de Sui-no-Sato, il la reconduit gentiment jusqu'aux rives de la Mer de Rubis. Grâce à lui, elle réussit à rentrer chez elle sans encombre, mais leur discussion lui restait en tête. Si les soldats impériaux arrivaient jusqu'ici, le peuple de Sui, qui n'avait aucun moyen de se battre, serait assujetti en un rien de temps…

« Moi aussi je dois devenir plus forte afin de protéger notre village… »

Yugiri retourna donc à l'endroit où elle avait vu Shun s'entraîner et commença à suivre son exemple, en maniant un sabre de bois. À partir de ce jour, tous deux se mirent à s'exercer ensemble quotidiennement. Petit à petit, à force de se côtoyer, ils devinrent amis, et finirent même par prendre des pauses pour discuter et jouer comme des enfants de leur âge. Lorsque Yugiri apprit à Shun le jeu de la marelle, populaire dans son village, le garçon s'amusa grandement, et fut très surpris d'apprendre que les enfants de Sui-no-Sato passaient leurs journées à jouer ainsi. À cette réaction, Yugiri comprit qu'il n'y avait pas de place pour le jeu dans la vie des enfants domiens sous le contrôle de Garlemald, et se sentit triste pour eux. Pour le jeune samouraï, ce fourré de bambous semblait être le seul endroit où il pouvait échapper à l'œil vigilant de son gardien.

Un jour, en arrivant à l'endroit habituel de leur entraînement, Yugiri trouva Shun assis là, le regard étrangement pensif. Lorsqu'elle lui demanda ce qui n'allait pas, il répondit dans un soupir que le peuple souffrait terriblement. Quelques jours auparavant avait commencé la restauration du Château de Doma, à moitié détruit lors de l'invasion de Garlemald, pour en faire le quartier général des forces impériales. Bien sûr, les Domiens étaient forcés d'y travailler jour et nuit et tombaient malades les uns

après les autres, mais l'armée impériale se débarrassait impitoyablement de ceux qui lui étaient devenus inutiles.

Shun, horrifié par leur souffrance, avait demandé à son père, Kaien, l'ancien monarque de Doma et maintenant vice-gouverneur de la province, de mettre fin aux travaux forcés. Cependant, celui-ci n'avait ni autorité ni pouvoir décisionnaire, et ne put rien faire d'autre qu'ordonner à son fils de se résigner jusqu'à ce que la reconstruction soit terminée. Shun s'était même fait réprimander lorsqu'il avait suggéré qu'ils devraient combattre l'armée impériale et libérer le peuple.

« Tu dois observer la situation dans son ensemble, et pas seulement ce que tu as devant les yeux. »

Comprenant la situation difficile dans laquelle se trouvait son père, Shun n'avait pas insisté, mais devant Yugiri, il ne put empêcher sa voix de trembler et les larmes d'envahir ses yeux.

« Je ne peux pas regarder le peuple souffrir plus longtemps ! Je suis un samouraï de Doma et mon devoir est de sauver tout le monde ! »

De grosses larmes coulaient sans relâche sur son visage, qu'il tenta maladroitement de cacher en tournant le dos à Yugiri. Shun n'était encore qu'un enfant impuissant et ne pouvait rien changer à la situation. Sa propre faiblesse lui faisait honte. Yugiri ne trouvait pas les mots pour consoler son ami, et après quelques instants de silence, Shun, le regard perdu dans les nuages, serra soudainement les poings comme pour faire écho à quelque résolution intérieure. Au lieu de reprendre son entraînement, il s'excusa et annonça à Yugiri qu'il rentrait chez lui.

La fillette trouva cela étrange, car elle savait qu'il n'était pas le genre de garçon à pleurnicher et à renoncer ainsi. Se doutant qu'il manigançait quelque chose, elle décida de le suivre en secret. Comme elle l'avait deviné, au lieu d'aller vers le quartier enclavé, son ami prit la direction du Bassin rutilant en ruines avant d'arriver finalement au Compas de l'Hirondelle, le mausolée dédié à son ancêtre, le fondateur de Doma.

L'Empire prohibant toute pratique religieuse, la porte était fermée et sous bonne garde, mais Yugiri vit Shun pénétrer discrètement dans le sépulcre par une entrée dérobée dans l'ombre. La fillette, intriguée, continua à le suivre tout en gardant ses distances afin de ne pas se faire repérer. Alors que tous deux avançaient dans les passages sombres empestant le moisi, ils entendirent un son métallique sourd provenant du fond du mausolée.

Klonk… Klonk…

Shun se cacha rapidement derrière un pilier, et Yugiri se précipita derrière un gong à proximité. Au même moment, un mastodonte d'acier émergea de l'obscurité. C'était un kiyofusa, un automate animé par une pierre précieuse greffée en son cœur. Même après toutes ces années, il continuait de protéger le trésor du mausolée des intrus mal intentionnés. Shun retint son souffle, Yugiri ses tremblements, et tous deux attendirent silencieusement que le géant termine sa ronde. Alors que le kiyofusa disparaissait finalement dans l'obscurité, Shun sortit de derrière le pilier et se mit à courir à vive allure. Yugiri, craignant qu'il ne la sème, bondit à sa poursuite, faisant malencontreusement basculer le gong qui tomba bruyamment. Un bruit assourdissant résonna alors dans le couloir. Bien entendu, ce vacarme alerta le kiyofusa qui fit demi-tour immédiatement. Terrifiée en le voyant accourir et lever vers elle son énorme épée, Yugiri s'effondra par terre.

« Il va me tuer… ! »

Yugiri ferma les yeux. Pourtant, en lieu de la douleur à laquelle elle s'était préparée, elle entendit un gros bruit métallique. Se forçant à ouvrir les yeux malgré sa peur, elle vit le dos du garçon. Il avait arrêté l'arme avant qu'elle ne puisse la toucher. Shun, poussant de toutes ses forces contre l'épée du kiyofusa avec son propre sabre, cria alors à son amie :

« Yugiri ! Cache-toi ! »

Celle-ci rassembla ses forces et s'éloigna du géant en rampant. Malheureusement, Shun n'avait pas autant de force que le kiyofusa, et bien qu'il ait réussi à dévier son épée sur le côté, il avait de plus en plus de mal à tenir sa position défensive sous les coups. Il fut soudainement projeté vers l'arrière, et Yugiri vit du sang couler sur son visage tordu de douleur… Son ami venait de recevoir une terrible blessure au front. La situation paraissait désespérée à la fillette, mais heureusement, quelque chose de crucial n'avait pas échappé à Shun. Lorsque le kiyofusa avait abaissé son épée, il avait légèrement titubé sous son poids.

« Si j'arrive à esquiver son arme au dernier moment, j'aurai quelques secondes pour frapper ! »

Shun ne prit pas le temps de réfléchir et sauta devant le kiyofusa, l'invitant à abattre son épée sur lui.

« Maintenant ! »

Cette fois, il était préparé, et réussit à éviter habilement le coup à la dernière seconde. La pointe de la lame lui frôla de nouveau le front, mais juste après que l'énorme épée eut fendu l'air, Shun était sur son adversaire. Le garçon leva alors calmement son arme et frappa le kiyofusa tel qu'il l'avait appris pendant son entraînement. Son coup précis atteignit le géant en plein cœur, qui, déséquilibré, s'écroula dans un fracas métallique. Lorsque Shun releva la tête, Yugiri put voir une blessure écarlate en forme de croix sur son front.

« Yugiri ! Fuyons ! »

Sans prendre le temps de savourer sa victoire, Shun tira Yugiri par la main et tous deux déguerpirent rapidement, car ce kiyofusa n'était pas le seul à patrouiller. Ils trouvèrent l'entrée principale du mausolée et en sortirent à toute allure.

« On est vivants… »

Soulagés, ils n'eurent cependant pas le temps de reprendre leur souffle lorsqu'une ombre noire apparut devant leurs yeux. C'était l'un des gardes impériaux du lieu sacré.

« Qu'est-ce que vous faites là, vous deux ? L'entrée dans le Compas de l'Hirondelle est interdite ! Vous n'êtes pas sans savoir que le gouverneur a décrété l'exécution de ceux qui désobéissent, j'imagine ?! »

Comme pour protéger Yugiri, effrayée et incapable de bouger, Shun s'avança.

« C'est ma faute ! Si vous devez exécuter quelqu'un, tuez-moi, mais épargnez-la ! »

Pour appuyer ses mots, Shun implora le garde à genoux.

« T'as du courage, pour un gosse… »

En voyant le soldat garlemaldais dégainer son arme, Yugiri fut incapable de produire le moindre son. Son ami allait mourir par sa faute… Désemparée, elle se mit à pleurer à chaudes larmes.

« Vous savez que vous êtes sur le point d'exécuter le fils du vice-gouverneur, j'espère ? »

Ces mots, c'est Gosetsu, le samouraï au service de la famille Rijin, qui les prononça. Le garde fut momentanément surpris d'apprendre qui était le garçonnet, mais soutint qu'il s'était malgré tout rendu coupable d'un crime et qu'il devait payer.

« Vraiment ? Dans ce cas, vous êtes également fautif pour ne pas avoir empêché leur intrusion, puisque c'est vous qui étiez responsable de garder le mausolée. »

Le raisonnement de Gosetsu arrêta le garde dans son élan, qui éructa qu'il les laissait partir cette fois-ci, avant de les relâcher tous les deux.

« Je voulais emprunter le pouvoir de Qitian Dasheng pour sauver le peuple de Doma. »

Telle est la raison que Shun invoqua lorsque Gosetsu lui demanda pourquoi il s'était introduit dans le Compas de l'Hirondelle. En entendant cela, le samouraï croisa les bras et répondit sérieusement.

« Le fameux Zuijû… Il est vrai que tu aurais certainement pu sauver les pauvres hères forcés à travailler à la reconstruction… Mais et après, hein ? »

Voyant que Shun ne savait que répondre, Gosetsu continua.

« Un destin bien pire que les travaux forcés les aurait attendus. Es-tu sûr que c'est vraiment ce que désirent ces gens ? Tu dois toujours penser aux conséquences de tes actes. C'est ce que le seigneur Kaien voulait te faire comprendre lorsqu'il t'a dit de toujours observer la situation dans son ensemble. »

Yugiri, en voyant Shun baisser piteusement la tête, ne put s'empêcher d'intercéder en sa faveur.

« Shun m'a sauvé la vie ! Vous devez lui pardonner ! »

Gosetsu écouta alors la fillette lui raconter toute l'histoire.

« Je vois… Avoir protégé ton amie au péril de ta vie est une chose admirable. Gardons cet acte de bravoure à l'esprit et restons-en là pour aujourd'hui. »

La reconstruction du Château de Doma s'acheva quelque temps après et le peuple fut libéré du travail forcé. Les enfants ne retournèrent plus jamais dans le fourré de bambous de leur première rencontre. En effet, il fut décidé que Shun suivrait désormais son entraînement au côté de Gosetsu, son nouveau maître.

« Père avait raison. Une guerre contre l'Empire maintenant aurait été trop prématurée pour les habitants… et pour moi. »

Le garçon sourit légèrement, puis ouvrit la bouche, l'air déterminé.

« Mais je ferai de Doma un pays où les enfants rient et s'amusent, comme à Sui-no-Sato. Je promets de tout mettre en œuvre pour cela !

— Moi… moi aussi ! »

Yugiri lui avait répondu sans réfléchir.

« Bien sûr ! Je compte sur toi ! »

C'est ainsi que les deux enfants se séparèrent, et plusieurs années s'écoulèrent avant qu'ils ne se retrouvent. Lorsqu'ils se revirent, Yugiri avait maîtrisé l'art du ninjutsu, et Hien était devenu un samouraï à part entière.

Les enfants, fatigués de se disputer, avaient recommencé à jouer. Doma était réellement devenu un pays où ils pouvaient s'amuser et rire.

« Je peux jouer à la marelle avec vous ? »

Yugiri sourit en voyant le samouraï à la cicatrice en croix se mêler au cercle des enfants. Il avait tenu sa promesse.

ACTE II

Le fardeau d'une fille

Les négociations de paix dans les mines d'U'Ghamaro achevées avec succès, les longues années d'opposition entre Limsa Lominsa et le peuple Kobold venaient de trouver leur conclusion.

De retour dans ses quartiers après cet accomplissement historique, l'amirale Merlwyb Bloefhiswyn nettoyait méticuleusement ses deux pistolets fétiches. En voyant son visage se refléter sur l'acier brillant, elle se rappela comment elle s'en était servi pour la première fois…

An 1562 de la 6e ère astrale

Autour de Limsa Lominsa, les navires marchands étaient fréquemment attaqués par les Sahuagins pour leurs cargaisons de cristaux, catalyseurs fondamentaux de l'industrie locale. Une pénurie aurait été fatale pour l'artisanat limséen, dominé par les forgerons et les armuriers qui s'en servaient pour alimenter leurs hauts fourneaux.

Face à la menace des hommes-bêtes, un illustre pirate se dressa : Bloefhis, l'ancien chef du clan du Sable d'argent, une des confréries de pirates dominant la région. Même plusieurs années après avoir passé la main à sa fille Merlwyb, il conservait une influence considérable sur l'organisation. Ainsi, lorsque Bloefhis commanda à Merlwyb de renforcer les patrouilles sur la mer de Rhotano, elle s'exécuta avec dévouement pour son père, par respect pour son sens du devoir qu'elle avait toujours admiré.

Un jour, à bord de son vaisseau, le *Lively*, Merlwyb intercepta un signal de détresse par linkperle. Il s'agissait d'un appel à l'aide de l'*Orion*, un navire marchand pris pour cible par des Sahuagins. Éloignée de sa flotte principale, dont elle avait confié le commandement à son père, Merlwyb prit la décision de voguer au secours de l'*Orion* avec son seul équipage.

Si, en nombre égal, les batailles maritimes tournaient souvent à l'avantage des hommes-bêtes amphibies, l'art du commandement de Merlwyb et la précision infaillible des tirs de Lorens, le Hyurois aux cheveux dorés comme le soleil qu'elle avait choisi pour bras droit même s'il n'avait pas vingt ans, permirent aux pirates de remporter une victoire aisée et sans grands dommages.

Il ne leur restait alors plus qu'à escorter l'*Orion* jusqu'à Limsa Lominsa, mais c'était sans compter un Sahuagin agonisant qui, dans un ultime effort, parvint à se servir de l'importante cargaison de cristaux pour invoquer son Primordial, Léviathan, le Déchaîneur des marées.

En voyant se dresser cette créature d'une taille bien supérieure à celle des imposants serpents de mer, Merlwyb réalisa que l'équilibre des forces venait de s'inverser. Elle et son équipage n'avaient plus aucune échappatoire, et si leur navire était détruit, ils se retrouveraient dans l'eau, à la merci de Léviathan.

La première attaque du Primordial frappa violemment la quille du *Lively*, qui sombra en quelques minutes. Les pirates se réfugièrent alors tant bien que mal sur l'*Orion*, mais la peur ainsi que le désespoir avaient remplacé la combativité dont ils faisaient preuve à l'accoutumée, et Merlwyb ne faisait pas exception. Cependant, lorsqu'elle remarqua les silhouettes familières des vaisseaux qui voguaient en sa direction, la faible flamme qui brûlait en elle fut ravivée en un instant. C'était Bloefhis qui arrivait à la rescousse, emmenant dans son sillage le gros de la flotte du clan du Sable d'argent. Lorens, tout en continuant à cribler de balles la queue de Léviathan, marmonna avec soulagement :

« Tiens, voilà le patriarche… C'est ce qui s'appelle tomber à pic. »

Bloefhis avait pris du recul pour permettre à sa fille d'engranger de l'expérience à la tête de l'organisation, mais Merlwyb comprit alors que c'était bel et bien son père, le véritable dirigeant.

L'affrontement dura plusieurs heures, mais les pirates parvinrent finalement à repousser la créature géante, non sans payer le prix de nombreuses victimes. Le constat que même le puissant clan du Sable d'argent échoua à abattre Léviathan fit par la suite prendre conscience aux Limséens de la menace que représentaient les Primordiaux.

C'est peu de temps après cet incident que Bloefhis disparut, emmenant avec lui ses hommes les plus fidèles. La tête de l'organisation étant officiellement occupée par Merlwyb, ce changement soudain ne provoqua pas de luttes d'influence, mais il était clair que l'incertitude avait gagné les rangs du clan.

Pour ne rien arranger, les attaques sur des navires limséens transportant des cristaux se multiplièrent. Curieusement, elles n'étaient pas le fait des Sahuagins, mais de pirates humains qui se faisaient appeler « pillards du serpent ». S'ils visaient les cargaisons comme les hommes-bêtes avant eux, leur cruauté n'avait pas de limite et les équipages qui résistaient se faisaient invariablement massacrer.

D'après plusieurs marins, les pillards du serpent transportaient les cristaux ainsi dérobés sur les lieux de ponte des Sahuagins. Plus étrange encore, un témoin affirma que l'homme à la tête de cette opération malfaisante n'était autre que Bloefhis lui-même… La terrible nouvelle selon laquelle un illustre pirate de la ville s'était allié avec les hommes-bêtes ennemis se répandit comme une traînée de poudre sur les pontons de Limsa Lominsa.

Quelques jours plus tard, un navire s'apprêtait à quitter les quais de la cité maritime sans même attendre les premières lueurs de l'aube. Dans le vent froid nocturne, le regard déterminé, Merlwyb achevait les derniers préparatifs pour prendre la mer en compagnie de ses plus proches lieutenants.

Depuis le rapprochement de Bloefhis avec les Sahuagins, le clan du Sable d'argent était considéré comme une organisation rebelle et ses membres ne pouvaient plus agir librement. En tant que fille du renégat, Merlwyb était tout particulièrement surveillée et n'avait donc d'autre choix que profiter de l'obscurité pour agir comme bon lui semblait.

Ce matin-là, elle reçut une visite inattendue. Alors qu'elle était sur le point de lever l'ancre, elle sentit une présence dans son dos. Quand elle se retourna, elle reconnut immédiatement la silhouette de Barbe-Brume, le légendaire roi des pirates. Il se tenait droit, les bras croisés, le visage caché par le masque d'acier qu'il ne quittait jamais.

Merlwyb se demanda si celui qui avait parfois été le rival de son père était venu pour la punir. Dans le doute, elle se mit sur la défensive.

« Tu pars tenter de ramener Bloefhis à la raison ? »

Même étouffée derrière son masque, la voix du pirate parut étrangement chaleureuse à Merlwyb.

« Seule la mort peut mettre fin à sa folie. »

Barbe-Brume, qui ne s'attendait pas à une telle réplique, lui répondit :

« Soit. J'étais venu ici en pensant avoir à te dissuader de sauver ton père, mais c'était bien mal te connaître. »

Le pirate sortit alors deux pistolets, qu'il tendit à Merlwyb. Déconcertée, elle lui demanda :

« De bien belles armes… Mais pourquoi ?
— L'ère des pirates comme Bloefhis et moi est terminée. Ton père le sait lui aussi, et c'est pour ça qu'il t'a laissé sa place. Si tu veux porter le fardeau de sa mort sur tes épaules, laisse-moi au moins t'aider. »

Si elle ne savait que peu de choses de la relation qu'avaient entretenue les deux pirates jusqu'alors, Merlwyb se sentit comme soulagée par les mots de Barbe-Brume. Elle prit la mer le cœur apaisé, serrant les deux armes contre sa poitrine.

Le soleil se levait à peine lorsque Merlwyb et ses hommes débarquèrent sur la petite île qui servait de repaire aux pillards du serpent. Immédiatement, ils furent assaillis par les occupants, une troupe bigarrée d'humains et de Sahuagins. Si Merlwyb en doutait encore, elle avait désormais la preuve que la bande de son père avait bien rejoint la cause des hommes-bêtes.

Les pistolets de Barbe-Brume en main, elle abattait un à un des ennemis qui étaient encore ses subordonnés il y a peu, dont certains qu'elle connaissait depuis sa plus tendre enfance. Elle ne pouvait cependant pas se laisser envahir par les sentiments et continuait à presser impitoyablement les gâchettes. Ses hommes se battaient tout aussi bravement, mais les pillards du serpent étaient si nombreux que Merlwyb finit bien vite par se retrouver submergée.

« C'est donc ici que ça s'arrête… »

Alors qu'elle pensait son heure arrivée, une balle traversa la tête du Sahuagin qui s'apprêtait à l'embrocher. C'était Lorens, son fidèle bras droit pourtant censé être resté à Limsa Lominsa. Merlwyb avait préféré ne pas l'impliquer dans cette escapade pour qu'il puisse prendre la tête du clan au cas où elle ne survivrait pas.

« Qu'est-ce que tu fais ici ?!
— Tu crois quand même pas que j'allais te laisser tomber ?
— Tu aurais pu te dépêcher, j'étais à deux doigts d'y passer !
— Dis ça à mon foutu sens de l'orientation ! Quand je me suis réveillé, tout le monde avait disparu. Sans itinéraire ni carte, c'était coton pour vous retrouver ! »

Tout en s'échangeant des amabilités, Merlwyb et Lorens mirent à profit leur parfaite coordination pour se défaire de leurs assaillants. Elle, se mouvant avec aisance au milieu des rangs ennemis avec ses deux pistolets, et lui, gardant ses distances pour la soutenir de son long fusil tel le tireur d'élite qu'il était. La situation retournée à leur avantage, il ne leur fallut pas bien longtemps pour atteindre la grotte qui se trouvait au centre de l'île.

À l'intérieur, c'est un Bloefhis méconnaissable qui les attendait. Visiblement amaigri, les cheveux et la barbe hirsutes et blanchis, les yeux touchés par la cataracte, le pirate était immobile, un filet de bave coulant de sa bouche grande ouverte. Le regard vide, il se tourna vers Merlwyb et Lorens qui étaient sans voix devant un tel spectacle.

« Vous vous êtes enfin décidés à rejoindre les pillards du serpent ? »

Après un coup d'œil vers Merlwyb qui restait encore bouche bée, Lorens prit la parole pour questionner les véritables intentions de Bloefhis.

« Qu'est-ce qui vous est arrivé, patriarche ?
— Ouvre les yeux, Lorens. Face au pouvoir des Dieux, les humains ne sont rien… Notre seul salut est de jurer fidélité au Déchaîneur des marées. »

Les avancées récentes des recherches sur les Primordiaux auraient permis de comprendre que Bloefhis était alors subjugué, laissant probablement de la place pour de la compassion envers lui, mais à l'époque, ses actions n'apparaissaient que comme de la traîtrise pure et simple. Pourtant, Merlwyb percevait que l'attitude de son père n'était pas due à sa propre volonté… Bien consciente que la démence de l'homme rendait vaine toute tentative de raisonnement, elle ne put malgré tout s'empêcher d'interpeller celui qui l'avait élevée.

« Tu m'as appris que l'impossible n'est pas une fatalité, mais un défi. Tu n'as pas le droit d'abandonner comme ça ! »

Malheureusement, ses mots restèrent sans écho. Perdu dans son délire, Bloefhis divaguait.

« Décidément, j'ai complètement raté ton éducation… »

Merlwyb n'était pas ici pour avoir une discussion dénuée de sens, ni pour tenter de raisonner son père, d'ailleurs. Non, elle était venue pour dispenser sa *Peine capitale*.

« Par chance, nous sommes seuls ici. S'il te reste une once d'honneur, accorde-moi un duel et meurs comme un vrai pirate. »

Sous le regard déterminé de sa fille, Bloefhis perdit le sourire vil qu'il affichait jusqu'alors et se leva pour se mettre dos à dos avec son interlocutrice. Il n'y avait rien à ajouter, c'était sa réponse. L'affrontement allait avoir lieu, au fond d'une grotte sombre et humide, avec Lorens comme seul et unique témoin.

À chacun de leurs pas qui résonnaient dans le silence de la caverne, la distance entre père et fille s'agrandissait. Cette fois, Merlwyb savait qu'elle avait définitivement perdu la seule famille qui lui restait. Un instant, elle se dit que tout cela aurait pu être évité si elle avait achevé le dernier Sahuagin ce jour-là…

Désormais en position aux deux extrémités de la grotte, Merlwyb et Bloefhis n'attendaient plus que le signal pour en finir. Lorens tendit son bras droit, le poing fermé. Il ouvrit alors sa main, de laquelle s'échappa une petite pièce. Lorsque celle-ci aurait touché le sol, un des deux opposants perdrait la vie.

Pour Lorens, qui n'avait plus de parents, le clan du Sable d'argent était une véritable famille. Il voyait même en Bloefhis le père qu'il n'avait jamais eu, et l'idée de le perdre constituait une grande douleur pour lui. Néanmoins, Merlwyb était comme une sœur dans son esprit, et en témoin de la courageuse décision qu'elle avait prise, il se résolut à la soutenir coûte que coûte pour porter avec elle le lourd fardeau du parricide qu'elle s'apprêtait à commettre.

La piécette rebondit sur le sol et un bruit métallique résonna à travers la caverne.

En un éclair, les deux adversaires dégainèrent leurs armes et se retournèrent.

C'est Merlwyb qui tira la première. Sa balle traversa la poitrine de son père, qui s'écroula instantanément, le doigt encore sur la gâchette.

« Merlwyb, Lorens… Je suis tellement désolé… Je… compte sur vous… »

Le sourire qu'afficha Bloefhis en rendant son dernier souffle était celui que Merlwyb avait toujours connu. En regardant le corps inerte du vieux pirate, Lorens s'exclama :

« Il faut encore qu'on s'occupe de ce Primordial, et c'est pas avec une petite bande de pirates du coin qu'on va y arriver ! »

Le poing serré, il continua :

« Je vais former une bande de combattants hors pair… Des mercenaires venus des quatre coins du monde, et avec eux, on vaincra Léviathan ! Je dois bien ça au patriarche. »

Le regard inquisiteur que lança Lorens à Merlwyb en disait long. Qu'allait-elle faire, désormais ?

« Je… »

L'entretien de ses deux armes fétiches terminé, Merlwyb s'approcha de la fenêtre pour contempler la mer qui était d'un calme inhabituel. Combien de fois avait-elle reconstitué dans son esprit les événements de ce jour funeste lors duquel elle avait pris la vie de son père ? Si elle avait tant accompli jusqu'à aujourd'hui, c'était aussi grâce à ces deux hommes qui l'avaient aidée à porter son si lourd fardeau.

L'un d'eux continuait d'ailleurs à l'épauler au jour le jour, après avoir abandonné le masque de fer qui lui avait longtemps caché le visage. Quant à l'autre, qui avait disparu depuis le septième fléau, allait-il un jour se décider à sortir de sa retraite pour jouer un rôle à sa hauteur, sur le devant de la scène ? Après tout, il avait fait le serment de continuer le combat de celui qu'il considérait comme son père, lui aussi…

ACTE II

La danse du couchant

Fuir. Fuir loin d'ici, dans l'espoir de tout laisser derrière soi.

Fordola n'avait que cette idée en tête. Malgré le temps qui s'était écoulé depuis le décès de son père, sa mère restait inconsolable. Comment exhiber sa propre tristesse devant elle ? Et comment continuer à vivre ainsi, détestée à la fois de ses compatriotes mhigois et des occupants impériaux ?

L'esprit à vide, elle s'était mise à courir à la tombée du soleil. Elle avait emprunté un chemin de traverse enténébré menant hors de la ville, en s'assurant tout de même qu'aucun soldat ne montât la garde. Après avoir franchi une brèche de la taille d'un enfant dans la muraille emprisonnant Ala Mhigo, la voilà qui contemplait maintenant les crêtes serpentantes des monts d'Abalathia ; enfin de retour dans son jardin secret.

Fordola plissa les yeux pour mieux admirer le ciel embrasé du couchant.

« Pourquoi le ciel devient tout rouge le soir ? », avait-elle un jour demandé devant le même spectacle. L'attention que lui portait son père n'avait d'égale que son amour. Aussi avait-il réfléchi à la complexe question avec elle, plutôt que de l'éluder.

Soudain, Fordola ressentit une présence qui l'arracha à sa rêverie. Instinctivement, elle se retourna. Sur elle étaient maintenant braqués deux iris dorés inexpressifs, perdus au milieu d'une énorme masse bleue : un abaddon des Lacs. Le gigantesque prédateur amphibien avait fait un long chemin mû par la faim, et il était sur le point de l'assouvir en déroulant sa longue langue pour gober sa proie sans défense. Fordola aurait dû être terrifiée, mais seule une émotion affleura : l'indifférence devant la fin.

Tout à coup, un cri aigu et vigoureux vint briser le silence funeste, suivi de près par le son d'une taillade fendant l'air et celui d'un impact sourd.

« Yaaah ! »

L'instant d'après, la bête sauvage avait disparu, et à quelques secondes d'intervalle, le bruit de quelque chose qui s'écrasait violemment sur le sol parvint aux oreilles de Fordola. Elle retrouva du regard l'abaddon qui venait d'atterrir après une longue voltige. Le courtaud effectuait maintenant une retraite sans cérémonie.

Encore sous le choc, elle avisa ensuite cette jeune moine en train de la rejoindre à petites foulées.

« Ça va ? T'es pas blessée, au moins ?! »

Fordola sortit enfin de sa torpeur. Elle opina du chef en direction de sa sauveuse qui, rassurée, lui tendit alors la main pour l'aider à se redresser.

Alors qu'elle commençait à reprendre conscience de son entourage, elle remarqua que la femme portait une visière cachant la partie supérieure de son visage. Pour autant, elle devinait de la bienveillance à son simple sourire. Cette étrangère lui semblait à la fois douce et ardente, comme ce soleil couchant.

« Moi, c'est Yda. Ravie de faire ta connaissance ! »

Fordola ne savait pas quoi faire face à cette main tendue. Yda prit donc l'initiative et saisit celles de la jeune fille. Elle les agita ensuite vigoureusement et avec enthousiasme ; un geste enfantin, qui en disait long sur son tempérament.

« Heu…
— Et toi, alors ? Tu t'appelles comment ?
— Fordola…

— Qu'est-ce que tu faisais ici toute seule ? Ton papa ou ta maman sont dans le coin ?
— Non. Ma mère est à la maison, et mon père… »

Sur le coup, elle ne trouva pas les mots pour finir sa phrase, mais Yda prit le relais avec un signe de tête compréhensif, marqua une pause, puis changea de sujet avec entrain.

« J'ai une idée ! Ça te dit qu'on se retrouve ici demain aussi ?! »

« Pourquoi ? » s'étonna Fordola. Ce à quoi Yda répondit « Bah, pourquoi pas ? On est copines, maintenant ! »
Qu'est-ce que cette Yda lui voulait ? Certes, elle lui devait la vie, mais elle ne savait rien à son sujet. Prise de court, Fordola peinait à protester. Sa nouvelle amie désignée identifia la brèche et s'y engouffra.

« T'en fais pas. Si c'est des monstres comme ce gros crapaud qui te font peur, je leur ferai leur fête en moins de deux ! »

« Rendez-vous demain, alors ? Pareil, au coucher du soleil ? », finit-elle, toujours en lui serrant les mains. Fordola, sentant bien qu'elle ne pourrait pas refuser, se contenta d'acquiescer.

Ainsi, les deux jeunes filles se retrouvèrent chaque jour à cet endroit. Et chaque jour, Yda embarquait son amie dans une nouvelle aventure. Mises bout à bout, ces escapades tissèrent de doux souvenirs ; même cette fois où Fordola dut mentir à sa mère, lorsqu'elle rentra chez elle les yeux injectés de sang après une exploration sous-marine du lac Seld.
Yda lui apprit aussi à chasser et lui cuisina au feu de bois ses premières prises. Fordola avait à cette occasion découvert de

nouvelles saveurs plus sauvages que celles de la cuisine familiale, et tout autant délicieuses. Plus que tout, elle avait retrouvé un peu de cette joie qui s'était éteinte depuis la mort de son père.

À son tour, Yda commença à se confier. Elle lui avoua que si elle l'avait emmenée de-ci de-là, c'était avant tout en quête de son sourire, car sa famille avait vécu le même drame.

« Ma sœur avait le moral dans les talons à l'époque. Tu m'as fait penser à elle la première fois que je t'ai vue. C'est pour ça, je pouvais pas te laisser dans cet état. »

Yda finit même par lui révéler qu'elle séjournait quelques semaines en Gyr Abania afin d'accomplir une mission, épaulée par un mystérieux équipier. Curieuse, Fordola essaya d'en apprendre plus, mais sa question fut éludée par un rire gêné.

Les deux amies n'en reparlèrent jamais. Toutefois, Fordola voyait de temps à autre Yda discuter par linkperle avec son partenaire, et même si presque aucun son ne parvenait à ses oreilles, elle avait plusieurs fois entendu le mot « fuir ».

Selon toute évidence, son amie moine devait être recherchée par l'Empire, et pourtant, cette idée n'ébranlait en rien sa confiance.

À quelques jours de la fin de sa mission, Yda lui fit cette proposition à brûle-pourpoint :

« Dis… Et si tu venais avec nous ? »

Fuir. Fuir loin d'Ala Mhigo, dans l'espoir de vivre libre autre part… Prise au dépourvu, et incapable de prendre une décision pareille à la légère, Fordola lui demanda d'abord si elle pourrait emmener sa famille et ses amis avec elle.

« Peut-être, mais… on devra les cacher à l'arrière de la diligence avec la marchandise. Ça fera pas beaucoup de place. Désolée… Je sais que c'est pas idéal. »

Pas idéal, c'était le mot. Yda avait entendu son amie parler de son désir de tout laisser derrière elle pour lui offrir cette issue malgré le choix cornélien. Elle lui conseilla d'y réfléchir en discutant avec ses proches avant de prendre sa décision, et lui donna la date et le lieu du départ. Que Fordola accepte ou non, Yda, elle, quitterait Ala Mhigo ce jour-là.

Fordola demanda donc conseil à ses amis qui, après l'avoir écoutée, gardèrent longuement le silence. Des quatre, ce fut la jeune Emelin qui vint le briser.

« Pardon, Fordola… Je veux qu'on reste ensemble, mais je peux pas laisser ma famille… Pardon, je suis désolée… », dit-elle d'une voix chevrotante trahissant les larmes qu'elle s'efforçait de retenir.

Elle baissa la tête, puis le grand Hrudolf pris à son tour la parole et déclara :

« Moi… mon grand-père se fait vieux, alors ce sera sans moi. »

Fordola courba les épaules. Charlet, le cadet de la bande, remarqua la déception de celle qu'il considérait comme sa grande sœur et intervint en larmoyant.

« Moi, je te comprends, Fordola ! T'étais tout le temps triste après ce qui est arrivé à ton papa. Mais depuis que t'as rencontré ta nouvelle amie, eh ben t'es plus heureuse qu'avant ! Moi aussi, je serais triste si tu partais… mais… mais faut pas que ça t'arrête, d'accord ?! Si tu veux partir, vas-y ! »

Ansfrid, le grand frère de Charlet, n'avait encore rien dit jusqu'ici, mais il ne pouvait plus se retenir.

« T'es malade ou quoi ?! Tu fais confiance à des Mhigois, maintenant ?! Et nous ?! On n'est pas tes amis, peut-être ?! On peut se serrer les coudes aussi, alors reste ! »

Son rictus de colère, son poing rageur, tout chez lui criait l'indignation. Face à ce tonnerre, le barrage que son petit frère opposait aux larmes céda.

« (Snif)... En fait... An... Ansfrid a raison... J'pensais qu'on resterait toujours tous ensemble... (Snif)... Je veux pas que tu t'en ailles, Fofo...

— Bouhouhouuu ! Pars pas, Fordola ! On sera toujours là avec toi, alors t'en va pas, t'en va pas ! »

Même Emelin commençait à renifler du nez. Fordola n'en pouvait plus de ces pleurnicheries, mais l'amour que lui portaient ses amis lui fit chaud au cœur. Aucun d'eux n'était vraiment Mhigois ou Garlemaldais, et elle non plus. Ce sentiment de n'avoir sa place nulle part, ils n'avaient réussi à le supporter qu'en le partageant au fil du temps. Elle ne se voyait pas les laisser crouler sous ce fardeau en leur abandonnant sa charge. Ainsi, Fordola décida finalement de refuser l'offre d'Yda pour rester en Ala Mhigo. Et malgré la tristesse de voir partir son amie, elle lui dirait au revoir avec le sourire, bien déterminée à la revoir un jour.

Son choix fait, elle prit le chemin du retour, sans se douter que ses paroles étaient tombées dans des oreilles indiscrètes...

Le jour du grand départ, Fordola alla retrouver son amie à l'endroit convenu. D'ordinaire, Yda se serait précipitée sur elle en la voyant, mais au lieu de cela, elle s'arrêta et observa les alentours d'un air méfiant. Face à ce comportement équivoque, Fordola en fit de même, mais elle ne remarqua rien d'étrange. Toujours les mêmes ruines, désertes et silencieuses…

Elle tenta de l'interpeller, mais Yda reçut un appel au même moment. Encore ce mystérieux partenaire, probablement.

« D'accord… À vrai dire, ça sent mauvais, ici aussi… Bon, on change de plan. Partez sans moi. »

Que se passait-il ? De là où elle était, Fordola n'entendait pas les paroles de l'interlocuteur, seulement des cris incompréhensibles.

« Merci, Papalymo ! Tu prends soin de ma sœur, OK ?! »

Fordola était rassurée, Yda venait de mettre fin à sa conversation avec sa gaieté habituelle. Elle s'apprêtait à la rejoindre, quand tout à coup, des bruits de pas derrière elle la firent sursauter. Elle se retourna, et son sang ne fit qu'un tour. Deux, trois… non, plus d'une dizaine des soldats garlemaldais approchaient.

« Alors comme ça, tu nous as vendus à l'ennemi ! », hurla Yda.

Jamais elle ne l'avait entendu parler avec une telle froideur, aussi lui fallut-il un instant pour comprendre que ce reproche lui était adressé.

« Hein… ?
— Sale petite traîtresse ! T'étais de mèche avec l'Empire ! »

Fordola s'apprêtait à lui jurer que non, quand elle réalisa soudain la situation. Les Impériaux l'avaient suivie. Sans le savoir, elle les avait menés droit à Yda, qui jouait maintenant une habile charade pour la tirer de ce mauvais pas.

« J'parie aussi que ta famille a pas un rond ! Et moi qui pensais qu'on allait pouvoir se servir dans les coffres… Dégage ! Tu nous sers plus à rien ! »

Fordola savait que ces imprécations n'étaient destinées qu'à l'innocenter de toute collusion avec les rebelles. Pour autant, un sentiment de désarroi mêlé de culpabilité pesait sur elle, une terrible misère à laquelle elle ne tenait tête qu'en se mordant les lèvres.

« Enfuis-toi », lui mima Yda alors qu'un Impérial prévenait ses supérieurs par linkperle. Pendant ce temps, un autre se rapprochait à pas mesurés de Fordola, probablement pour l'appréhender…

En voyant faire le militaire, Yda frappa violemment le sol du pied pour prendre une impulsion et se jeta sur lui à la vitesse de l'éclair. Elle lui assena un puissant coup dans le plexus qui le fit s'écrouler dans un râle sourd.

Stupéfaits, les autres Impériaux l'encerclèrent l'instant d'après. Pendant qu'ils hésitaient à donner l'assaut, Yda faisait étalage de son jeu de jambes pour les provoquer.

« Bande de dégonflés ! Ramenez-vous tous en même temps, si vous avez la trouille ! », leur lança-t-elle.

« Trucidez-moi cette barbare ! »

Alors que les invectives fusaient du côté des Garlemaldais, Fordola en profita pour prendre ses jambes à son cou. Elle avait déjà vu son amie se battre et savait qu'elle ne ferait que la gêner en restant sur place.

Elle avait détalé à toute allure, mais un soldat était déjà sur ses talons. Le temps de jeter un coup d'œil en arrière, il brandissait une épée au-dessus de sa tête. Elle trébucha. Tout semblait perdu, mais Yda bondit alors à sa rescousse. Le coup de pied circulaire de la moine s'écrasa en un fracas dévastateur sur sa cible, qui voltigea en poussant un cri des plus piteux.

Fordola croisa le regard de sa sauveuse, dont la visière détachée révélait maintenant les tatouages mhigois sur son visage. Yda voulait lui hurler de fuir pour sa vie, mais ne le pouvait pas sans la mettre en danger.

À la place, elle plongea l'espace d'un instant un doux regard cristallin dans celui de son amie et lui addressa ses mots à voix basse en lui caressant la tête.

« Faut survivre, Fordola. Survivre, dans l'espoir de réaliser un jour ses rêves. »

La petite retint ses larmes et se contenta d'acquiescer. Le temps d'un sourire, Yda repartit aussi vite qu'elle était venue afin d'éloigner ceux qui voulaient du mal à sa protégée. Fordola, les jambes tremblantes et incapables de faire le moindre pas, assistait impuissante à la scène.

Yda dansait dans le couchant. Un à un, elle terrassait ses ennemis en esquivant lames, balles et poings. Mais pas à chaque fois. Les attaques qui l'effleuraient commençaient à tester les limites de son endurance, et la fleur de sel sous ses pieds se teintait inexorablement d'un rouge plus vif que le ciel d'airain d'Ala Mhigo.

Un flot ininterrompu de renforts impériaux se joignait au combat, et Fordola apercevait même de gigantesques armures magitek arriver de la ville dans un hallali d'acier. Nul doute qu'Yda aurait pu s'enfuir seule. Et pourtant, elle avait abandonné tout espoir en se lançant dans un baroud d'honneur, dans le seul but de sauver Fordola, une jeune fille insignifiante parmi tant d'autres.

« Pourquoi… ? Pourquoi elle fait tout ça pour moi… ? »

Peut-être pourrait-elle encore sauver son amie si elle trouvait de l'aide assez vite. De l'aide ? Qui viendrait les sauver, au juste ? Fordola maudissait maintenant son impuissance. Elle venait de comprendre que sa question resterait sans réponse. Elle grava en lettres de sang les derniers mots d'Yda dans son cœur, puis parvint enfin à faire obéir ses jambes clouées au sol pour reprendre sa course effrénée, un pas après l'autre.

La présence d'esprit dont fit preuve Yda ce jour-là permit à Fordola de s'en tirer à bon compte. Toutefois, la jeune fille marcherait maintenant sur des œufs. Elle avait pleinement conscience qu'à partir d'aujourd'hui, le moindre faux pas pourrait mettre la vie de sa mère en danger, peut-être même celle de ses autres amis.

Elle n'avait plus d'autre choix que de devenir une citoyenne modèle, fidèle à Garlemald. Elle tiendrait sa promesse silencieuse faite à Yda. Elle survivrait, et se battrait pour ses rêves, même si elle ignorait encore de quoi ils seraient faits.

Plusieurs années se sont écoulées depuis, mais Fordola n'a pas oublié les enseignements de sa camarade. Elle trace du doigt les contours de l'arabesque mhigoise fraîchement tatouée sur son visage, puis rejoint d'un pas décidé ses amis Ansfrid, Emelin et Hrudolf.

En ce jour à marquer d'une pierre blanche, tous les quatre viennent de s'enrôler dans la 12e légion impériale…

ACTE II

À cœur ouvert

En l'an 1572 de la 6e ère astrale, Gridania devait faire face à une multitude de difficultés : l'empire de Garlemald avait repris ses assauts sur les provinces éorzéennes, provoquant un afflux de réfugiés mhigois dans la forêt de Sombrelinceul. Débordées par cette arrivée massive de population, les forces armées de la cité sylvestre se retrouvaient dispersées, laissant le champ libre aux Ixali pour multiplier les incursions et abattre toujours plus d'arbres à offrir à leur divinité Garuda.

Face à une situation jugée alarmante, des Preux venus de Sharlayan exhortaient les gouvernements éorzéens à faire front commun en reformant une grande alliance.

C'est à cet égard que le grand conseil des esprits de Gridania fut exceptionnellement réuni à la Chaire du Lotus. Il s'agissait là de l'instance décisionnelle suprême de la Cité, composée de druides capables d'entendre la voix de ces êtres informes.

Or leur parole n'était pas sonore, mais faite d'ondes éthérées qu'il était rarement possible de retranscrire pleinement avec des mots. Par conséquent, la traduction de leurs pensées en langue éorzéenne s'accompagnait toujours d'une part plus ou moins grande d'interprétation personnelle, avec tout ce que cela pouvait engendrer de désaccords et de malentendus. Maintes fois le grand conseil s'était écharpé autour de telles problématiques, souvent dans le cadre de débats politiques majeurs. La décision était alors généralement soumise au vote de l'assemblée.

Or cette année était peut-être la pire de toutes : comme troublés par la survenue imminente d'une crise d'envergure, les esprits tenaient un « discours » extrêmement confus, au point que même les druides les plus consommés peinaient à en extraire la moindre idée directrice. Dès lors, tous les regards étaient naturellement tournés vers une personne : Kan-E-Senna, l'Oracle aînée de la Cité. Si la Hyuroise était connue pour ses facultés magiques hors du commun, c'étaient avant tout ses cornes qui attiraient immédiatement l'œil. Elles étaient en effet l'apanage des Padjals, ces êtres bénis des esprits, capables de percevoir leur voix informe depuis leur naissance, mais aussi, par un mystérieux phénomène, de ne jamais vieillir. Traversant les siècles sans prendre une ride, ils étaient considérés comme les enfants prodiges de la nature et révérés par tous les habitants de la Sylve.

Kan-E-Senna faisait partie de ces êtres d'exception. Dotée depuis sa plus tendre enfance de facultés hors du commun, c'est âgée d'à peine douze ans qu'elle avait été choisie par l'esprit doyen pour devenir Oracle, et prendre de fait la tête du grand conseil ; c'est dire à quel point elle était douée.

Bien qu'elle menât ensuite une vie relativement paisible dans la forêt, elle répondait présent sitôt que son devoir l'appelait. Quand les opinons divergeaient, c'était à elle, de par son lien étroit avec les esprits, d'offrir sa propre vision des choses et de trancher.

Une fois encore, le grand conseil tout entier était suspendu à ses lèvres. Or – et c'était la première fois que cela lui arrivait – elle ne parvenait pas à saisir la moindre parole.

« Si j'échoue à épauler le conseil, je vais perdre la face en tant qu'Oracle… Il faut à tout prix que j'interprète correctement le discours des esprits… »

Kan-E tendit à nouveau l'oreille, redoublant de concentration. Aussitôt, un torrent de pensées l'assaillit telle une vague déchaînée. Pour ne pas être engloutie, elle affûta ses sens et entama son travail d'analyse. Hélas, dès qu'elle repérait une image fugace et tentait d'en extraire la signification, son esprit était aussitôt submergé de pensées parasites et emporté au loin, comme pris dans une coulée de boue.

« Je suis l'Oracle, tout le monde compte sur moi. »

Plus elle se répétait ce genre de phrase intérieurement, plus elle devenait nerveuse, pressée d'en finir. Que pouvait-elle donc faire pour entendre la voix de la forêt ? Évidemment, elle n'allait pas poser une question aussi triviale à son auditoire. Après tout, c'était elle, l'Oracle.

Alors qu'elle se torturait les méninges, le déferlement de pensées des esprits, lui, ne faiblissait pas, bien au contraire. Bientôt, il résonna en elle avec une force assourdissante… avant de s'estomper tout à fait.

« Je ne… les entends plus… ?! »

Au départ, elle crut que les esprits s'étaient simplement tus. Or les druides autour d'elle ne semblaient pas décontenancés ; beaucoup plissaient toujours les yeux comme s'ils résistaient à une puissante vague d'éther.

Force était de constater qu'elle était la seule victime de cette étrange affection. Désormais au pied du mur, elle s'efforça tant bien que mal de feindre la sérénité, pour finalement ajourner la réunion.

Les esprits avaient exclu l'Oracle qu'elle était de la confidence, sans qu'elle sache pourquoi.

Dès lors, Kan-E se plongea dans les archives de la Cité en quête de réponses, éventuellement d'un précédent. Elle éplucha les comptes rendus des conseils passés ainsi que les annales officielles, et passa même en revue des recueils de chansons et poèmes. Chaque fois qu'elle tombait sur un cas analogue au sien, elle appliquait les solutions d'alors : offrandes rituelles, oraisons ancestrales, techniques de méditation rares et étranges… Tout y passa, sans que rien ne résolve son problème.

En désespoir de cause, elle alla jusqu'à ouvrir des précis d'élémentalisme destinés à des débutants, ce qui lui fit se sentir un peu ridicule.

Elle se dit qu'elle devait sans doute approfondir sa compréhension des esprits. Alors elle compulsa les chroniques de la 5e ère astrale datant d'avant l'époque gelmorraine, mais là encore, elle n'y trouva rien de véritablement pertinent.

Si son handicap s'avérait définitif, autrement dit si elle n'était plus en mesure d'assurer son rôle à la tête du grand conseil, c'est toute la politique gridanienne qui s'en retrouverait paralysée. Dans tous les cas, quelqu'un devait prendre les décisions qui s'imposaient. Kan-E alla donc solliciter l'aide de son prédécesseur, le fameux A-Pitat-Rapa.

L'ex-Oracle, qui allait souffler sa trois centième bougie, avait renoncé à ses fonctions à la suite d'une maladie grave, et coulait désormais une retraite thérapeutique dans les montagnes. La visite de Kan-E ne le dérangea point, au contraire ; lisant la détresse sur son visage, il s'empressa de l'accueillir chaleureusement.

« Tu n'es pas simplement venue me rendre visite… Que se passe-t-il ? »

La dernière fois qu'ils s'étaient vus, c'était il y a près de dix ans, lorsque la jeune Padjale avait pris sa succession. Une partie du grand conseil avait alors manifesté quelques réticences à l'idée de confier les rênes de la politique à une jouvencelle, quand bien même il s'agissait de l'élue de l'esprit doyen. A-Pitat l'avait alors véhémentement défendue, parvenant au bout du compte à mettre tout le monde d'accord.

Kan-E se sentait d'autant plus honteuse de sa mauvaise passe actuelle ; elle avait l'impression de trahir la confiance que son mentor avait placée en elle. Aussi, elle n'osa lui avouer la vérité.

A-Pitat lui offrit malgré tout un sourire aimable, tandis que se dessinaient sur son visage d'apparence toujours juvénile quelques rides au coin des yeux. À l'évidence, il lisait en elle comme dans un livre ouvert.

« Tu sembles en proie au doute et à l'adversité… Sache cependant que l'écoute à elle seule ne suffit pas à nourrir une conversation. Si tu refuses de répondre à celui qui te parle, alors tu ferais tout aussi bien de te boucher les oreilles. »

Cette remarque sembla chambouler Kan-E. À bien y repenser, avait-elle vraiment fait l'effort de dialoguer avec les esprits lors du grand conseil ?

Tandis qu'elle examinait la question, un Mog fit soudain irruption juste à côté d'elle, la ramenant brusquement à la réalité.

« Vous devez venir, vite ! On a un gros problème, kupo ! »

Voyant la créature se perdre en explications confuses, Kan-E préféra prendre congé d'A-Pitat afin de se hâter jusqu'au lieu dudit problème.

Arrivée dans un coin reculé de la Sylve, elle aperçut son frère cadet A-Ruhn, tout pâle et visiblement exténué, ainsi que sa petite sœur Raya-O, qui l'entourait de ses soins du mieux qu'elle le pouvait.

D'après le récit de cette dernière, son jeune frère s'était tout à coup mis à proférer des paroles incompréhensibles, avant d'être pris de violentes convulsions et de vomissements. L'hypothèse la plus probable était que les esprits, ne parvenant à se faire entendre de Kan-E et des druides, avaient tenté de s'exprimer à travers le jeune A-Ruhn, dont le talent égalait celui de sa grande sœur, mais dont le corps était hélas bien trop frêle pour supporter une telle déferlante de pensées. À présent, sa vie était en danger.

« Mes soins sont impuissants… Je t'en supplie, ma sœur, sauve A-Ruhn ! »

Kan-E allait dire à Raya-O de ne pas s'en faire lorsqu'elle s'interrompit brusquement, comme frappée d'une révélation. Les cris éplorés de sa sœurette venaient de lui ouvrir les yeux sur une vérité qu'elle refusait jusqu'ici d'admettre.

Elle savait désormais exactement ce qu'elle devait faire. Alors elle souleva son jeune frère dans ses bras et s'élança à toute allure en direction du breuil de l'Ombre éternelle.

« Je suis venue vous parler, ô esprit doyen. Je sais que c'est égoïste de ma part, néanmoins je vous prie de m'accorder votre attention. »

Pas de réponse. L'Oracle se tenait pourtant face à l'Arbre gardien, le plus vieil arbre de la forêt de Sombrelinceul, censé abriter l'esprit doyen. L'état d'A-Ruhn continuait quant à lui d'empirer, même après que Raya-O l'eut allongé contre son tronc.

Dès lors, Kan-E se devait d'agir. Comment ? En avouant sans détour l'erreur qu'elle avait commise lors du grand conseil :

« Vous étiez apeuré, affolé par la survenue imminente d'une catastrophe. Malgré tout, vous avez donné de la voix pour nous avertir de la gravité de la situation. Et moi... j'ai été incapable de vous écouter. »

Ne s'attendant pas à un tel aveu de la part de sa grande sœur, Raya-O afficha un air stupéfait.

« Seulement, mon premier réflexe a été de penser à moi-même. J'avais peur d'avouer mon échec, peur de décevoir tous ceux qui croyaient en leur Oracle. Moi qui suis dépositaire de l'avenir de la Sylve, je me suis montrée égoïste, indigne de ma fonction. Il n'y a donc rien d'étonnant à ce que vous ayez préféré rompre le dialogue. »

Tel un signe d'acquiescement, les feuilles de l'Arbre gardien se mirent à voleter au gré du vent.

« J'aimerais m'excuser pour ma bévue. Et vous exprimer tout ce que j'aurais dû vous dire lors du grand conseil. Je sais que j'ai encore des lacunes, et que je ne réponds sans doute pas à toutes vos attentes. Néanmoins, mon désir de bâtir un avenir meilleur pour tous les êtres vivants de la forêt est authentique, tout comme celui de converser avec vous et les autres esprits. Aussi, je vous implore d'apaiser votre âme tourmentée, et de m'offrir à nouveau le privilège d'entendre votre voix ! »

Comme si la supplique de Kan-E avait trouvé une réponse favorable, la respiration haletante d'A-Ruhn reprit peu à peu un rythme régulier. Sa bouche se mit à articuler une syllabe, puis une autre, jusqu'à former un tout – compréhensible, cette fois.

On eût dit que les esprits de la forêt étaient en train de choisir soigneusement leurs mots.

Ainsi Kan-E menait la conversation, A-Ruhn prêtait sa voix aux esprits, et Raya-O écoutait attentivement le tout. Un travail d'interprétation à six mains qui aboutit en définitive à la prédiction suivante :

« De la lune viendra la menace. »

En marge de la crise que traversait Gridania, une catastrophe sans précédent allait vraisemblablement s'abattre non seulement sur la forêt de Sombrelinceul, mais sur Éorzéa tout entière.

Connaître à l'avance le destin n'impliquait pas de pouvoir l'infléchir, néanmoins Kan-E avait désormais toutes les cartes en main pour parer au plus pressé, une victoire qu'elle devait en grande partie à son frère et sa sœur. Si seulement elle les avait consultés plus tôt…

Une idée lui traversa soudain l'esprit. Elle la partagea avec Raya-O et A-Ruhn qui, bien qu'étonnés, l'approuvèrent. Rassurée, Kan-E leva les yeux et contempla la cime de l'Arbre gardien, un léger sourire aux lèvres. À ce moment précis, un vent agréable en agita les branches et fit tomber un objet tout droit entre ses mains.

Sitôt revenue à Gridania, elle convoqua à nouveau le grand conseil des esprits. Ses membres affichaient tous un air perplexe, et pour cause : cette fois, l'Oracle était non seulement accompagnée de son frère et de sa sœur, normalement exclus de l'assemblée, mais aussi de son prédécesseur A-Pitat, qui avait bravé sa maladie pour l'occasion. Et l'atterrement général n'en fut que plus grand après que Kan-E ouvrit la séance en avouant sa récente déconvenue.

« En dépit de cela, et grâce à l'aide de Raya-O et d'A-Ruhn, je suis finalement parvenue à apaiser les esprits de la forêt. Ils m'ont alors révélé l'cxistence d'une menace qui dépasse l'entendement. »

Kan-E rapporta au grand conseil la prophétie que les Senna avaient discernée à trois : « De la lune viendra la menace ». Des mots si lourds de sens qu'un silence pesant s'abattit aussitôt sur l'auditoire.

« À vrai dire, je ne suis pas de taille à surmonter une telle épreuve seule. J'ai fini par m'en rendre compte en mon âme et conscience… et j'ai reçu ceci en guise de récompense. »

Elle brandit un long bâton de bois, en réalité la branche de l'Arbre gardien qui était tombée plus tôt.

« Voici Claustrum. Ce bâton m'a été offert par l'Arbre gardien lorsque j'ai fait vœu de m'appuyer sur mes cadets. J'en déduis que l'esprit doyen lui-même est d'accord pour que nous interprétions ses paroles à trois. »

Le nom que Kan-E avait choisi signifiait « la clef », celle-là même qui lui avait permis d'ouvrir son cœur aux autres.

« C'est pourquoi, avec votre permission, j'aimerais poursuivre ma mission d'Oracle en compagnie de Raya-O et d'A-Ruhn. »

Aux côtés de leur sœur, le regard plein de détermination, les deux jeunes Padjals prirent à leur tour la parole pour convaincre l'assemblée, avant de laisser le mot de la fin à A-Pitat :

« Trois cœurs unis dans le dialogue… Un “Oracle tripartite”,

en quelque sorte. Gageons que cette gouvernance d'un genre nouveau saura assurer au mieux l'avenir des esprits, des hommes et de toutes les créatures de la forêt. »

Ainsi s'ouvrit un tout nouveau chapitre politique pour Kan-E-Senna.

Sa première décision fut de fonder une grande compagnie en vue d'affronter la menace annoncée. Les nombreux livres d'Histoire qu'elle avait parcourus dans l'espoir de guérir sa « surdité » mentionnaient en effet l'existence d'un commandement militaire unifié durant la 5e ère astrale. Du reste, c'était ce que préconisaient les Preux de Sharlayan, raison de plus pour ressusciter cette institution du passé.

De cette décision naquit une Gridania nouvelle, transfigurée. Quelque temps plus tard, A-Pitat s'éteignait paisiblement, après avoir échangé une dernière fois avec sa protégée :

« Même les génies ont le droit de douter. L'important est de savoir t'arrêter, et de prendre le temps de réfléchir. Toutefois, l'élan que tu te donnes ne dépendra jamais que de toi et de ta volonté. Si tu crois en la voie que tu as choisie, alors tu pourras l'arpenter d'un pas assuré.

— Dans ce cas, j'irai à la rencontre du monde lavée de tout mensonge et de toute imposture. Car j'en ai désormais la ferme conviction : la voie se révèle aux cœurs purs. »

ACTE II

Un trône vacant

Au fond de la salle d'audience du Saint-Siège se dressait fièrement le trône de l'Archevêque, sans personne pour l'occuper.

Depuis que le Guerrier de la Lumière, plus communément appelé héros d'Ishgard dans la contrée du même nom, avait offert une ère de paix aux peuples du Coerthas en mettant fin à la millénaire Guerre du chant des dragons, le système politique de la sainte Cité avait transité d'une monarchie pontificale vers une république bipartite constituée d'une Chambre des Nobles et d'une Chambre du Peuple. Il fut un temps où cette vaste salle permettait à l'Archevêque de recevoir certains privilégiés qui avaient obtenu la permission de se présenter devant lui, mais désormais y circulaient sans interruption de nombreux parlementaires qui venaient y délibérer de leurs affaires courantes.

L'un d'entre eux ayant récemment pris ses fonctions au sein de la Chambre des Nobles était le comte Artoirel de Fortemps, fils aîné d'une des quatre grandes maisons ishgardaises.

« L'ordre du jour étant épuisé, la séance est levée. Vous pouvez quitter la salle dès que vous aurez déposé votre bulletin de vote. Merci à tous d'avoir veillé aussi tard. »

La voix d'Aymeric de Borel résonna sur les majestueuses dalles de pierre baignant dans la lumière du crépuscule.

Depuis qu'il avait été placé à la tête de l'assemblée qui représentait l'ancienne aristocratie toute-puissante, les journées d'Aymeric consistaient principalement à présider les réunions de ses pairs, ainsi qu'à gérer les relations diplomatiques avec les nations étrangères. À peine eut-il fini de prononcer ses mots que ses collègues se mirent en rang pour voter chacun leur tour. Habitués depuis des générations à obéir aveuglément aux desiderata d'un souverain pontife qui avait tous les attributs d'un monarque de droit divin, les premiers pas des Ishgardais dans l'administration d'une république se faisaient par tâtonnements et hésitations, mais toujours avec la conviction d'œuvrer pour le bien de leur nation.

Une fois son vote effectué, Artoirel résolut de mettre de l'ordre sur son bureau avant de rentrer chez lui, mais alors qu'il était sur le point de quitter la pièce, il jeta malgré lui un dernier coup d'œil sur le trône inoccupé.

« Personne n'y était assis ce jour-là non plus… », pensa-t-il avec mélancolie.

Dix-sept ans auparavant, aussitôt que l'Archevêque précédent eut rendu son âme à Halone, l'intronisation de son successeur Thordan VII fut organisée dans cette même salle d'audience.

La cérémonie se déroula sous les plus solennels auspices, et il fut rapporté que la foule désireuse d'apercevoir l'éminente figure du nouveau souverain s'étendait jusqu'au Hoplon, mais seuls les hauts dignitaires de l'Église, les chevaliers de l'Azur, ainsi que les membres des quatre grandes maisons qui jouissaient du privilège d'élire l'Archevêque, avaient été officiellement autorisés à assister à l'événement.

Le jeune Artoirel, alors âgé de treize ans, y participait en sa qualité de fils aîné de la famille Fortemps. Sa tenue avait été soigneusement élaborée par ses serviteurs, qui avaient mis un point d'honneur à la rendre distinguable de celles des banquets mondains au premier coup d'œil. Son petit frère Emmanellain était également présent, et bien qu'il ne saisissait pas réellement l'importance de ce qui se déroulait devant ses yeux, l'attitude de ses aînés lui avait vite fait comprendre qu'il ferait mieux de rester silencieux.

Toutefois, la fratrie n'était pas au complet, car Haurchefant brillait par son absence. Avoir été accepté au sein de la maison

Fortemps ne lui donnait visiblement pas les mêmes droits que ceux qui étaient issus de la lignée principale.

Artoirel l'avait vaguement deviné en écoutant son père Edmont lui expliquer cette règle en termes ambigus avant leur départ. Depuis sa plus tendre enfance, il avait toujours eu le sentiment qu'Haurchefant était traité avec une certaine froideur par le reste de la famille, en particulier par leur mère. Quelques années supplémentaires seraient encore nécessaires pour que la vérité éclatât au grand jour…

Alors qu'Artoirel continuait de ruminer ces pensées, Thordan VII fit son apparition devant la haute société qui lui servait de public, vêtu d'une robe de cérémonie sur mesure que seul l'Archevêque avait le droit de porter. Sa main empoignait solidement la Grâce de Halone, le sceptre sacré qui fournissait la preuve indubitable de son élection. En suivant du regard son auguste silhouette qui s'avançait vers le trône, les adultes furent confortés dans leur décision de lui avoir accordé leurs voix, et les enfants ressentirent un profond sentiment de révérence mêlé de timidité.

« Moi, Thordan VII, représentant sur terre de la Conquérante, et héritier en nom comme en qualités du vaillant roi Thordan, fondateur de la sainte Cité d'Ishgard, je jure solennellement d'œuvrer pour le bien commun de mon peuple, et de le guider dans le droit chemin. Que Halone nous comble de ses bienfaits, et qu'elle soit le glaive qui, dans les mains des descendants des douze chevaliers, pourfendra à jamais le Mal dravanien ! »

La jeunesse et l'inexpérience d'Artoirel firent leur œuvre, et le discours de son nouveau souverain le marqua profondément. Alors qu'il l'écoutait, les mots d'Edmont et de ses tuteurs au sujet du sang des douze chevaliers qui coulait dans ses veines lui revenaient progressivement en mémoire. Avec toute la fierté caractéristique d'un noble ishgardais, il raffermit sa résolution.

« Un jour, je serai moi aussi digne de mes ancêtres. J'en fais le serment ! »

Le protocole prit fin peu de temps après que l'Archevêque eut terminé son discours, et alors qu'une partie de l'audience se retirait, l'autre resta pour échanger les politesses d'usage. La grande porte qui donnait accès à la salle ayant été ouverte, les membres de l'aristocratie inférieure et les chevaliers convoitant une place au service des quatre grandes maisons se mélangèrent rapidement aux convives pour admirer leur nouveau monarque de plus près.

Debout derrière leur père en pleine conversation, Artoirel observait l'agitation autour de lui en compagnie d'Emmanellain. Il essayait de mettre en application le conseil qu'on lui avait maintes fois donné, à savoir que l'analyse pointue du comportement de ses pairs était la clé de la survie dans les hautes strates de la société.

Son regard se posa sur les familles Durendaire et Dzemael qui semblaient quitter les lieux de manière prématurée. Les deux maisons unies par leur étendard rouge commun étaient-elles en train de comploter quelque chose en coulisses ? Bien qu'il n'en eût aucune preuve, l'idée s'imposa fortement à son esprit.

En comparaison, les Fortemps et les Haillenarte, qui combattaient ensemble sous l'étendard noir depuis des générations, étaient tout de même nettement plus sociables. Cela se voyait au premier coup d'œil dans la mine affable d'Edmont et de Baurendouin, les chefs respectifs des deux familles qui n'en finissaient pas de bavarder. Artoirel remarqua que parmi la fratrie des enfants Haillenarte, seul le benjamin Francel semblait manquer à l'appel. Les autres n'écoutaient déjà plus la conversation ennuyeuse des adultes depuis longtemps, préférant discuter de choses de leur âge.

Probablement du même avis qu'eux, Emmanellain, un grand sourire aux lèvres, en profita pour se mêler aux jacasseries de Chlodebaimt, le troisième fils des Haillenarte, et de sa grande sœur Laniaitte. Les trois jeunes gens s'étaient toujours très bien entendus, au point qu'Emmanellain pouvait presque se targuer d'avoir un frère et une sœur au sein d'une autre grande maison.

De son côté, Artoirel se tourna vers l'aîné Stephanivien et son cadet Aurvael puis s'inclina respectueusement en guise de salutation, mais aussi pour marquer une certaine distance. Le maintien à l'avenir de leurs bonnes relations était plus que souhaitable, mais les trois jeunes gens savaient tous parfaitement que, pour une raison ou une autre, ils pourraient un jour être amenés à se considérer comme des rivaux.

« Pas besoin de te plier en deux à ce point, Artoirel. Je te rappelle que nous avons à peu près le même âge ! »

À ces mots, Stephanivien éclata de rire pour tenter de détendre l'atmosphère. Aurvael lui emboîta aussitôt le pas.

« Je ne sais pas pour vous, mais je suis complètement exténué. Maintenant que la cérémonie est terminée, j'irais volontiers faire une bonne sieste… », dit-il nonchalamment.

« Et moi, je retournerais bien à mes petites machines ! Allons prévenir père, sinon il nous reprochera d'être partis comme des voleurs », rétorqua Stephanivien.

Après s'être inclinés à leur tour comme il se doit, les deux frères Haillenarte mirent leur plan à exécution dès qu'ils eurent obtenu la permission de Baurendouin, et le jeune Fortemps ressentit une pointe d'admiration pour leur caractère débonnaire et bienveillant en toutes circonstances.

Laissé seul avec lui-même, Artoirel reprit sa séance d'observation de son entourage. Il ne lui fallut que quelques secondes pour remarquer un jeune homme brun, probablement un peu plus âgé que lui, et dont l'appartenance à la haute noblesse était comme gravée sur le visage. Ce dernier était tourné vers le trône vide de l'Archevêque avec une expression notablement grave et sévère. Surpris par une telle attitude en pareil jour de fête, Artoirel prit son courage à deux mains et décida de lui demander des explications.

« Excusez-moi, mais... pourquoi faites-vous cette tête ? Auriez-vous quelque chose à reprocher à notre nouvel Archevêque ? »

Interloqué, le jeune homme se tourna et fit un semblant d'effort pour paraître aussi aimable que possible.

« Vous êtes l'aîné des Fortemps, si je ne m'abuse... Pardonnez mon impolitesse, mais puisque vous semblez tout ignorer de moi, je préférerais que nous en restions là. »

Le ton aride du jeune homme brun laissa Artoirel bouche bée. Or, pour qui le connaissait, sa froideur était loin d'être injustifiée. Son nom était Aymeric, et il était le fils adoptif des Borel, mais le bruit persistant courait que son véritable père n'était nul autre que Thordan VII lui-même, un ecclésiastique de renom qui avait pourtant fait vœu de chasteté comme la tradition l'exigeait.

Le vicomte de Borel et son épouse n'ayant jamais particulièrement insisté sur le fait qu'Aymeric était le fruit de leur amour, ce dernier avait commencé à prêter une attention croissante aux rumeurs qui l'assaillaient de toutes parts, aussi bien de la part de simples curieux que de gens mal intentionnés.

Ses doutes grandissants sur ses véritables origines l'avaient donc naturellement poussé à s'enquérir de la vérité directement auprès du nouvel Archevêque en personne, mais même un Borel ne pouvait obtenir aussi facilement une audience avec le souverain de la sainte Cité.

Malgré cette déconvenue qui lui pesait sur le cœur, il comprit rapidement qu'il ne pouvait la mettre sur le dos d'un inconnu plus jeune que lui qui semblait uniquement avoir envie de faire connaissance. Voulant dissiper le malaise qui s'était immanquablement installé entre eux, il reprit la parole d'un air un peu plus avenant.

« Je n'ai pas eu la chance d'assister au discours de Thordan VII. Pourriez-vous me le résumer en quelques mots, s'il vous plaît ?

— Euh… Il a demandé à Halone de nous combler de bienfaits ! C'était vraiment très émouvant ! »

Les yeux d'Artoirel brillaient d'une sincérité presque surprenante de candeur pour un garçon de son âge, mais cela ne chamboula pas pour autant l'attitude d'Aymeric, qui poursuivit sur le même ton impassible tout en cherchant à faire bonne figure.

« De nous combler de bienfaits, vous dites ? Je me demande si un tel miracle est encore possible de nos jours… »

Après un court moment d'hésitation, Artoirel était sur le point de répondre par l'affirmative lorsqu'une troisième voix s'éleva derrière eux.

« Évidemment que c'est possible quand on a le grand Thordan VII pour nouvel archevêque d'Ishgard ! »

Aymeric et Artoirel se retournèrent et constatèrent la présence d'un garçon aux cheveux blonds vêtu de façon modeste. Il avait tout l'air d'un apprenti chevalier qui s'était faufilé dans la salle d'audience lors de l'ouverture des portes. Les trois adolescents avaient beau tous avoir environ le même âge, leurs différences d'origine sociale ne leur permettaient pas de communiquer aussi facilement en temps normal, mais le nouveau venu semblait n'en avoir cure. Après un salut poli en bonne et due forme, il reprit son argumentation.

« L'Archevêque est venu nous rendre visite l'année dernière. Il a prié pour que nous devenions tous de valeureux chevaliers. Il était vraiment très gentil et généreux avec tout le monde ! Quand je serai grand, je ferai le serment de le servir toute ma vie ! »

Le garçon faisait sans doute référence à une des nombreuses œuvres de charité que l'Église orthodoxe ishgardaise organisait régulièrement. Touché par son enthousiasme et bien qu'il le rencontrât pour la première fois, Artoirel se prit immédiatement d'affection pour lui, mais Aymeric conserva sa réserve stoïque. L'espace d'un instant, il sembla sur le point de formuler une réponse, mais referma la bouche avant d'avoir prononcé le moindre mot. Un autre instant plus tard, un chevalier en armure posait la main sur l'épaule du jeune inconnu.

« C'est bien toi, le fils de sire Valhourdin ? Il te cherche partout, alors dépêche-toi de le rejoindre ! »

Le petit blondinet tira aussitôt sa révérence et courut vers l'autre bout de la pièce. Aymeric se tourna du côté d'Artoirel et parvint enfin à articuler quelques phrases.

« Je dois vous quitter également, Sire Artoirel. Ravi d'avoir fait votre connaissance. »

L'aîné des Fortemps regarda son camarade d'un instant partir en se demandant s'il lui avait donné son nom. Il réalisa aussitôt qu'Aymeric, probablement déjà bien avant lui, n'avait fait qu'appliquer la même technique d'observation d'une haute société où les manigances régnaient en maître, et où la survie était conditionnée par l'esprit de prévoyance.

Le jeune Borel avait d'ailleurs visiblement résolu d'affûter aussi bien sa plume que son épée, puisqu'une dizaine d'années plus tard, il serait promu au rang de capitaine général des templiers d'Ishgard…

« Vous ne rentrez pas, Monsieur le comte de Fortemps ? »

La voix d'Aymeric résonnant à nouveau dans la pièce lui fit immédiatement reprendre ses esprits. Il se rendit compte que pendant qu'il rêvassait, les autres parlementaires avaient déjà tous accompli leur devoir démocratique et quitté les lieux.

Conséquemment aux nombreuses batailles qu'ils avaient menées en commun, une grande confiance mêlée d'un profond respect s'était installée entre les deux hommes au fil du temps, et ils conversaient désormais comme deux bons amis.

« Voir ce trône vide m'a rappelé le jour de l'intronisation de Thordan VII… C'est également celui où nous nous sommes adressé la parole pour la première fois. »

Aymeric hocha la tête, puis regarda à son tour le trône en fronçant les sourcils.

« Une journée bien amère, en ce qui me concerne. »

Les souvenirs en demi-teinte avaient toutefois détendu l'atmosphère et délié les langues, et Artoirel en profita pour se confier à son président.

« Parfois, je ne sais moi-même plus quoi penser de ce passé où j'étais persuadé que l'orthodoxie ishgardaise incarnée par notre Archevêque était la vérité absolue… La nostalgie et la rancœur se mêlent inextricablement en moi, car je sais désormais que ma fierté avait pour fondement un énorme mensonge.

— La falsification de notre histoire est le plus grand péché commis par l'archevêché. La réforme politique que nous avons entreprise ne se fera pas sans difficultés, mais elle n'est rien en comparaison de la trahison que notre peuple ressent au plus profond de son être. Ce genre de blessure doit être pansée pendant très longtemps pour avoir une chance de guérir. »

Artoirel se remémora alors l'anecdote qu'Aymeric avait racontée au campement des Ténèbres de Ghimlyt. Lorsqu'il était enfin parvenu à interroger Thordan VII au sujet de ses machinations, ce dernier lui avait répondu mot pour mot : « Tu es bien naïf, mon fils… Crois-tu vraiment que je vais laisser notre foi millénaire disparaître comme si elle n'avait jamais existé ? »

Ces paroles, jamais il ne pourrait les oublier.

« Notre passé et sa ferveur religieuse sont gravés dans le cœur de chaque Ishgardais à tout jamais. C'est pour cette raison que nous souffrons autant. Néanmoins... », pensa-t-il en son for intérieur.

Il s'apprêtait à ouvrir les lèvres pour partager le reste de sa réflexion quand Aymeric le devança.

« Néanmoins, nous devons apprendre à accepter pleinement chaque moment de notre histoire, même les plus douloureux, et garder les yeux tournés vers l'avenir. »

Artoirel, bouche cousue, approuva cette confession masquée d'un signe de tête tandis qu'Aymeric ne quittait pas du regard le trône de feu son père, embrasé par la lumière du crépuscule qui perçait à travers le vitrail.

ACTE III

Dans la tourmente de l'apocalypse

ACTE III

Le premier partisan

Dans un coin d'Amaurote, ancienne capitale de l'humanité et centre névralgique de ses activités, se trouvait un vaste établissement connu sous le nom d'Anamnesis Anydre. C'est là qu'étaient entreposés les précieux « concepts », les archives de la création et du savoir.

La quantité de documents et de cristaux qui s'y trouvait était telle qu'une main-d'œuvre considérable était requise pour les classer et en tenir à jour l'inventaire sans cesse grandissant. Les employés étaient donc nombreux, mais pas moins triés sur le volet lors de leur recrutement en raison du haut niveau d'instruction et de culture générale exigé. Rejoindre le personnel de l'Anamnesis Anydre était ainsi considéré comme un grand honneur, surtout parmi les scientifiques et les érudits.

L'homme était l'un de ces employés. Alors que ses confrères vouaient une passion ardente à la création sous toutes ses formes, lui était plutôt intéressé par l'étude des choses et concepts existants. Ainsi, il était capable d'analyser et de retourner un caillou dans tous les sens pour établir les principes de ce qui en faisait un caillou, car pour lui, la connaissance et la compréhension des détails les plus infimes étaient indispensables pour élucider les mystères du monde dans son ensemble. S'il passait le plus clair de son temps à ranger et organiser méticuleusement le fruit du travail de ses pairs et prédécesseurs, il profitait du moindre moment de liberté pour développer ses propres théories scientifiques. Des cernes de croissance des arbres aux différentes couches composant la croûte terrestre, tout domaine était digne d'intérêt et prétexte à étendre son savoir.

Un jour, l'homme reçut une requête inhabituelle de sa direction : quelqu'un tenait à le rencontrer. Le nom de la personne en question ne lui était pas inconnu, car il s'agissait d'une érudite qui venait de présenter durant les siècles récents plusieurs rapports d'études remarqués sur l'existence. Il s'était d'ailleurs tout particulièrement intéressé à un de ses travaux, assimilant les êtres vivants à une simple matière parmi les nombreuses autres composant la planète. Puisque cette scientifique avait expressément requis son assistance pour la recherche de documents précis dans l'Anamnesis Anydre, c'est avec un brin de curiosité qu'il accepta de faire sa connaissance.

À l'heure prévue pour le rendez-vous, l'homme se rendit au salon indiqué, non loin de l'entrée principale du bâtiment. Il frappa à la porte massive, avant d'être invité à entrer par une voix franche et amicale. À l'intérieur, il se fraya un chemin à travers des piles de documents en désordre jusqu'à apercevoir son hôte, debout et vêtue d'une longue coule noire, les yeux cachés par un masque comme la plupart des humains à cette époque. À la grande surprise de l'homme, l'érudite baissa sa capuche et dévoila son visage aussitôt qu'elle le remarqua.

« Enchantée de faire votre connaissance. Je m'appelle Venat. »

Outre certaines circonstances de la vie quotidienne exigeant d'être à visage découvert, la pratique n'était bienséante qu'entre proches. Ou alors, à l'occasion d'événements solennels comme la demande d'entrée en tutelle d'un élève à son maître, auquel cas cela constituait une marque de profond respect. Quelles que fussent les motivations de Venat, il paraissait clair qu'elle voyait en l'homme plus qu'un larbin utile au classement de documents. Dans cette situation inattendue, l'homme respira profondément, comme pour évacuer son appréhension, avant de porter à son tour la main vers son masque, par politesse.

C'est ainsi que débuta une singulière amitié qui allait durer aussi longtemps qu'ils vivraient.

La courtoisie de Venat n'avait d'égale que sa gaieté permanente, et les argumentations qui naissaient de son esprit brillant ne manquaient jamais de susciter l'admiration de son auditoire. Au fur et à mesure qu'il apprenait à la connaître, l'homme ne pouvait s'empêcher de la comparer à une pierre précieuse polie parfaitement arrondie, sans aucune aspérité au toucher et reflétant la même lueur douce sous tous les angles…

C'est plusieurs années après avoir commencé à côtoyer Venat que l'homme changea d'impression à son sujet. Un jour, après de longs moments passés à écrire dans un coin de l'Anamnesis Anydre, elle posa finalement sa plume. Curieux, il remit alors le volume qu'il consultait sur son étagère pour se rendre auprès d'elle et regarder par-dessus son épaule ce qu'elle avait couché sur le papier. Il s'agissait de la conclusion d'une théorie à laquelle elle avait consacré d'intenses efforts. La vérité était là, sans aucune contestation possible. Lorsqu'il réalisa ce qu'il venait de lire, un sentiment mêlé de soulagement et de joie parcourut la poitrine de l'homme.

« Oh, félicitations ! »

Cependant, Venat ne se retourna même pas. Intrigué, l'homme vint cette fois se placer à ses côtés, mais elle demeura prostrée sur l'écrit qu'elle avait tout juste achevé. Quelques secondes de silence plus tard, elle porta tout à coup ses deux mains gracieuses devant sa bouche et se mit à pouffer doucement. Bientôt, elle riait à gorge déployée, laissant transparaître une excitation qui tranchait avec la retenue qui la caractérisait habituellement. Ses yeux d'un bleu limpide comme la mer brillaient si intensément que l'homme se demanda un instant si elle avait à nouveau ôté son masque, comme le jour de leur rencontre.

« Incroyable… »

Venat était comme transportée.

« Notre existence relève véritablement du miracle.

— Qu'est-ce qui te prend, tout à coup ? Ne viens-tu pas de prouver qu'il s'agit du résultat inéluctable des règles naturelles établies ?

— C'est justement cette immuabilité qui est tout bonnement prodigieuse… »

Les yeux de Venat étaient toujours plongés dans la feuille de papier sur laquelle figurait sa démonstration. Au même instant, la pierre précieuse qui apparaissait inlassablement dans l'esprit de l'homme venait de se fissurer, et des facettes fraîchement révélées giclait une lumière irradiante qui rendait Venat plus resplendissante que jamais. Était-ce donc cela, son véritable visage ? Nul besoin d'argument ou de preuve, l'homme en était persuadé.

Au cours de ses travaux qui lui avaient permis d'exposer l'essence du monde et de l'existence, Venat semblait avoir eu une sorte de révélation. Le pressentiment de l'homme se vérifia lorsqu'un jour, en arrivant à l'Anamnesis Anydre, elle lui annonça sans préambule :

« Je m'en vais voyager. »

Il l'interrogea bien sur sa destination, mais elle lui répondit qu'elle n'en avait aucune en particulier. Tout au plus lui apprit-elle que son but était *d'entendre, de ressentir et de penser aux choses qui nous entourent*, afin de connaître encore davantage Ætherys.

« Je vois. Prends bien soin de toi, surtout. »

Sur ces paroles, Venat esquissa un sourire empreint d'allégresse avant de plier un ourlet sommaire au bas de sa coule et de quitter le bâtiment. Après avoir pris soin de l'accompagner du regard jusqu'à ce que la porte se referme derrière elle, l'homme retourna à la chaise sur laquelle il passait la majeure partie de sa journée de travail. Il reprit alors ses tâches habituelles de catalogage et d'archivage, comme si rien n'avait changé.

En l'absence de sa partenaire de toujours, cependant, il s'était découvert un nouvel intérêt. En parcourant inlassablement les montagnes de documents qui arrivaient chaque jour sur son bureau, il essayait d'imaginer lesquels allaient piquer la curiosité de Venat lorsqu'elle reviendrait. Ce faisant, il prit peu à peu ses distances avec les travaux relevant de sa spécialité pour se familiariser avec d'autres disciplines, et tout ce qu'il découvrait le passionnait au plus haut point.

Tantôt espacées de quelques mois, tantôt de plusieurs dizaines d'années, les visites de Venat à l'Anamnesis Anydre étaient motivées par le besoin de documentation et de savoir afin d'approfondir sa compréhension de certains phénomènes rencontrés au fil de ses voyages. En l'écoutant conter ses pérégrinations avec un enthousiasme à chaque fois renouvelé, l'homme ne reconnaissait plus la pierre précieuse qu'il avait d'abord vue en elle, mais plutôt un complexe cristal aux multiples facettes qui reflétaient des éclats intenses de bonheur.

Si lui n'était jamais au bout de ses surprises quand elle lui racontait ses aventures – et ses méthodes parfois très audacieuses –, elle n'arrivait pas à croire qu'il soit toujours capable de dénicher l'exacte documentation que ses recherches exigeaient, en moins de temps qu'il fallait pour la lui demander.

Un autre changement d'importance survint dans la vie de

Venat : elle avait été choisie pour occuper le siège d'Azem au Concile des Quatorze. Pour l'homme, ce rôle d'observatrice parcourant le monde lui allait comme un gant. Mais il savait aussi que le prestige de la position lui imposerait désormais de s'adresser à elle avec un grand respect. Il s'y employa lors de leurs retrouvailles, tout comme il mit plus de zèle que jamais à lui procurer les documents qu'elle réclamait. Des attentions qui n'étaient pas du goût de Venat, bien au contraire. Les sourcils froncés, elle lui lança :

« Si même toi, tu es coincé en ma présence, je vais finir par mal le prendre !

— La bienséance m'impose une certaine courtoisie à l'égard d'une personne de votre rang. N'y prêtez pas attention, vous vous y habituerez bien vite. »

Ce genre d'accrocs insignifiants vite oubliés après ses premiers pas en tant que membre du Concile, Venat se montra autant passionnée par sa nouvelle occupation qu'elle y excellait. Comme observatrice, il lui arrivait de s'engouffrer dans une profonde forêt pour y découvrir la source du mal qui poussait une bête féroce à s'attaquer à des villageois, ou encore de gravir des montagnes escarpées pour retrouver la trace d'un ami disparu lors d'une expédition… Elle avait aussi affronté et vaincu une gigantesque créature née des rêves candides d'un enfant et de la magie créatrice, identifié une plante vénéneuse menaçant de détruire de précieuses récoltes, mais également porté divers problèmes à l'attention de ses homologues du Concile pour finalement en trouver elle-même la solution à plusieurs reprises. Sur le dos de son fidèle familier au poil soyeux et doré, elle courait et volait sans relâche, à travers les plaines, les mers et les cieux de cette planète qu'elle aimait tant.

Et pourtant, elle décida contre toute attente d'abandonner son siège au Concile. Ce choix, difficilement compréhensible et prématuré aux yeux de son entourage, avait été motivé par la rencontre d'un homme passionnant lors d'un périple. Selon les dires de Venat elle-même, elle avait trouvé *un véritable joyau.*

« Ne pensez-vous pas qu'il vous reste encore beaucoup à accomplir, en tant qu'Azem ?

— Le monde n'a pas besoin de moi pour tourner, tu sais. En revanche, j'aimerais *lui* donner une chance de prendre son envol. Ses voyages ne seront pas les miens, et même s'il lui arrive de marcher sur mes traces, je suis persuadée qu'il saura voir, entendre, ressentir et penser différemment. Et surtout faire de nouvelles découvertes ! »

Sur ces paroles de Venat, l'homme caressa secrètement l'espoir de pouvoir la côtoyer à nouveau. Récemment, il avait vu plusieurs de ses collègues de l'Anamnesis Anydre parvenus à un point final dans leurs travaux choisir de *retourner* à la planète une fois leur contribution reconnue, et il craignait qu'elle en fasse de même.

Lui-même n'avait pas la moindre intention de suivre cette voie, car il avait toujours plus soif de connaissance, et la source de savoir qu'était le monde serait à jamais intarissable. Non, le seul vœu qu'il aurait aimé voir se réaliser au point d'en donner sa vie, c'était celui d'être aux côtés de celle qu'il admirait plus que tout pour connaître le dénouement de sa passionnante odyssée.

Conformément à son souhait, Venat abandonna son siège d'Azem pour prendre la robe blanche de grande conseillère. Quant à l'homme, il finit par être nommé directeur de l'Anamnesis Anydre, l'endroit même qui allait devenir le point de ralliement des partisans de Venat lors de la future apocalypse.

Une terrible calamité avait frappé le monde, qui avait été sauvé par l'intervention divine de Zordiarche. Les adeptes du Primordial étaient désormais résolus à faire un second sacrifice colossal afin de semer de nouvelles graines de vie sur Ætherys, graines dont les fruits seraient eux-mêmes un jour offerts en échange du retour des premiers humains disparus. C'était leur projet pour retrouver leur parfait paradis perdu.

L'homme et Venat, eux, appartenaient à une frange de la population qui n'était pas franchement conquise par cette perspective. Dans leur esprit, il n'était pas juste de renoncer à l'avenir pour se tourner vers le passé. Les blessures et les pertes, aussi douloureuses fussent-elles, devaient être acceptées pour repartir de plus belle vers l'avant. Pour ces raisons, Zordiarche devait à tout prix rester hors d'atteinte de l'humanité.

Afin de contenir la dangereuse divinité, Venat et ses partisans avaient adopté une solution radicale : se sacrifier dans le but de créer une entité capable de museler Zordiarche. Et pour lui donner les moyens de mater un adversaire d'une telle ampleur, ils allaient non seulement devoir offrir leur corps, mais aussi renoncer à leur âme à tout jamais.

La nuit durant laquelle fut prise la décision finale, l'homme s'adressa à Venat, qui ne quittait plus l'Anamnesis Anydre.

« Vénérable Venat… N'y a-t-il vraiment aucun autre moyen d'invoquer Hydaelyn ? »

Pour donner naissance à Hydaelyn, l'entité antagoniste de Zordiarche, il fallait choisir quelqu'un pour faire office de *noyau*. Tous les partisans de Venat savaient pertinemment que personne mieux qu'elle ne pouvait remplir ce rôle. Cependant, certains se disaient aussi que l'espoir serait permis tant qu'elle resterait en vie, et pensaient donc préférable qu'elle garde son humanité jusqu'au bout.

« Ne t'en fais pas, je ne disparaîtrai pas pour autant. Je pourrai toujours décider quelle forme donner à mon existence.

— De toute évidence, je ne vous ferai pas changer d'avis. Vous nous manquerez terriblement, sachez-le. »

En réponse à cette déclaration pleine de sincérité de l'homme, le visage de Venat se contracta, comme pour éviter des larmes. Puis, après un long silence pesant, elle répliqua :

« C'est plutôt à moi de dire ça ! »

En vérité, l'homme faisait peu de cas du terrible destin qui l'attendait. Ce qui le chagrinait plus que tout, c'était la perspective de quitter ce monde sans pouvoir être témoin des exploits à venir de Venat.

Sans dire un mot, il sortit un cristal de la poche de sa robe et le tendit à Venat, comme il l'avait déjà fait à d'innombrables reprises depuis le début de leur collaboration. Celui-ci contenait le dernier fragment des connaissances de l'humanité au sujet de l'espace qui entourait la planète. L'homme savait pourquoi ce savoir était nécessaire, mais il était aussi conscient que Venat n'avait pas tout révélé à ses partisans, surtout quant au futur qui allait se dessiner. Ce qui l'avait surtout frappé, c'était la détermination avec laquelle elle avait affirmé que l'avenir n'était jamais écrit et qu'il ne fallait pas le prendre comme une fatalité, mais plutôt faire tout son possible pour le rendre meilleur. Il avait d'ailleurs retrouvé à travers ces paroles la pierre précieuse arrondie aux douces courbes qu'il connaissait si bien.

« Votre évolution fut véritablement éblouissante, et j'ai apprécié grandir à votre contact. Sur ces constatations, permettez-moi d'énoncer une hypothèse : tant qu'il continuera à changer, l'être humain parviendra un jour au bonheur. Vous pouvez compter sur notre aide, alors à vous de faire de ces paroles une réalité. »

Venat ne savait quoi répondre. Après un soupir, elle sourit pudiquement et reçut le cristal des mains de l'homme, qui ajouta alors :

« Mon plus grand regret restera de ne pas pouvoir assister à votre succès, et tous ceux à venir. Si je pouvais être les yeux d'Hydaelyn, croyez bien que c'est sans ciller que je vous suivrais jusqu'au bout du sentier de votre gloire. »

Il était on ne peut plus honnête, mais n'espérait pas une seconde que son vœu se réalise. Après tout, il allait bientôt disparaître à jamais, et cette entrevue faisait office d'adieux. Il voulait simplement se confier, et qui sait, se rappeler au bon souvenir de Venat si ses dernières paroles ressurgissaient un jour dans son esprit.

Lui comme elle s'apprêtaient maintenant à se lancer sur la longue route qui devait les mener, ainsi que toute l'humanité, au bonheur tant espéré.

ACTE III

La quête d'une vie

Dans ce monde, il n'y a rien de plus cruel que le pardon.

Pour qu'il soit accepté, on l'exprime sous forme de phrases comme « Ça va », « Ne t'inquiète pas », « Tu as fait de ton mieux » ou encore « N'hésite pas à m'en parler la prochaine fois ». À grand renfort d'excuses, les sentiments les plus tumultueux sont réduits à rien ou presque. Les angles sont arrondis, les épines arrachées. Partout, il y a des centaines de mains prêtes à enfoncer, en douceur, le clou qui dépasse.

Certes, il est possible de leur résister ; de tenter d'affirmer sa volonté, avant qu'elle ne devienne banale et dérisoire ; de sortir les griffes. Mais rien n'y fait : le regard des autres demeurera toujours aussi bienveillant. « Mais oui, mais oui », répondront-ils, un sourire lénifiant aux lèvres. Ainsi, tout sera excusé. Et les incartades, quelles qu'elles soient, ne laisseront pas la moindre trace.

« Refuseront-ils enfin de me pardonner, cette fois-ci ? »

C'est la question que se posait Hermès tandis qu'il se tenait immobile à l'étage mésosphérique, au sommet de l'Hyperborée, les yeux rivés sur l'horizon. Des niveaux inférieurs lui parvenaient les échos d'un message d'avertissement joué en boucle depuis quelques minutes : des bêtes s'étaient apparemment échappées de leur enclos, et le bâtiment entier était passé en état d'alerte ; autrement dit, un sort débilitant avait été déployé, affaiblissant l'ensemble des êtres vivants de l'édifice à l'exception du personnel. Or Hermès ne s'alarmait point de cette situation, et pour cause : c'est lui qui l'avait sciemment provoquée.

De la paume de sa main, qui avait doublé de taille depuis sa transformation, il s'harmonisa avec le réseau éthéré de l'Hyperborée et put constater que son sort de « piratage » avait porté ses fruits. En effet, de nombreuses cages s'étaient ouvertes, libérant autant de créatures prêtes à se ruer sur quiconque pénétrerait dans l'enceinte de l'établissement.

Évidemment, nul ne serait assez fou pour tenter de remettre ces bêtes féroces à leur place. Les éventuels intrus se défendraient par les armes, quitte à faire couler le sang. En envoyant tous ces spécimens à une mort probable, Hermès, qui respectait plus que quiconque chaque être vivant, avait l'impression d'orchestrer là un odieux massacre. Sa décision était profondément injuste et condamnable sur le plan moral. Il ne l'avait pas prise de gaieté de cœur. Seulement, c'était la seule solution envisageable sur le moment : exploiter les créatures de l'Hyperborée et leur avantage du terrain afin de contrecarrer des adversaires plus forts et plus nombreux que lui.

Du reste, il s'agissait là de sa première expérience d'un conflit violent. Dans un monde où les hommes se voyaient comme le sang irriguant la planète – un sang qui, par définition, circule sous l'impulsion d'un courant unique –, les rares disputes se réglaient toujours par le verbe. N'ayant lui-même jamais usé de la force pour repousser autrui, Hermès éprouvait une nervosité absolue, qui menaçait à tout instant de lui ôter sa lucidité.

Il continuait d'extraire des informations du réseau éthéré, lesquelles venaient s'afficher sous ses yeux par le biais de la magie. Comme il pouvait s'y attendre, un groupe d'individus qu'il connaissait très bien se rapprochait inexorablement de sa position, terrassant nombre de créatures sur son passage. Il dut se résoudre à ouvrir d'autres cages, sacrifiant toujours plus de spécimens.

Ce faisant, il eut une pensée pour l'un des intrus en particulier : celui qui s'était d'abord fait passer pour le familier d'Azem, avant de se présenter comme un visiteur du futur ; le représentant d'une humanité nouvelle, née sur les décombres de la civilisation actuelle ; un être ambivalent, qui affichait un sourire des plus chaleureux, mais au contact duquel les elpis s'étaient pourtant colorées d'une teinte mélancolique.

Ce qu'Hermès avait perçu en lui ce soir-là n'était ni de la gentillesse ni de la bienveillance, mais de la force de caractère ; celle d'une personne dont on devine au premier coup d'œil qu'elle a traversé mille et une épreuves pour en arriver là.

« Et moi, alors… ? Mon courage est-il comparable au sien ? », se demanda-t-il tandis qu'il se remémorait ce sourire si particulier, comme pour se rassurer. S'accrocher à cette image était en effet pour lui un moyen de garder à l'esprit l'essentiel au milieu des turpitudes qui l'attendaient, qu'il s'agisse de faire couler le sang d'innocents, ou de commettre pire crime encore.

« Météion, cette vérité que tu m'as révélée… Je veux pouvoir l'accepter en mon âme et conscience. »

Hermès se tourna vers la fillette aux cheveux bleus qui se tenait derrière lui et qui regardait dans sa direction, ou plutôt dans le vague. À la voir ainsi vidée de toute l'énergie qui la caractérisait autrefois, son géniteur en ressentit non pas de l'inquiétude, mais une douleur sourde qui lui serra la poitrine. Pour autant, sa protégée avait sagement obéi à son ordre de se tenir à carreau, signe que la conscience partagée qui la reliait à ses sœurs s'était plus ou moins stabilisée.

Plus tôt, sur les rives du Léthé, le rapport desdites sœurs était tombé : les formes de vies intelligentes rencontrées sur d'autres planètes avaient toutes connu un destin tragique. Aussi, leur vision de la vie, la réponse rapportée par Météion, serait sans doute difficilement acceptable pour les habitants d'un havre de paix comme Ætherys.

Dès lors, il fallait prendre du recul. Ne pas interpréter cette découverte à la lumière du sens commun, et encore moins de celle d'un futur annoncé comme apocalyptique, mais se focaliser sur la problématique initiale, les réponses proposées, et rien d'autre. À cette fin, chaque minute, chaque seconde comptait.

Hermès fit sauter un verrou particulièrement robuste, libérant dans la salle d'évaluation de l'Hyperborée une imposante créature appelée « seigneur Ladon ». De leur côté, les intrus poursuivaient leur bonhomme de chemin, terrassant spécimen après spécimen, accablant le directeur de l'établissement d'une culpabilité toujours plus pesante. Si le seigneur Ladon échouait à les arrêter, Hermès devrait les affronter en personne, une rixe qui achèverait de le transformer en gibier de potence.

« Ce n'est pas plus mal comme ça », pensa-t-il, esquissant un léger rictus. À vrai dire, il était bien plus terrifié à l'idée de devoir retourner dans son carcan, frappé une énième fois du sceau du pardon. Il pouvait tolérer bien des déceptions, mais pas que ses questionnements existentiels ou son combat aux côtés de Météion finissent digérés par ce monstre froid appelé « normalité ».

« Tu as diligemment accompli ce pour quoi je t'ai créée. Je ne laisserai pas le fruit de tes efforts tomber dans l'oubli. »

Toujours transformé, Hermès vint s'agenouiller devant Météion du haut de son impressionnante stature. Il ne pouvait se permettre de lui caresser la tête comme à son habitude ; sa main était si grosse qu'il aurait pu la blesser. À la place, il plongea son regard dans les yeux de la fillette, qui étaient aussi bleus que ses ailes. À travers ses pupilles, il crut distinguer le reflet des jours passés.

À commencer par celui où cette fameuse couleur bleue lui était venue à l'esprit.

Ce matin-là, il s'était réveillé dans la douleur, secouant péniblement la tête après un moment de silence. Pour une raison qui lui échappait, il s'était endormi non pas dans ses propres quartiers, mais dans une chambre vacante de l'Anagnorisis. Tandis qu'il tentait de rassembler tant bien que mal ses souvenirs de la veille, il fut interrompu par l'arrivée de sa collègue Euanthé qui lui expliqua, non sans ponctuer son récit de longs soupirs désabusés, qu'elle l'avait retrouvé évanoui dans un coin du complexe et transporté jusqu'à cette chambre.

S'imaginant la scène, Hermès fut saisi de honte et se recroquevilla aussitôt sur son lit.

« D-désolé... Le projet de familier sur lequel je planche depuis si longtemps est sur le point d'aboutir... J'étais tellement absorbé par les derniers détails que j'ai négligé mon sommeil. »

Bien des années s'étaient effectivement écoulées depuis qu'il s'était mis en tête de concevoir une « entéléchie douée de conscience », entité la plus à même selon lui d'accomplir son rêve d'explorer l'espace. Un défi sans précédent, infiniment complexe à relever. L'objectif ultime étant d'établir un échange avec les êtres vivants d'autres planètes, son entéléchie devait non seulement être capable de survivre grâce au dynamis, mais aussi de détecter des formes de vies intelligentes, ou encore de se déplacer rapidement d'un point à l'autre de l'espace. Pendant longtemps, ses recherches avaient piétiné, avant qu'elles ne s'engagent enfin dans une direction concrète.

Euanthé offrit à Hermès un sourire compatissant et lui tendit un panier de fruits, le sommant de se nourrir convenablement, à tout le moins.

« Donc, tu as enfin une idée claire de l'apparence de ton . lier ? Si je me souviens bien, c'était là ton principal souci. »

Hermès, qui était en train de se saisir du panier de fruits, se pétrifia tout à coup.

Comme le soulignait à juste titre sa collègue, définir l'aspect des êtres qu'il mettait au monde était en général l'étape qu'il redoutait le plus. Pour une créature humanoïde, il était encore possible de s'en tenir au cahier des charges, mais dans le cas d'autres animaux ou entités, il était attendu que leur apparence soit unique et originale, tout en s'inscrivant harmonieusement dans la biodiversité existante de la planète. De grands noms de la phantasmagénie comme Lahabrea consacraient leur carrière tout entière à la poursuite de la beauté jusque dans les moindres détails. Hermès, pour sa part, n'avait malheureusement aucune idée de ce qui était pertinent ou non sur le plan esthétique.

« Je voudrais lui donner une apparence toute simple, à l'opposé de sa nature qui, elle, est complexe. Je pensais à un oiseau. Un stéréotype bien connu, avec des facultés avantageuses et une bonne capacité d'adaptation. Et il aurait une deuxième forme, plus proche de l'humain, pour faciliter la communication… Rien n'est encore gravé dans le marbre, mais voilà l'idée…

— Ça, c'est pour son concept de base, mais qu'en est-il des détails ? Tu n'as pas une image plus précise en tête ? Des signes distinctifs auxquels tu tiendrais ? »

Ne sachant que répondre sur l'instant, Hermès se plongea dans une intense réflexion. En tout état de cause, il lui était impossible de savoir quel type d'apparence mettrait davantage en confiance les habitants d'autres planètes. Dès lors, il n'avait d'autre choix que de trouver l'inspiration en s'appuyant sur son instinct. C'est ainsi qu'il se mit à dérouler aléatoirement le fil de ses pensées, en partant d'idées très abstraites : l'espace, les étoiles ; l'éclat du dynamis ; l'image d'un oiseau prenant son envol…

« Ah, je sais. Mon familier sera bleu. Bleu comme le ciel d'Elpis, qui nous relie à toutes ces planètes lointaines. »

Hermès avait présenté sa vision comme elle lui était venue, sans trop réfléchir. Sa collègue cilla, un peu perplexe, avant de lâcher un léger soupir. « Ça me paraît une bonne idée », dit-elle finalement.

Par la suite, Hermès reçut le soutien d'Euanthé et d'autres chercheurs ayant eu vent de son projet, sous la forme d'une documentation complète sur l'art de concevoir de belles créatures, et même de plusieurs cours particuliers. C'est ainsi qu'il parvint, bien après en avoir défini le concept, à imaginer l'apparence définitive de l'« oiseau de l'espace ».

Il ne lui restait plus qu'à lui donner corps, un moment qui resta à jamais gravé dans sa mémoire. Suivant ses plans à la lettre, il déploya sa magie créatrice avec le plus grand soin, formant un amas de lumière dans lequel se découpa bientôt la silhouette d'un frêle oiseau. De la pointe de son bec à l'extrémité de ses ailes s'étalait un camaïeu de bleu, évoquant la lisière entre le ciel et l'espace que l'on pouvait apercevoir depuis l'Hyperborée. En vol, ses longues plumes rectrices dessinaient une traînée semblable à la queue d'une étoile filante.

« Météion. »

Pour Hermès, ce nom apparaissait comme une évidence. Sa sonorité même lui emplissait le cœur d'une chaleur réconfortante. Jusqu'au bout, il avait douté de ses choix esthétiques. Or, à présent que Météion se trouvait là, devant lui, la beauté immaculée de sa créature lui sautait aux yeux, dessinant sur son visage un sourire presque béat.

Ainsi le duo débuta sa grande aventure spatiale. Hermès commença par créer une multitude de copies de Météion. Il les désignait sous le nom de « sœurs », et chacune pouvait agir indépendamment. Elles étaient toutefois conçues pour se connecter à leur conscience partagée au moment de livrer leur rapport, il était donc plus exact de les considérer comme l'extension d'une seule et même entité. Ceci fait, il procéda à plusieurs vols d'essai… pour des résultats sinon catastrophiques, du moins médiocres.

En effet, les Météion disposaient a priori de toutes les facultés nécessaires pour mener à bien leur mission ; or leurs sorties dans l'espace se soldaient par des échecs répétés, la faute à des obstacles inattendus.

« Ah… ! »

Une nuit, après le travail, Hermès avait repris ses essais, toujours accompagné de sa protégée, qui était cette fois sous sa forme humaine. Quelque temps après l'envol de ses sœurs, elle avait lâché ce petit gémissement, semblable à un cri de douleur. Hermès, qui fixait les étoiles au loin, baissa les yeux et la vit se raidir, les pupilles dilatées. Avant même qu'il n'ait pu lui demander ce qui n'allait pas, la fillette se convulsa violemment en arrière, comme tirée par une corde invisible. Hermès la rattrapa in extremis, lui évitant une chute douloureuse. Seulement, elle était désormais aussi froide qu'un cadavre et ne réagissait plus à ses appels paniqués.

Il la secoua à plusieurs reprises, parvenant finalement à lui arracher un râle strident, après quoi elle reprit vie petit à petit. Les ailettes qui saillissaient de sa chevelure se déployèrent sur toute leur longueur, puis se mirent à trembler, comme parcourues d'un violent frisson. Tandis qu'Hermès, qui la tenait dans ses bras, essayait de l'apaiser en lui caressant doucement le dos, elle s'écria soudain d'une voix déchirante :

« C'est un échec… J-j'ai encore perdu une de mes sœurs ! »

Bien qu'il s'attendait à une telle issue au vu de ses précédentes tentatives, Hermès en eut la gorge nouée. Sa protégée se releva prestement et énuméra d'une voix chevrotante les raisons qui avaient conduit à cette nouvelle déconvenue.

Météion étant un être nourri au dynamis, l'éther qui la constitue avait été délibérément amenuisé à l'extrême, de sorte qu'elle échappe à l'influence de son environnement. Ainsi, elle était en mesure de survivre sur n'importe quelle planète, qu'elle soit volcanique, gelée ou même enveloppée de gaz toxique. Si l'astre en question était peuplé de créatures ressentant la chaleur, le froid ou la douleur, il se pouvait qu'elle en souffre également du fait de son don d'empathie. Mais ce cas de figure était peu probable puisque les environnements les plus hostiles étaient par définition déserts.

À vrai dire, c'était plutôt son rapport particulier au dynamis qui avait tendance à lui jouer des tours. Sur Ætherys, où l'éther est présent en abondance, cette forme d'énergie n'était jamais mue que par les sentiments parfois intenses des êtres humains. Or ce n'était pas toujours le cas dans l'espace, où cette mise en branle pouvait prendre des formes très surprenantes, forcément trompeuses pour Météion.

Une planète s'apparentait par exemple à un véritable moteur à dynamis géant. À l'instar des hommes, elle était vraisemblablement dotée d'une forme de conscience et capable d'exprimer ce qu'elle ressentait (ses pensées n'avaient toutefois rien à voir avec celles d'un cerveau humain).

Quelque part dans une autre région de l'espace, le dynamis se déchaînait en un immense cyclone, dont l'œil était occupé par une sorte de mare d'éther, sans doute un gigantesque amas de souvenirs à l'origine des tempêtes alentour.

Les Météion, qui recherchaient des formes de vies intelligentes en s'appuyant sur les ondulations du dynamis, se retrouvaient attirées par ces planètes à risque, et y laissaient bien souvent la vie. C'était, selon toute probabilité, ce qu'il s'était à nouveau passé.

« T-t'en fais pas ! Mes sœurs et moi, on commence à bien reconnaître les lieux les plus d-dangereux ! À force d'essayer, on finira par trouver des p-planètes habitées !

— Je veux bien le croire, c'est juste que… »

La voix éteinte d'Hermès contrastait avec l'entrain affiché par son familier. Combien des sœurs de Météion allaient encore périr dans cette course à l'aveugle ? Même si elle-même n'en gardait aucune séquelle, son créateur ressortait profondément meurtri de cet incident.

Tandis qu'il baissait les yeux sans dire un mot, la fillette se pencha d'un air curieux, guettant son regard. Il s'efforça de reprendre son sang-froid, de peur que sa douleur ne déteigne sur la petite, quand cette dernière tendit soudain son bras et lui caressa la tête. Sans arrêter ses va-et-vient, elle lui dit :

« Faut p-pas abandonner. On la trouvera, la réponse que tu cherches. C-celle qui te rendra heureux, toi, les autres… et moi aussi ! Ce sera le bonheur pour tout le monde ! »

Après avoir assez remué la chevelure brune d'Hermès, elle retira enfin sa petite main, laissant son maître complètement ébouriffé. Sans trop savoir pourquoi, l'un et l'autre se mirent alors à rire de concert.

« Oui, tu as raison. Il reste encore tant de planètes à explorer, tant de peuples à découvrir… Écoutons ce qu'ils ont à dire, en espérant que leurs enseignements nous aideront à changer notre propre monde. »

Debout côte à côte, le chercheur et sa créature contemplèrent à nouveau le ciel étoilé, le regard tourné vers l'avenir, et le cœur empli d'un tendre espoir.

Ce doux rêve devait prendre fin brutalement à cause d'un accident provoqué par l'incompétence d'Hermès, lequel fut rapporté en ces termes : « Avant que les Météion n'aient pu revenir de leur voyage dans l'espace, leur conscience partagée s'est affolée, entraînant l'implosion de chacune d'entre elles sans exception. Dans le même temps, le système d'altération mémorielle Kairos s'est détraqué, effaçant par erreur les derniers jours de la mémoire de toutes les personnes présentes sur les lieux. »

Les témoignages firent par ailleurs état de nombreuses cages qui s'étaient mystérieusement ouvertes dans l'Hyperborée, libérant un nombre considérable de spécimens qui, hélas, s'étaient ensuite entretués. L'un des employés rescapés de l'incident s'était fendu d'un trait d'humour envers son directeur : « Si ça se trouve, c'est vous-même qui, dans la panique, avez libéré toutes ces créatures. Connaissant votre amour des bêtes, ça ne me surprendrait qu'à moitié ! »

Hermès, pour sa part, s'en voulait terriblement ; d'avoir

demandé à Météion d'entreprendre ce voyage périlleux ; de l'avoir créée pour qu'elle connaisse cette triste fin ; de s'être posé tant de questions absurdes. Si seulement il avait adopté la même mentalité que tout un chacun, cette tragédie ne serait jamais advenue. À ses yeux, il méritait l'opprobre.

Seulement, son entourage ne lui en tint pas rigueur. Les quelques jours effacés de la mémoire des victimes ne représentaient qu'une goutte d'eau au regard de l'espérance de vie des êtres humains. Quant à la perte des Météion et des spécimens de l'Hyperborée, elle n'attristait personne autant qu'Hermès. Au pire, il suffisait de les recréer, un argument difficilement réfutable en l'état actuel des choses.

Ainsi, le chercheur se résigna à son sort : celui d'accueillir le pardon de ses pairs et de vivre à l'instar du commun des mortels. Il accepta le siège qui lui était proposé au sein du Concile des Quatorze et employa toute son intelligence à faire d'Ætherys une planète toujours plus florissante. Sa vie s'acheva comme celle de la plupart de ses contemporains, à l'issue de l'apocalypse, lorsque le temps et l'espace furent morcelés.

Dans ce monde, il n'y a rien de plus cruel que le pardon. Hermès s'était battu de toutes ses forces, en vain. Son incartade ne laissa pas la moindre trace… ou presque.

Imaginons un instant que dans un futur lointain, bien après son ère, un groupe de valeureux héros luttent contre une nouvelle apocalypse meurtrière. Qu'ils lèvent les yeux au ciel, et qu'alors surgisse en eux ce sentiment ; cette volonté farouche de protéger la vie sous toutes ses formes, contre le désespoir porté par un oiseau bleu devenu chantre de l'anéantissement ; un idéal si primordial, si viscéral que, pour le défendre, un homme de bien se résolut un jour à commettre une faute impardonnable.

ACTE III

Nouveau départ à L'Aporie

Des flocons de neige fins et épars tombaient sur Ishgard au moment où il reçut la lettre. Elle lui avait été transmise par un autre membre du collège des glaneurs. Il observa brièvement l'enveloppe, pensant qu'elle contenait une énième requête de livraisons.

Au cours de sa lecture, il réalisa qu'il s'agissait plutôt d'un échange de bons procédés. Apparemment, Krile Baldesion, dont la signature figurait en bas de la missive, lui offrait l'opportunité d'obtenir des informations de premier choix en échange de sa coopération. Se souvenant tout à coup du groupe peu commun de voyageurs qu'il avait rencontrés quelques jours auparavant, Erenville se demanda aussitôt ce qu'ils pouvaient bien mijoter.

Intrigué et méfiant à la fois, il retourna dans sa chambre d'auberge en réfléchissant à sa décision, mais à peine avait-il franchi le seuil de la porte que sa linkperle de travail lui fit résonner les tympans. L'employé du collège qui se trouvait à l'autre bout de la ligne avait du mal à calmer son agitation.

« L'heure du Grand Exode est arrivée ! Il faut qu'on quitte cette planète au plus vite ! »

Erenville écouta attentivement le résumé des décisions qui venaient d'être prises par le Conseil de Sharlayan.

L'apocalypse, la révélation de la volonté de l'astre, le plan d'évacuation vers la lune… Bien des questions s'étaient bousculées dans sa tête à ces sujets, et il avait un peu de mal à croire que les réponses, jusqu'alors très évasives, avaient la bonté de toutes se présenter simultanément. Avant de raccrocher hâtivement, l'employé n'oublia pas de lui préciser qu'il était attendu à Sharlayan dès que possible.

Trois jours plus tard, Erenville avait rendu tous les animaux capturés à leur milieu naturel ; sans autre charge que son propre poids, il pouvait donc rentrer au bercail à l'aide d'un sort de téléportation. Entre-temps, il reçut un message d'un collègue situé au Proche-Orient qui l'informait d'une catastrophe imminente dans toute la région.

De retour dans la Cité du savoir, il mit immédiatement ses doutes de côté et ne perdit pas une seule seconde en tergiversations. Il se rendit au pas de course à l'annexe des Élèves de Baldesion, et dès qu'il aperçut Krile en pleine discussion avec le réceptionniste, il sortit de sa poche intérieure la lettre qu'elle lui avait postée et s'exclama :

« Me voilà ! Dites-moi tout, et n'omettez aucun détail ! »

Malgré sa surprise de voir débarquer un visiteur de manière aussi impromptue, Krile garda toute sa contenance et s'exécuta après un hochement de tête.

Ce qu'elle lui raconta alors le stupéfia encore davantage que toutes les récentes déclarations en provenance du Conseil. Ainsi, les Héritiers de la Septième Aube avaient levé le voile sur la véritable histoire du monde, l'apocalypse s'était déjà manifestée en des temps fort reculés, et une simple fuite sur la lune ne permettrait pas de sauver tous les êtres vivants de la destruction… En somme, il leur faudrait parer au danger de diverses manières.

Comme tout bon Sharlayanais, Erenville avait fait vœu de toujours garder l'esprit ouvert dans le but d'enrichir son savoir. Son rôle de glaneur le poussait non seulement à cultiver ses talents personnels, mais aussi à garder constamment l'œil sur les spécificités des cultures et des affaires étrangères afin de remplir ses missions au mieux. Il ne lui avait pas échappé qu'une organisation renommée œuvrait pour la prospérité d'Éorzéa depuis bien longtemps déjà, et qu'elle avait pour membre émérite le héros qui l'avait aidé à retrouver des souris à frisettes avant de jouer les espions dans la peau d'une grenouille.

Maintenant qu'il était sur le point de franchir un cap, il fut en premier lieu frappé par l'ampleur de son ignorance malgré tous ses efforts. Le monde nouveau rempli de vérités inédites dans lequel il s'apprêtait à pénétrer lui semblait d'une étendue absolument inimaginable.

Or sa planète natale foisonnait encore de mystères inexpliqués. C'était déjà le cas avant les divulgations de Krile, mais maintenant qu'il en avait pris connaissance, aurait-il le temps d'exploiter pleinement ce potentiel de découvertes avant qu'il ne soit trop tard ?

En tout cas, partir vivre ailleurs dans l'inconnu de l'espace sans avoir tout tenté pour y parvenir lui paraissait un immense gâchis.

« Hmm… Comment pourrais-je contribuer à la résolution de ce problème ? »

Les mots s'étaient échappés de sa bouche sans qu'il s'en rende compte. D'un sourire, Krile le remercia de sa venue et rétorqua qu'à l'heure où ils parlaient, elle pouvait uniquement lui certifier que son aide serait la bienvenue.

Sa part du marché n'allait pas tarder à être remplie. Le collège des glaneurs avait expédié son personnel au port de l'Érudit afin de prendre en charge certains des ajustements du réacteur à éthéro-dégénérescence. Des matériaux divers et variés destinés aux travaux n'en finissaient pas d'affluer par bateau vers le Circuit central. Maintenant que le Conseil avait donné son accord, le vaisseau censé guider les Héritiers de la Septième Aube jusqu'aux confins de l'univers devait être prêt à décoller dans les plus brefs délais.

Pour ce faire, en parallèle au transport de l'indispensable hyper-propulseur, de nombreux échantillons devaient être acheminés jusqu'aux alentours du vaisseau. Les employés du Labyrinthos et les envoyés de la délégation d'Ilsabard assistaient avec entrain les glaneurs pour transporter les innombrables caisses avant de les entasser dans les entrepôts vides de l'Archéion prévus à cet effet.

Au bout d'une longue marche, Erenville déposa son lourd fardeau dans un monte-charge. Il avait beau avoir l'habitude, son corps commençait à ressentir une fatigue non négligeable. Alors qu'il s'étirait pour l'assouplir, un jeune homme à la voix joviale s'adressa à lui.

Son armure et sa tenue étaient typiquement celles d'un chevalier ishgardais. L'envoyé de la maison Fortemps, probablement ? En observant son visage de plus près, Erenville se souvint l'avoir vu se chamailler avec un pirate limséen au langage fleuri.

« Excusez-moi, mon brave, pourriez-vous me dire où se trouve la forge de Kokkol ? On m'a demandé d'y apporter ces marchandises.

— Dans ce cas, laissez-moi m'en charger. Ça ira plus vite.

— Vraiment ? Merci, je vous revaudrai ça ! »

Le jeune Fortemps sourit de toutes ses dents en confiant ses caisses à Erenville, qui n'avait toujours pas réellement chassé la fatigue qui lui pesait sur les épaules. Alors qu'il contemplait la montagne de matériaux dont il avait désormais la responsabilité, il eut du mal à contenir ses regrets de s'être dévoué aussi vite.

« Puisque les Ishgardais ont fait la paix avec les dragons, ils auraient peut-être pu suggérer à leurs nouveaux amis de nous donner un coup de main… »

Il s'arrêta un instant pour réfléchir à son sous-entendu. Les dragons possédaient effectivement des capacités physiques colossales, mais cela ne signifiait en rien qu'ils étaient tout à coup devenus aisément abordables. Depuis la fin de la guerre millénaire qui ravagea le Coerthas, leurs rapports avec les humains avaient grandement évolué, mais les deux peuples en étaient-ils arrivés au point où ils pouvaient se demander des services comme de bons vieux amis ?

Erenville pensa qu'il ferait mieux de se renseigner sur ce genre de détails, car cela pourrait se révéler utile à l'avenir. D'ici là, il n'avait pas d'autre choix que de rassembler ce qui lui restait de forces afin que les matériaux entassés devant lui arrivent à destination.

Si cette tâche n'était pas terminée à temps, il n'y en aurait pas de prochaine. Qui plus est, Erenville avait pour principe de garder ses distances avec les individus qui, a contrario, avaient plutôt tendance à les réduire sans se gêner outre mesure.

Il mit moins longtemps qu'il ne l'aurait cru à atteindre la forge. Autour de lui, les travaux d'amélioration du réacteur à éthéro-dégénérescence battaient leur plein. De nombreux ingénieurs allaient et venaient dans le bâtiment à l'intérieur duquel tonnaient les vociférations de Kokkol Dankkol. Le maître des lieux, à en juger au nombre d'ordres donnés en simultané, accomplissait l'exploit de diriger toutes les opérations en même temps.

Erenville confia son tas de caisses au premier ingénieur qu'il croisa, mais alors qu'il le regardait s'éloigner du coin de l'œil, une petite créature d'un jaune éblouissant s'immisça dans son champ de vision.

Elle lui disait quelque chose… Après un court moment de trifouillage dans sa mémoire, il se souvint de l'endroit où il l'avait croisée durant un de ses nombreux voyages. C'était aux Forges de Garlond. Il s'était demandé ce que pouvait bien être cet « employé » à l'allure bizarroïde, et il se réjouit à l'idée d'enfin obtenir une réponse à sa question.

En s'approchant, il remarqua un Lalafell vêtu de l'uniforme des ingénieurs du célèbre maître Cid. Le dénommé Wedge, si ses souvenirs étaient exacts, se tenait près de l'intrigante créature.

Il semblait également s'être souvenu de leur rencontre puisqu'il salua à son tour d'un air amical.

« C'est l'heure de la pause salvatrice ? », demanda le glaneur.

« Si seulement… Alpha et moi, on a une course à faire, et on attend que le troisième larron soit prêt au départ ! »

Erenville en conclut qu'Alpha était le nom de la créature au jaune si pimpant.

Quant au fameux troisième larron, il montra aussitôt le bout de son nez, ou plutôt le bout de ses pattes de robot miniature aux allures d'araignée. Il avait tout l'air d'un jouet, et vu sa petite taille, il était sans doute incapable de transporter des caisses aussi lourdes.

« Dites-moi, cet Alpha… C'est quoi, exactement ?

— Euh… Un collègue, pourquoi ?

— Non, je veux dire… C'est quoi comme créature ?

— Ah ! C'est un chocobo, pardi ! »

Un chocobo…

Il avait bien sûr déjà vu ces volatiles de nombreuses fois, et savait qu'ils étaient utilisés comme montures dans tout Éorzéa.

Cependant, il n'en avait encore jamais croisé un seul qui ressemblait de près ou de loin à Alpha, malgré les nombreuses races de chocobo qui peuplent toute la Trigée. Sa curiosité le titillait de plus en plus. Même Sharlayan et ses innombrables encyclopédies sur la faune et la flore ne contenaient pas d'illustration d'un tel spécimen, qui ne tarda pas à lâcher un « Kwé ! » de rigueur, tout fier d'être au centre de l'attention.

« En effet, voilà un cri de chocobo tout ce qu'il y a de plus… chocobique… »

Wedge leva le pouce en guise d'approbation.

Le robot insectoïde profita du moment pour se mêler à la conversation en s'enroulant autour des pieds du Lalafell afin de le rappeler à l'ordre.

« Il faut qu'on y aille, le patron et les autres nous attendent ! À la prochaine ! »

Il décampa dès qu'il eut fini sa phrase, suivi d'Alpha qui démarra au son d'un autre « Kwé ! » encore plus claquant, puis de l'arachnide à quatre pattes et aux bruitages métalliques. Une bien étrange équipe, pensa Erenville en les regardant s'éloigner à toute vitesse. Après autant d'émotions fortes successives, il resta un moment perdu dans ses pensées. Il reprit le fil de son raisonnement au moment où le petit point jaune se fondait dans l'horizon. Comment avait-il pu rester aussi dubitatif devant un simple chocobo ?

Justement parce qu'Alpha n'avait rien d'un *simple* chocobo. Pas une seule fois n'en avait-il attrapé un qui lui ressemblait, et si la découverte d'un spécimen similaire avait déjà été rapportée, il en aurait entendu parler. Une telle nouveauté aurait été baptisée, classifiée et étudiée par des chercheurs scrupuleux dans ses moindres détails afin d'en établir la définition la plus exacte possible.

« Mais alors… quelle conclusion en tirer ? »

Maintenant qu'il s'était trituré les méninges à ce point, il lui fallait à tout prix obtenir le fin mot de l'histoire.

Les Héritiers de la Septième Aube l'avaient amplement démontré : une vérité admise comme telle à Sharlayan ne l'est pas nécessairement ailleurs. Si les ennemis d'hier tels que les dragons peuvent devenir les alliés de demain, alors la réalité est nécessairement un principe en constante évolution. Néanmoins, comment distinguer ce qui doit être considéré comme *connu* de ce qui ne l'est pas ?

Il lui fallait y réfléchir, encore et encore. En son for intérieur, son instinct lui confirmait que c'était le seul et unique moyen de faire une véritable percée dans le domaine du savoir.

Durant toute son introspection, les ingénieurs et autres employés n'avaient pas cessé de s'affairer autour de lui. En levant lentement les yeux sur eux, il fut étrangement surpris par les différences profondes de leurs physionomies individuelles. Les mots qu'ils prononçaient durant leurs conversations lui parurent tout à coup bien énigmatiques, ce qui créait un décor et une atmosphère à nuls autres pareils.

C'est alors qu'il eut une révélation : au fond, son ignorance du monde qui l'entourait était quasiment totale. Un sourire involontaire se dessina sur son visage.

Il devait aider les Héritiers de la Septième Aube à remporter leur combat. Il n'y avait pas d'autre issue. En soufflant un grand coup, il s'étira de toutes ses forces et fixa son regard sur l'horizon.

Une montagne de tâches restait encore à accomplir, et il était grand temps de se mettre au travail !

Compressé à l'extrême au sein d'une période de l'année déjà suffisamment chargée, le temps fila comme si une tempête l'entraînait.

Les charmants petits Loporrites couraient dans tous les sens au milieu des humains préposés au transport de matériaux. Les chercheurs sharlayanais les écoutaient dispenser leur savoir à propos de la lune et de ses particularités, puis élaboraient leur projet en fonction des informations récoltées. Même les membres du Conseil avaient accéléré le rythme général de leurs mouvements pour s'assurer que tout serait prêt à temps. La fois suivante où Erenville leur rendit visite, la voix tonitruante de Kokkol Dankkol résonnait toujours aussi fort à l'intérieur du bâtiment. On croisait également jour et nuit des employés des Forges de Garlond dans le Thaumazein, ainsi que des alchimistes hannois vêtus d'habits chamarrés qui collaboraient de près avec les ingénieurs. Quant aux serveurs du Dernier Rempart épaulés par de nombreuses familles locales, ils avaient naturellement pris en charge la préparation des repas, cuisinés avec les meilleurs ingrédients en provenance du Mitato et du laboratoire agronomique de Meryall. Le café, le chai et les autres indispensables revitalisants coulaient à flots, mais des lits avaient toutefois été disposés dans un coin pour permettre à ceux qui ne tenaient plus debout de prendre un repos éminemment mérité.

Or, telle l'éclaircie après l'orage, survint une période où beaucoup de travailleurs se retrouvèrent les mains vides après avoir accompli leur labeur. Quand Erenville déposa sa dernière caisse à la Petite Sharlayan, plus de la moitié d'entre eux semblaient quelque peu désœuvrés. Ils restaient toutefois groupés au Labyrinthos en attendant de nouvelles directives.

Tout à coup, un son de cloche retentit dans la voûte céleste artificielle qui les surplombait, suivi d'une voix légèrement grésillante qui émana des haut-parleurs disposés un peu partout.

« Ici Fourchenault Leveilleur, représentant du Conseil. J'espère que vous m'entendez bien. »

Chacun dressa immédiatement l'oreille en retenant son haleine.

Fourchenault prit le temps de remercier tous les participants pour leurs immenses efforts et précisa que beaucoup d'ajustements étaient toujours en cours, mais le ton de sa voix était trop positif pour ne pas susciter une excitation grandissante au sein de la foule.

« Malgré tout ce qu'il nous reste à entreprendre, la construction proprement dite du vaisseau est achevée. Bientôt, nous pourrons enfin toucher les confins de l'univers du bout des doigts. »

L'assemblée resta bouche bée le temps de réaliser le poids de cette annonce. L'instant d'après, un tonnerre de hourras et d'applaudissements retentissait aux quatre coins de l'île. Que ce soit à la Petite Sharlayan, au Labyrinthos ou ailleurs, les gens riaient, pleuraient de joie, tapaient dans le dos de leur voisin, se prenaient dans les bras et manifestaient leur bonheur de mille autres façons.

Erenville, pour sa part, poussa un soupir de soulagement. C'était tout ce que sa personnalité réservée pouvait se permettre en public, mais la satisfaction du travail accompli lui faisait autant chaud au cœur qu'à ses camarades.

Désormais, son seul souhait était que les Héritiers parviennent jusqu'à leur destination. Jusqu'au bout de l'univers où se jouait l'avenir encore incertain de ce monde.

S'est-il réalisé comme il l'espérait ?

Quoi qu'il en soit, l'apocalypse n'était maintenant plus qu'un mauvais souvenir, le calme et la tranquillité étaient revenus à Sharlayan comme partout ailleurs, et c'est d'un pas guilleret qu'Erenville se dirigeait à nouveau vers l'annexe des Élèves de Baldesion. Cette fois, il s'y rendait sans invitation. Il n'en avait nul besoin car il nourrissait un projet de la plus haute importance : offrir sa coopération régulière à l'organisation. En échange, elle n'aurait qu'à donner un coup de main aux glaneurs forcés de mettre de l'ordre dans les chambardements dus au Grand Exode avorté. Il était conscient des éventuels dangers qu'une telle alliance allait faire planer au-dessus de sa tête, mais sa soif de connaissance et de nouvelles découvertes était trop forte pour ne pas y céder.

Au bout de ce chemin, en tout cas l'espérait-il, se trouvait peut-être la reprise des objectifs qu'il s'était assignés jadis. Ils l'avaient poussé à s'engager en tant que glaneur, et remontaient au temps où il vivait encore dans sa lointaine terre natale sous un autre nom…

Lorsqu'elle entendit grincer la porte d'entrée de l'annexe et vit qui se trouvait sur le palier, Krile eut à nouveau du mal à cacher sa surprise.

ACTE III

Le sens de la mort

Plongé au milieu de la pénombre, Jullus ouvrit soudainement les yeux. Le wagon arrêté en gare de Tertium était recouvert de matelas de part en part, où se reposaient soldats et civils sans distinction d'âge ou de grade. Il se releva en prenant soin de ne faire aucun bruit et lança un regard en direction de l'horloge que quelqu'un avait ramassée dans les décombres et accrochée au mur. Même si les aiguilles se fondaient dans l'obscurité ambiante, il finit par comprendre qu'il s'était levé aux aurores. Au-delà des corps ronflant paisiblement, un poêle au céruleum diffusait un halo bleuté et chaleureux en queue de train. Tandis qu'il l'observait, Jullus mesura combien il était confortable de ne plus être réveillé par le froid. Avant que la délégation d'Ilsabard ne vienne les aider, les survivants de Tertium n'avaient pas de moyens suffisamment efficaces pour se chauffer. Si la fatigue finissait par tous les accabler, rares étaient les nuits où ils pouvaient se reposer d'une traite, sans craindre les engelures.

Jullus était déjà trop obnubilé par ses pensées pour réussir à se rendormir, alors il décida d'aller prendre l'air et saisit son paquetage posé à côté de ses bottes. Il enfila son uniforme prestement, en prenant soin de ne surtout pas réveiller ses voisins. À ses côtés, un de ses camarades de promotion, Publius, venait de se retourner. Persuadé d'avoir été trop bruyant, Jullus se figea sur place. Toutefois, aucun grognement ni protestation ne s'ensuivit. Le souffle paisible de son collègue le rassura, et il se mit à repenser aux événements de la veille.

Dans le coin de la gare se trouvait une lampe où nombre de soldats avaient pris l'habitude de se rassembler pour discuter. Ce soir-là, ils tenaient à la main une tasse d'où s'élevait un mince filet de vapeur, dégageant cette odeur si nostalgique de tisane de miel aux épices. Grâce aux rares surplus de vivres à leur disposition, ils avaient réussi à en distribuer à tous ceux qui logeaient à Tertium, leur offrant un court moment de répit et de chaleur. Publius écoutait les conversations de ses collègues, le visage serré et blottissant sa coupe contre lui. Profitant d'une brève pause dans le flot de paroles, il glissa ces quelques mots :

« Je… pense à partir pour Sharlayan. »

Jullus et les autres ne surent comment répondre à cet instant. Plus qu'une véritable surprise, c'était une de leurs craintes qui se réalisait. Garlemald avait subi de plein fouet le chaos et la destruction semés par les Télophores avant de se retrouver menacé par les affres de l'apocalypse. Le chemin vers une éventuelle restauration de sa gloire passée semblait encore plus long que prévu. Tous les représentants du pouvoir, que ce soit la famille impériale ou les membres du Senaculum Imperialis, étaient décédés ou avaient disparu sans laisser de traces. De plus, nombre de pays voisins voyaient toujours l'ancien empire d'un œil méfiant, rechignant à se mêler de ses affaires, rendant sa politique interne complexe à définir. Si les discussions autour de l'établissement d'un gouvernement provisoire allaient bon train, beaucoup restaient persuadés que l'ampleur de la tâche à accomplir était tout bonnement trop importante.

Les dirigeants des provinces annexées qui avaient réussi à maintenir leur pouvoir adoptèrent également une attitude attentiste vis-à-vis de la mère patrie. S'ils accueillaient leurs compatriotes sans aucune arrière-pensée, personne ne semblait pressé de reconstruire l'Empire. En réaction, les Garlemaldais accusaient certains territoires de vouloir profiter de la confusion pour proclamer leur indépendance, ou de mépriser depuis toujours la métropole et ses habitants. Voilà le genre de rumeurs qui arrivaient régulièrement jusqu'aux oreilles de Jullus.

Dans une pareille situation, il n'était pas étonnant que beaucoup n'imaginent pas la vie reprendre son cours normal dans l'ancienne capitale. Bien que certains avaient choisi de revenir sur leurs terres, conscients des problématiques actuelles, nombreux sont ceux qui avaient dû être envoyés en Éorzéa afin d'être guéris de la subjugation. Et une grande majorité d'entre eux préféraient rester sur place plutôt que de repartir. La cité de Sharlayan avait en outre instauré des facilités d'immigration pour les citoyens de l'Empire. Publius était loin d'être le seul à croire qu'il pourrait y bâtir une nouvelle vie.

Voilà pourquoi ses camarades gardèrent le silence, ils n'avaient en vérité ni besoin de lui demander de se justifier, ni de quoi arguer contre sa décision. Publius en était tout aussi conscient et baissa simplement son regard vers sa tasse.

« Tu devrais en parler à Alisaie et Alphinaud, demain. Je suis certain qu'ils te seront de bon conseil... »

Jullus brisa le silence, se sentant en partie responsable de ses camarades. Quant aux jumeaux Leveilleur, ils donnaient chaque jour de leur personne pour aider les survivants, et ils s'étaient absentés pour passer la nuit au camp Bris-de-glace.

Les traits de Publius s'adoucirent, toute trace de l'appréhension qu'ils contenaient jusque-là s'effaça enfin, et il commenta d'un simple « tu as raison ». Une petite phrase enjouée qui suffit à détendre l'atmosphère : les soldats encouragèrent alors leur collègue et se promirent de se revoir un jour. Puis ils levèrent leur tasse qui commençait à refroidir et trinquèrent en scandant « à nos camarades et à notre patrie ! ».

La pente qui relie Tertium à la surface débouchait sur une grande entrée découpée telle une porte, donnant sur une étendue diaprée de la lueur ténue du petit matin. Plus il s'en approchait et plus Jullus pouvait sentir le froid mordant de l'extérieur venir caresser ses joues encore chaudes. Dans le ciel portant toujours les traces de la nuit s'élevait une ombre inquiétante, celle d'un immense bâtiment semblant atteindre le zénith de la voûte céleste : la tour de Babil. Le jeune homme se dirigea vers cet endroit qu'on appelait il y a peu « palais impérial », avançant au milieu des décombres et des charpentes délabrées. Des deux tours du Palatium Novum, situées au centre de la cité et construites au début du règne de l'empereur Solus, seule une des deux bâtisses demeurait, l'autre n'ayant pas été épargnée par la destruction ayant frappé la ville.

Si les immeubles entourant la gare de Tertium étaient restés debout malgré tout, ils n'abritaient désormais plus personne. Les travailleurs du matin engoncés dans leurs épais manteaux, ceux qui au contraire rentraient chez eux après une dure nuit de labeur, les servants dégageant les trottoirs de la neige qui s'y était accumulée, les promeneurs accompagnés de leur chien, ou même les étudiants studieux sur le chemin de l'école, tous peuplaient encore ce quartier il y a quelques mois de cela… avant de disparaître sans même pouvoir faire leurs adieux. Et jamais ils ne reviendraient.

Jullus prit une profonde inspiration. Il sentit le froid descendre dans ses poumons, achevant de réveiller toute partie de son corps encore engourdie par le sommeil. Toutefois, la vision cauchemardesque qui s'étalait devant lui refusa de se dissiper. Elle demeurait là, cruelle et immuable, au mépris de tous ces hommes et ces femmes qui se considéraient maîtres de leur destinée.

Même s'il pensait avoir depuis longtemps accepté cette réalité injuste, la nouvelle du départ de son frère d'armes avait rouvert des plaies qu'il croyait pourtant guéries. Jullus se mit en tête de faire une ronde et arpenta la cité sans véritable but.

Les ruines bétonnées s'étendaient à perte de vue. Peut-être était-ce à cause de l'absence de créatures sauvages rôdant dans les rues, mais le silence de l'aube en était presque assourdissant. Soudain, Jullus repéra un mouvement du coin de l'œil et voulut en avoir le cœur net. Il tomba sur un vieux journal, coincé sous des débris et agité par le vent. Il venait probablement d'une maison alentour avant d'atterrir là. Jullus récupéra la liasse de papier avec précaution et se mit à lire son contenu.

« Ah ! Je me souviens de cet événement… »

Sous l'effet de la surprise, il laissa échapper quelques mots. Il tenait dans les mains une édition spéciale, publiée il y a plusieurs années de cela à l'occasion de l'anniversaire de la fondation de l'Empire.

L'été garlemaldais était relativement court, mais commençait toujours par les célébrations de la fête nationale. C'était un jour de liesse très prisé des citoyens de la capitale, commémorant la fondation et l'essor de l'Empire, mais aussi des figures qui y participèrent. Des étals égayaient çà et là les artères de la cité, offrant aux chalands de quoi se désaltérer ou satisfaire une petite fringale. Certains étaient ornés de décorations traditionnelles qui rappelaient les origines agricoles de Garlemald, alors que d'autres proposaient les derniers jouets magitek en vogue. Jullus se souvint distinctement des joyeuses chorales improvisées, entonnant des hymnes militaires à tue-tête, ou encore des anciens se remémorant le bon vieux temps et leurs gloires passées.

Le point culminant de cette fête, le moment que tous attendaient avec impatience, n'était autre que le défilé de l'armée. Des bataillons des diverses légions, composés de centaines de soldats, mais aussi d'armes magitek, remontaient au pas la grande avenue menant au palais impérial. Ce flot ininterrompu de troupes aux gestes millimétrés emplissait les spectateurs de joie, mais également d'une certaine fierté patriotique. Au bout de leur périple, les soldats étaient accueillis par les membres de la famille impériale, contemplant la parade du haut de leur balcon. Face à ces figures ayant accompagné le pays vers la gloire et la prospérité, les fantassins tout comme les spectateurs se sentaient comme guidés par la marche de l'Histoire. Lors de cet instant solennel, les Garlemaldais étaient plus que jamais unis par leur indéfectible lien du sang, une chaîne qu'aucun autre peuple ou pays ne pourrait briser. La capitale, tel le cœur battant de ce monde, résonnait alors des cris de « Gloire à l'empire de Garlemald ! » scandés avec ferveur par ses citoyens.

Le journal que Jullus avait ramassé datait de son enfance, la dernière année où participa l'empereur Solus dont la santé déclinait dangereusement. Le corps de l'article qui décrivait vraisemblablement l'événement et le discours du dirigeant avait gravement souffert des intempéries, et seul le portrait de la famille impériale était suffisamment bien conservé.

Au centre se dressait Solus en personne, le père fondateur, toisant le lecteur de son regard solennel. Même s'il était au crépuscule de sa vie, il n'avait rien perdu de sa majesté. Toutefois, ses traits inspiraient moins la fougue que la mélancolie. De fait, Jullus n'avait jamais vu l'Empereur sourire.

À sa droite se tenait son fils cadet, Titus, accompagné de sa femme Arrecina et de leur fils Nerva. Le père comme le fils semblaient tous deux afficher une certaine sévérité dans leur expression, non sans rappeler les représentations de Solus dans sa jeunesse.

À gauche de l'Empereur se dressait son petit-fils Varis, le rejeton de Lucius, son défunt fils aîné. Tout comme son père, il impressionnait non seulement par sa taille très imposante comparée à la majorité de ses compatriotes, mais aussi par sa carrière exemplaire et son caractère bien trempé, qui faisaient de lui le parfait général en chef de l'armée impériale. Son épouse, Carosa, étant décédée prématurément, c'est Hypatie, la mère de Varis, qui se tenait à ses côtés. Un an plus tard, elle sera emportée par la maladie et ira rejoindre son mari. On raconte qu'elle encouragea jusqu'à ses derniers instants son fils à disputer les revendications de Titus quant à la succession du trône.

Au bord du cadre, situé en retrait par rapport aux autres, se trouvait un jeune homme, le regard perdu dans le vide : Zenos yae Galvus. En renvoyant ainsi son visage, Jullus ne ressentit plus la terrible colère qui s'était emparée de lui lors de leur rencontre sur les étendues enneigées. Cependant, son cœur s'était emballé, le ramenant soudainement à la réalité.

Jullus resta figé un moment au milieu des ruines, avec son morceau de vieux journal à la main. Qui aurait pensé que toute la ferveur de ces jours-là aurait pu être réduite en cendres aussi facilement ? En admettant que les survivants arrivent à déblayer et à reconstruire la cité, quand bien même la fête nationale avait été célébrée à nouveau, elle ne capturerait jamais plus l'exaltation d'antan. Une page de l'Histoire avait été tournée. Qu'il le veuille ou non, Jullus se trouvait à l'aube d'une nouvelle ère pour Garlemald. Mais sur quelles valeurs fallait-il baser ce renouveau ? Il resta un moment perdu dans ses pensées, puis replia délicatement le journal, le rangea dans sa besace avant de reprendre sa ronde.

Un silence pesant s'installa à nouveau. En l'absence du moindre vent, il n'était brisé que par le bruit des gravats qui s'agitaient sous les lourdes bottes du jeune garlemaldais. Consciencieux malgré tout, Jullus inspecta l'intérieur des bâtiments encore debout. Ils avaient tous déjà été délestés de toute ressource utilisable et seules restaient quelques babioles du quotidien, devenues futiles par les temps qui courent. Suite aux intenses conflits dans la capitale, elles avaient de toute manière été couvertes de suie ou d'une épaisse couche de poussière, suffisamment pour décourager les éventuels pillards.

Il arriva ensuite devant une maison à moitié effondrée, qui ne tenait debout que par miracle avec son toit béant et ses murs branlants. Jullus se rendit compte qu'il n'en avait jamais inspecté l'intérieur et entra en se frayant prudemment un chemin à travers les débris qui bloquaient la moitié de l'entrée.

C'est alors que son regard se posa sur la cloison du fond…

Le corps d'un soldat gisait là, et Jullus avait bien assez côtoyé la mort ces derniers temps pour être certain que l'homme avait rendu son ultime souffle. Il s'approcha de sa dépouille et s'agenouilla pour l'inspecter. Le froid glacial de la région avait fortement retardé la décomposition, mais tout indiquait qu'il était dans cet état depuis un moment. Si c'était une victime de la guerre civile, il aurait déjà été enterré. Il s'agissait sans doute d'un subjugué, ou d'une personne ayant lutté contre eux. En plus de quelques entailles, son corps présentait griffures et morsures, ce qui ne manqua pas de raviver chez Jullus le douloureux souvenir de sa propre famille enragée. Il retira délicatement le casque du soldat, mais son visage ne lui était pas familier. Il appartenait à une autre légion que la sienne et avait sûrement échappé par chance à la subjugation ; puis il s'était battu pour survivre, avant de se réfugier ici.

Jullus déposa le casque à côté de la dépouille et lui offrit une prière silencieuse. Contrairement aux Éorzéens qui s'adressaient à leurs dieux, il souhaita simplement que l'âme du pauvre homme puisse trouver le repos éternel auprès de ses ancêtres.

Cependant, aujourd'hui tout cela lui paraissait si vide de sens…

D'après Alisaie et Alphinaud, les Héritiers avaient voyagé au cœur de l'astre – la mer des étoiles – où se rendent toutes les âmes des défunts. Là-bas, ces dernières seraient purgées de leurs souvenirs afin de pouvoir renaître plus tard. Si telle était la vérité sur le cycle de la vie, alors les prières adressées aux divinités tout comme celles de Jullus n'avaient aucune valeur réelle. Les instants de gloire et de liesse, comme cette fête nationale, avaient-ils encore le moindre sens, s'ils étaient lavés et oubliés à la mort ? À quoi bon vivre si ce n'est que pour retarder une renaissance prochaine ?

Jullus sentit son cœur flancher, comme s'il venait de perdre tous ses repères, et laissa tomber son regard vers le sol. Pour autant, ce n'était pas l'endroit ni le moment de se lancer dans ce genre de réflexions. Il ne pouvait enterrer le fantassin faute d'outils, mais il tenait au moins à connaître son nom. Ainsi, il inspecta les effets personnels du malheureux. Sa plaque d'identité réglementaire avait sûrement été égarée dans le chaos de la fuite, et ni son uniforme ni son équipement ne renseignèrent Jullus à son sujet. C'est alors qu'il remarqua que le soldat tenait un objet serré dans son poing.

« C'est… un étui pour clef d'identification magitek ! »

Ces clefs permettent de piloter les armures magitek. En l'occurrence, l'étui était vide, l'homme avait donc probablement laissé la sienne dans sa machine lors de sa fuite, ou quelqu'un pouvait très bien l'avoir subtilisée. Ou alors…

« Il l'aurait confiée à quelqu'un d'autre ? »

Peut-être avait-il voulu sauver un camarade ou envoyer quelqu'un chercher des renforts ? Jullus ne le saurait jamais.

Mais une chose était certaine, vu la force avec laquelle il s'était accroché à cet étui, il avait visiblement misé ses derniers espoirs dessus.

C'est alors que rejaillit un souvenir que Jullus croyait enfoui à jamais au fin fond de sa mémoire. L'été de la même année où avait été publié le vieux journal, un camarade de classe lui avait chaudement recommandé un certain recueil de poèmes. Bien qu'il ne fût pas amateur de poésie, Jullus avait accepté de le lire pour faire plaisir à son ami, mais il ne comprit jamais l'intérêt que celui-ci pouvait y porter. Cependant, un vers dont il n'avait pas saisi toute la portée l'avait malgré tout frappé :

« *La mort est l'ultime marque d'amour qu'offre l'homme.* »

Cela signifiait passer le flambeau, céder à autrui le fruit de son expérience en même temps que sa raison d'être. Voilà ce que le poème racontait. Avec sa clef d'identification, cet homme en était l'illustration parfaite. Tout comme sa famille qu'il n'avait su épargner, comme Quintus qui avait choisi de mettre fin à ses jours, comme tous les camarades de Jullus tombés au combat, ou ces concitoyens disparus sans même pouvoir formuler leurs adieux… Est-ce que leur amour aussi avait été transmis ?

Évidemment, les morts ne pouvaient répondre à cette question. Et pourtant, les blessures de Jullus qui s'étaient rouvertes semblaient soudain pansées.

« Si l'essentiel est ce qu'on laisse derrière nous, peu importe que les temps changent pour le pire, aucune vie n'est totalement dénuée de sens… Je compte bien tirer le meilleur parti de la mienne à présent. »

Les paroles de Jullus percèrent le silence alors qu'un mince trait de lumière vint éclairer l'intérieur de la bâtisse. Le jeune homme leva le regard pour découvrir un ciel dégagé. Il était temps de repartir pour Tertium afin de réveiller ses camarades. Il offrit une dernière prière pour le défunt avant de quitter les lieux.

Le matin baignait la capitale d'une douce lueur lorsque Jullus se mit en route. Bien qu'il fût tenté de jeter un coup d'œil vers la maison, il se ravisa, désormais bien décidé à aller de l'avant.

ACTE IV

Au-delà du dernier seuil

ACTE IV

Rêve d'Azur

On dit que les habitudes ont la vie dure. Même le plus vaillant des chasseurs de dragons d'Ishgard ne fait pas exception à la règle… Et cette dure réalité, Estinien Varlineau ne la connaissait que trop bien.

Même si ses jours de chevalier sont loin derrière lui, il ne peut s'empêcher de profiter du moindre instant de répit pour parfaire sa technique, comme il l'a toujours fait. Autrefois consumé par sa haine du dragon ancien Nidhogg, responsable de la mort de ses parents, Estinien avait commencé à s'entraîner jour et nuit dans l'espoir d'assouvir sa vengeance. Après avoir quitté le giron de son maître, l'Élézen avait poursuivi machinalement sa routine sévère. Nul doute que, sans cette discipline rigoureuse, jamais il n'aurait survécu à sa confrontation avec l'effroyable dragon.

Toutefois, avec une nouvelle vie viennent de nouvelles habitudes. Le plaisir d'une boisson en fin de journée était l'une d'entre elles. Du temps où il risquait sa vie, combattant les dragons sans relâche, ses frères d'armes devaient insister très lourdement pour qu'il s'autorise à boire un verre avec eux, même durant ses jours de repos. Néanmoins, cette ligne de conduite qu'Estinien s'imposait se relâcha avec la fin de la Guerre du chant des dragons et l'existence vagabonde qu'il embrassa ensuite. Libéré de la menace permanente d'une éventuelle attaque surprise, le chevalier dragon vint à apprécier un verre en fin de journée, une façon comme une autre de savourer ces temps de paix.

De retour d'une lointaine campagne aux confins de l'univers, l'Élézen s'était laissé convaincre par le satrape Vrtra de séjourner quelque temps à Thavnair. Ce jour-là, il avait terminé sa routine d'entraînement quotidienne et se versait comme à son habitude une petite coupe dans sa suite personnelle, accompagnée de poulpe séché issu de la pêche locale. Si ce dernier était tout aussi savoureux que le surume de Hingashi, le lancier regretta en revanche d'avoir opté pour une célèbre liqueur de la région.

Pour la première fois de son existence, il connut en effet la défaite par la main des alchimistes thavnairois, experts en distillation d'alcools forts.

L'ivresse gagnant son corps roué de fatigue, Estinien sombra peu à peu dans le sommeil.

D'abord somnolent, il ne tarda pas à s'endormir profondément. Dès lors, un rêve s'imposa à lui : un rêve dans lequel un homme était aux prises avec un féroce dragon. Les intentions meurtrières de son adversaire squameux étaient presque palpables au travers du souffle haineux qu'il dirigeait contre lui. Sentir les émotions mêlées à la magie draconique était un *privilège* réservé aux Dragons célestes utilisant le pouvoir impie des yeux de Nidhogg pour combattre. Le dragon se précipita vers lui, toutes griffes dehors. D'un bond agile, il esquiva son assaut, puis virevolta dans les airs pour se retourner vers son adversaire, infusant au passage la magie des yeux à sa lance. Nimbé d'une clarté aveuglante, le chevalier dragon s'abattit sur sa cible, tel un météore chutant de la voûte céleste. Son but était de porter un coup décisif à la base du cou, entre deux cervicales. C'était une technique presque infaillible, peu importe la taille ou la force du dragon. Trouvant l'endroit idéal, la lance frappa avec violence les dures écailles qui cédèrent à son perçant, laissant place à la chair qui se déchira avec une facilité déconcertante. Comme réagissant instantanément, la magie contenue dans son arme se déchaîna, provoquant une violente déflagration qui pulvérisa les os autour. Le frisson de la victoire se répandit dans la lance, jusqu'à l'échine du chevalier. Le rugissement d'agonie du dragon déchira l'air. Aux abois, la bête s'ébroua frénétiquement, cherchant à faire tomber son bourreau. Cette ultime bravade ne dura guère, car le dragon finit par s'écrouler, heurtant le sol de tout son poids alors qu'il exhalait son dernier souffle.

Cependant, pour le chevalier dragon, le goût de la victoire n'était que trop amer. Alors qu'il descendait d'un bond leste du dos de sa proie, une vive douleur lui perça la poitrine et le contraignit à mettre un genou à terre. Cette souffrance lui était bien trop familière. C'était le prix à payer pour avoir eu recours au pouvoir des yeux du dragon. La rancœur de Nidhogg n'avait d'égal que la puissance de sa magie dont elle était indissociable. Le Dragon céleste empruntait ce pouvoir corrompu, en toute conscience qu'à chaque utilisation il le dévorait davantage. Au fur et à mesure, il pouvait sentir l'emprise de Nidhogg se resserrer, et avec elle le contrôle de son corps lui échapper. Combien de temps lui restait-il avant qu'il ne devienne une pitoyable marionnette, l'ombre funeste du dragon maléfique ? Personne ne lui avait prédit ce destin, mais il pouvait ressentir dans sa chair la fin lugubre et inéluctable qui l'attendait.

« Ferme-la, Nidhogg… ! »

Manifester sa défiance contribua à faire refluer sa souffrance, mais le mal était toujours là, omniprésent, implacable. L'intensité et la fréquence des crises augmentaient de jour en jour. Il dut se rendre à l'évidence qu'il ne résisterait guère davantage.

« Je crois qu'il est bientôt temps d'en finir… »

Le chevalier s'adossa à la carcasse du dragon qu'il venait d'occire. Il ferma les yeux, tâchant de se convaincre qu'une petite sieste suffirait à le requinquer.

Il émergea d'un sommeil sans rêves, plus profond qu'il ne l'aurait souhaité. Il prit conscience qu'il se trouvait maintenant dans une chambre où on l'avait manifestement transporté. Sous son corps allongé de côté, il pouvait sentir la douceur d'une peau de bête lui épargnant la dureté du plancher boisé. Se redressant précautionneusement, il observa le reste de la pièce où il se trouvait. Des chaises, des tables, un long comptoir, une odeur languissante de vin et de viande… Pas de doute, il devait être dans une auberge.

« Père ! Il a repris connaissance ! »

Au son de cette voix de jeune femme fit écho un bruit de pas précipités, appartenant à un homme d'âge mûr qui entra en coup de vent dans la pièce.

« Sire Haldrath ! »

Ce n'est qu'en entendant ce nom qu'Estinien prit enfin conscience de son identité onirique. Haldrath le draconicide. Héros fondateur d'Ishgard, exterminateur de Ratatosk au côté de son père le roi Thordan et premier Dragon céleste de l'Histoire. Il y avait gravé son nom de la pointe de sa lance en privant Nidhogg le dragon maléfique de ses deux yeux pour s'en approprier le pouvoir. Ainsi était-il entré en songe dans la peau de ce personnage de légende. Sitôt qu'il l'eut compris, ses souvenirs, ou plutôt ceux d'Haldrath, devinrent plus nets. L'homme qui le toisait avec inquiétude ne lui était pas inconnu.

« Sire… Aureniquart ? »

Aureniquart de Cordillelot. L'un des douze valeureux chevaliers qui avaient combattu aux côtés du roi Thordan pour vaincre Nidhogg. Après l'accomplissement de ce haut fait, il avait choisi de rendre les armes ainsi que son titre de chevalier pour couler des jours paisibles en tant que simple citoyen.

« Voyons, mon seigneur, il y a bien longtemps que je ne réponds plus au titre de sire. Je ne suis désormais qu'un modeste tavernier. »

Plus de vingt années s'étaient écoulées depuis leur combat contre le dragon maléfique. Haldrath avait continué de guerroyer seul contre les dragons durant tout ce temps, ne s'autorisant aucun répit. Bien que se refusant à rentrer à Ishgard, sa patrie, il lui était arrivé de se ravitailler dans les campements environnants. À l'occasion d'un de ces rares contacts humains, la rumeur d'Aureniquart ayant ouvert une taverne lui était parvenue. Il se souvenait avoir appris la nouvelle avec surprise à l'époque, et voilà que le destin l'avait finalement porté malgré lui jusqu'à l'établissement de son ancien frère d'armes.

« En ce cas, je ne saurais être considéré comme ton suzerain. Mais dis-moi plutôt… comment suis-je arrivé ici ? »

Aureniquart s'effaça pour lui présenter la jeune femme aux cheveux noir de jais qui se tenait à ses côtés.

« C'est Berteline, ma chère fille… Lors de son entraînement de routine, elle vous a trouvé, gisant à côté du corps d'un dragon… Figurez-vous qu'elle passe le plus clair de son temps une lance en main, dans l'espoir de rejoindre un jour les rangs des templiers. J'ai bien essayé de l'en dissuader, mais elle ne veut rien entendre... »

Berteline se raidit aux paroles de son père et intervint avec empressement.

« Père m'a bercée des récits de vos exploits, Sire Haldrath. J'espère un jour marcher dans vos pas et devenir moi aussi une chasseuse de dragons. »

Le ton passionné et la lueur dans les yeux de la jeune femme touchèrent le cœur flétri du chevalier dragon. Il eut l'impression de se voir à son âge, avant que cette même ardeur ne déserte à jamais son propre regard.

« Vous aviez perdu connaissance... J'ai d'abord pensé vous emmener à l'hôpital du palais de l'ordre du Temple, mais dans votre sommeil, je vous ai entendu appeler mon père, c'est pourquoi j'ai préféré vous porter jusqu'à lui.

— J'étais sans défense, à la merci des suppôts du dragon maléfique. Que ce soit la fille d'un ancien camarade d'armes qui m'ait trouvé... La chance me sourit encore... »

L'apprentie maître d'hast réagit avec hâte, soucieuse de rétablir la vérité.

« La chance n'y est pour rien. C'est cette voix qui m'a menée jusqu'à vous.

— Ai-je déliré si bruyamment dans ma torpeur ?

— *Que nenni.* Les mots me manquent... C'était comme si un appel avait résonné dans ma tête, strident comme le vent du Coerthas... »

Quel coup du destin. Haldrath leva légèrement la tête vers les cieux, remerciant intérieurement la Conquérante pour cette rencontre fortuite. Grâce à cette jeune femme, son sacerdoce allait enfin toucher à son terme. Il plaça solennellement un poing sur sa poitrine.

« Chère Berteline, ce que tu as entendu n'est autre que la volonté des yeux… »

Sous sa main reposait un artefact malfaisant, rongeant les contours de l'armure argentée dans laquelle il avait été incorporé de force. Un des yeux du dragon. Autrefois arraché de l'orbite même du maléfique Nidhogg, le globe oculaire émettait une lueur malsaine, pulsant au centre du plastron dans lequel il s'était enchâssé.

« Ils ne s'adressent qu'à ceux qui aspirent à un plus grand pouvoir. Ils espèrent en échange les corrompre, se nourrir de leur fermeté d'âme afin de regagner leur liberté…
— Par Halone… Ne bougez pas, je vais tout de suite quérir un médecin ! »

Joignant le geste à la parole, Berteline commença à se retourner. Haldrath l'arrêta impérieusement d'un geste de la main.

« Tu n'en feras rien. Cet œil du dragon s'est amalgamé à ma chair depuis bien des lunes. Retirer cette armure m'est désormais impossible. Ne trouvant de faille à exploiter dans ma farouche détermination, le perfide dragon a préféré jeter son dévolu sur mon enveloppe charnelle… Ce n'est qu'une question de temps avant qu'il n'en prenne le contrôle et fasse de moi l'instrument de ses exactions haineuses.

— Je ne veux point le croire… »

Haldrath tourna son regard vers Aureniquart, qui semblait tout aussi consterné que sa fille. Avec douceur, il susurra.

« C'est pour cela, mon ami, que je te demande de m'offrir une fin digne…

— Sacrebleu, ferme ton clapet ! Jamais je ne pourrais m'y résoudre ! »

D'origines modestes, Aureniquart avait toujours eu la fâcheuse tendance d'oublier ses manières lorsque la moutarde lui montait au nez. Haldrath se souvint avec nostalgie de leurs disputes passées. Un tendre sourire se dessina sur son visage alors qu'il reprenait, implorant.

« Je suis bien conscient que c'est une cruelle faveur que je te demande… Mais je t'en prie, je t'en supplie… Si je cède à l'emprise des yeux, ils ne manqueront pas de retourner à Nidhogg, leur maître. Et tu sais mieux que quiconque les conséquences qui en découleront. »

Même privé de ses deux yeux, Nidhogg était encore bien vivant et représentait une menace majeure pour Ishgard. Sous l'égide de l'Archevêque ayant succédé au roi Thordan, les efforts conjugués de la noblesse et du nouvellement fondé ordre des Templiers parvenaient à peine à contenir la frénésie des dragons. Si Nidhogg venait à récupérer ne serait-ce qu'une fraction de son pouvoir d'antan, la balance ne manquerait pas de pencher du mauvais côté pour les Ishgardais.

« Pas la peine de me faire un dessin, je sais bien… Mais tu te rends compte que tu es la seule personne à qui j'aie jamais juré allégeance ?!

— *Les humains sont des êtres faibles et sans valeur. Les enfants de Midgardsormr sont les seuls dignes de protéger cette planète.* Souviens-toi de notre serment le jour où nous avons appris que c'était là la doctrine de Nidhogg. »

Haldrath poursuivit, grave.

« Sous prétexte de protéger l'humanité, nous avons péché par traîtrise en exterminant Ratatosk, la grande dragonne… Coupables de ce crime, nous devons boire le calice jusqu'à la lie. Tu as peut-être rendu les armes au profit de cette taverne, mais mire donc ta fille, avide de saisir la hampe d'une lance. »

Le père serra les dents à cette évidence, portant son regard vers le visage de sa progéniture.

« Tu as bien dit que tu aspirais à devenir une chasseuse de dragons, me trompé-je ? Le fait que tu sois capable d'entendre la voix de Nidhogg est la preuve irréfutable que tu es digne d'hériter de ses yeux. Accepte ce sacerdoce et utilise son pouvoir pour protéger Ishgard. »

Berteline écarquilla les yeux, abasourdie. Elle intervint d'une voix blanche.

« Moi… ? Chevalier dragon ?

— Oui, mon enfant. Tant que tu seras dévouée corps et âme à la sainte Cité, jamais tu ne succomberas à la démence. Mais à la différence de ton esprit, ta chair sera inexorablement rongée par la corruption de Nidhogg. Lorsque comme moi tu sentiras que la fin est proche, confie les yeux à un nouveau chevalier dragon. Nos vies sont éphémères comparées à celles de nos ennemis, attends-toi à mener d'âpres combats dans une guerre qui très certainement continuera après ton temps… »

À peine eut-il terminé sa phrase qu'une nouvelle crise de douleurs prit Haldrath.

« Fais ton office, Aureniquart ! S'il te reste ne serait-ce qu'une once d'allégeance à ton serment, je t'en conjure ! »

Voyant leur seigneur se contorsionner, luttant contre une souffrance insoutenable, le père et la fille comprirent que leur hésitation pouvait sceller le destin de leur nation d'un instant à l'autre. Interdit, Aureniquart saisit d'une main tremblante la fidèle lance de Haldrath et en posa délicatement la pointe sur son torse. Il resta ainsi, incapable de transpercer le cœur de son bienfaiteur, celui qui avait adoubé le roturier qu'il était. Comment pouvait-il se résoudre à tuer Haldrath, son ami de toujours ? Percevant le trouble de son père, doucement, mais fermement, Berteline saisit elle aussi la hampe.

« Père, laissez-moi porter avec vous ce lourd fardeau… »

Ils se toisèrent mutuellement, ce qui affermit leur résolution. Malgré la douleur qui lui tiraillait le visage, Haldrath se força à sourire dans ses derniers instants.

« Adieux, mon ami. Merci, mon héritière. Puisse un jour la Guerre du chant des dragons prendre fin… »

La pointe de cette lance qui avait abattu un nombre incalculable de dragons transperça le cœur de son détenteur, mettant brusquement fin au rêve.

Estinien se réveilla en sursaut. Reprenant ses esprits et épongeant la sueur perlant sur son front, il regarda instinctivement sa lance, posée sagement dans un coin de ses quartiers. Maintes fois maculée de sang draconique, elle répondait elle aussi au nom de Nidhogg.

« Eh bien, tu m'en fais voir de belles… »

Il avait lui aussi autrefois détenu les deux yeux de Nidhogg, qui avaient pris possession de son corps comme de son esprit, le transformant en ombre servile du dragon maléfique. L'un des yeux avait d'ailleurs été enterré avec la dépouille de Haldrath, la préservant de tout signe de putréfaction. Peut-être ce rêve reflétait-il des souvenirs ayant traversé les âges grâce au pouvoir de cet œil du dragon ? Estinien secoua la tête, mettant fin à ces réflexions stériles. Ce n'était pas comme si quelqu'un était en mesure de confirmer ses théories. Il se redressa pour ouvrir la fenêtre et se rafraîchir au vent nocturne.

« C'est terminé. Après un millénaire, ton rêve s'est réalisé. »

Sous ses yeux brillait de mille feux Radz-at-Han, une ville cosmopolite où humains et dragons vivaient enfin en harmonie.

ACTE IV

Les archives de l'ombre

Des flocons de neige d'une blancheur presque aveuglante s'amoncelaient sur la terre couverte de givre. Au nord de l'imposante chaîne de montagnes, autour du centre névralgique de l'empire de Garlemald, les turpitudes sans précédent de l'apocalypse avaient laissé place à un silence de mort, sans doute provoqué par la terreur qu'une calamité similaire ne vienne frapper à la porte un jour ou l'autre. La morosité ambiante se distinguait d'un simple coup d'œil sur les visages émaciés des habitants d'une cité de taille moyenne, située à environ quatre cents malms à l'ouest de la capitale. Rares étaient devenus ceux qui, au détour d'un trottoir, acceptaient de bavarder ne serait-ce qu'un court instant avec leurs semblables avant de poursuivre leur chemin, des tracas plein la tête.

C'est au milieu de ce spectacle désolant que déambulait Thancred le long de l'avenue principale, emmitouflé dans l'épais manteau et le bonnet cache-oreilles dont les soldats de l'armée impériale avaient l'habitude de se vêtir. Prenant soin d'afficher la même mine maussade que celle de son entourage, il promenait son regard de-ci de-là pour donner l'impression d'un patrouilleur en service qui ne faisait que son devoir, quand tout à coup, il jeta un coup d'œil rapide derrière lui et se glissa discrètement dans une ruelle adjacente. Ne voyant pas âme qui vive à l'horizon, il poursuivit son chemin vers la périphérie ; une minute plus tard, les dalles et les pavés de la civilisation avaient laissé place à une plaine enneigée qui s'étendait à perte de vue. Encore quelques pas… Au moment exact où il sentit une présence menaçante dans son dos, le tapage soudain d'une foulée hâtive claquant contre le sol rocailleux et d'un manteau flottant au vent lui parvint aux oreilles. Il se retourna à toute vitesse en dégainant son épée et réussit à parer une lame énorme dont le tranchant aurait pu lui être fatal ; tous les sens désormais en alerte, il se précipita immédiatement sur son ennemi et contre-attaqua d'un coup de coude puissant dans la mâchoire. À l'instar de sa faux qui lui échappa aussitôt des mains, l'assaillant venu de nulle part s'effondra sur la neige sans prononcer un seul son.

« Désolé, mais il nous faudra remettre cette conversation passionnante à plus tard. J'étais simplement venu prendre la température du coin. La prochaine fois, je sortirai encore plus couvert… »

Malgré la dissolution de façade des Héritiers de la Septième Aube, Thancred continuait de protéger le monde envers et contre tout. C'était sa manière de rendre hommage à celle qu'il considérait comme sa sœur et qui s'était sacrifiée dans la poursuite de son idéal, par amour envers son prochain. Bien que Garlemald ne présentât aucun signe de troubles graves à sa connaissance, il avait trop d'expérience pour ignorer qu'un empire déclinant à l'avenir incertain ne pouvait qu'être criblé de difficultés en tout genre. Une petite visite de reconnaissance dans la région lui paraissait donc être à l'ordre du jour, mais il ne s'attendait pas à un tel accueil… Son regard se posa à nouveau sur l'individu qui avait attenté à sa vie. Il était vêtu de noir de la tête aux pieds, cagoulé et masqué, mais les rides plissées qu'on pouvait apercevoir au bas de la fente des yeux laissaient deviner un homme d'un certain âge.

Les faucheurs, groupe d'assassins dont la fondation remontait à une époque précédant la révolution magitek, avaient toujours considéré la purge discrète des ennemis de l'Empire comme leur devoir absolu. Celui-ci était-il l'un de ces indécrottables patriotes qui, ayant eu vent de la venue d'un Héritier, aurait jugé que c'était l'occasion idéale d'en découdre ?

Conscient de la nécessité de se retirer cette épine du pied avant qu'elle ne s'enfonce trop profondément, Thancred réfléchit en silence. Tant de pensées se bousculaient dans sa tête, mêlées à tout autant de souvenirs… Les combattants aussi âgés mais toujours en pleine forme, de surcroît armés d'une faux, n'ont jamais été légion, se dit-il. Pour preuve, un seul homme correspondant à cette description l'avait véritablement marqué de son empreinte. En guise de point d'orgue, leur relation s'acheva par une lutte à mort dans un monde qui, contrairement à cette sombre plaine glaciale, débordait de chaleur ainsi que de Lumière…

Cet homme, c'était Ran'jit, le célèbre général.

Suite à l'opération de sauvetage de la dénommée « Minfilia » alors détenue en cage à Eulmore, Thancred avait aussitôt pris le temps de se renseigner sur le vieux briscard qui avait tout mis en œuvre pour leur barrer la route.

Ses recherches l'amenèrent à passer en revue une pléthore d'écrits, où il découvrit notamment l'histoire d'une bande d'assassins qui bourlinguaient à travers le pays avant le cataclysme du déluge de Lumière. Ils avaient pour réputation d'être très sélectifs vis-à-vis de leurs employeurs, mais une fois un accord conclu, ils le menaient toujours à son terme en le respectant à la lettre. Hormis ce professionnalisme exemplaire, peu de détails avaient été divulgués à leur sujet, mais en creusant suffisamment, Thancred avait pris connaissance de ce qui restait de leurs faits d'armes. Selon quelques bribes de texte glanées çà et là dans divers recueils, les assassins étaient liés entre eux à la vie comme à la mort par un pacte de sang ou par un équivalent ; afin de brouiller les pistes sur leur véritable identité, mais également sur leur généalogie, ils optaient généralement pour le métissage et engendraient ainsi leurs successeurs destinés à pérenniser le groupe ; enfin, leur magie avait pour origine des rituels tout aussi entachés de rouge que lesdits pactes… et seuls ceux ayant enduré une torture atroce, consistant à être brûlé vif sur les quatre membres avant de résister à un écartèlement, obtenaient le privilège d'en connaître les arcanes. Le caractère hautement abscons de leurs entreprises ne permettait pas d'en apprendre davantage sur leur pratique, notamment sur le perfectionnement de leurs techniques une fois leur carrière entamée, mais Thancred n'avait nul besoin d'entrer dans les menus détails pour réaliser qu'une société pareille ne pouvait admettre en son sein que les adeptes les plus fervents, pour ne pas dire les plus fanatiques.

Or ce n'était pas tout. D'après certains auteurs, il y a environ une centaine d'années – selon la manière dont elles sont perçues dans le premier reflet –, un certain Zal'bard, chef du groupe d'assassins, rendit un jour visite au maire d'Eulmore, qui se doutait bien de la raison pour laquelle un tel personnage aurait l'idée de le solliciter. Et pour cause, puisque le déluge de Lumière déferla sur le monde précisément au cours de leur entrevue. Zal'bard et les quelques subalternes qui l'accompagnaient furent logiquement forcés de prolonger leur séjour dans la cité jusqu'à nouvel ordre, en conséquence de quoi le maire consentit à leur fournir le gîte et le couvert. Était-ce en guise de remerciement, ou uniquement pour mettre toutes les chances de leur côté face au fléau qui s'abattait sur eux ? Nul ne saurait le dire avec certitude, mais toujours est-il que le maître de la magie de sang et ses disciples daignèrent enseigner une partie de leurs techniques de défense aux soldats chargés de protéger les lieux, parmi lesquels certains manquaient cruellement d'expérience. D'aucuns estiment que sans cet élan de générosité délibérément calculée, jamais les troupes eulmoriennes menées par nul autre que Zal'bard n'auraient pu opposer une résistance digne de ce nom à l'armée massive de purgateurs qui, peu de temps après, tenta une percée à travers Le Grand Vide.

Une douzaine d'années s'écoula ensuite jusqu'au jour où Zal'bard devint père. Les informations concernant la mère de l'enfant n'ayant pas été conservées, il est probable que l'assassin en chef lui-même ait organisé cette « négligence » afin que sa progéniture ne subisse aucune influence extérieure hormis la sienne. C'était un fils qu'il baptisa Ran'jit, et auquel il inculqua les techniques de sa bande de tueurs à gages aussitôt que le petit garçon eut été en âge de marcher. Il ne se doutait pas encore que cet héritier qu'il destinait à prendre sa relève marquerait l'Histoire d'une tout autre manière…

À cette époque, le conflit avec les purgateurs faisait plus que jamais rage et coûtait à l'humanité survivante chaque jour un peu plus de sang et de larmes. Sur les terres continentales, le royaume de Voeburt semblait vivre ses derniers instants lorsqu'une révélation inattendue secoua la planète : l'existence d'une jeune fille immunisée contre la transformation en purgateur avait été découverte. On lui avait attribué le nom de « Minfilia » en référence à son illustre homonyme, la femme qui, selon la légende, était parvenue à mettre un coup d'arrêt au déluge de Lumière.

Un tel miracle ne pouvait être intégralement exploité qu'en installant son bénéficiaire en première ligne du front ; Minfilia fut protégée et choyée pendant toute son enfance, et lorsqu'elle eut atteint ses douze printemps, Zal'bard déclara que l'heure était venue de l'incorporer à l'effort de guerre. Ran'jit, pour sa part, n'avait encore que cinq ans à peine. L'incarnation de l'unique lueur d'espoir pour la race humaine, alliée au dépositaire d'un savoir meurtrier entaché de sang… Alors que tout les séparait, les circonstances exceptionnelles d'une époque en perdition les avaient réunis sous la même bannière, aux ordres d'un mentor commun. Que ressentaient-ils dans cette situation ? Se sont-ils confiés l'un à l'autre, peut-être ? Ont-ils seulement eu l'impression d'avoir un jour connu l'innocence de l'enfance, alors que le destin s'emparait progressivement de leurs existences ? Personne n'a cru judicieux de consigner par écrit leurs états d'âme du moment, et les éventuels témoins se sont depuis longtemps évanouis dans la nature. Un des comptes rendus révèle toutefois quelques éléments complémentaires : « La demoiselle fait preuve d'un caractère des plus joyeux et toujours communicatif, vraisemblablement la conséquence de son éducation à Eulmore. Déterminée à porter secours à tous ceux qui en éprouvent le besoin, elle s'entraîne tous les jours avec ses camarades comme si rien ne la distinguait d'eux, surtout pas un quelconque pouvoir unique au monde. » Si l'on se fie à ces quelques mots, Minfilia ne pouvait que se montrer compatissante envers son cadet haut comme trois pommes dont l'entraînement aurait fait l'effet d'un supplice au soldat le plus endurci.

Les desseins de ses tuteurs ayant fini par porter leurs fruits au bout de quelques années supplémentaires, l'existence de Minfilia vint à être révélée en grande pompe au monde entier, ce qui engendra sa consécration en tant qu'emblème de la bannière des Conjurateurs, la troupe spéciale chargée de rayer les purgateurs de la surface de la terre. Quant à leur meneur, il ne pouvait évidemment s'agir que de Zal'bard. Ensemble, ils étaient résolus à mettre leur peau sur la table pour que l'humanité perdure. Les expéditions punitives qu'ils entamèrent alors poussèrent nombre d'entre eux à s'offrir en sacrifice pour la cause. Tel était le prix à payer pour rompre une posture constamment défensive et paver la route vers la victoire, au son des hourras d'un peuple martyr qui ne voulait plus subir en silence. Pour célébrer le retour de ses héros, ce peuple reconnaissant se réunissait comme un seul homme sur les terrasses d'Eulmore, où le manque d'espace provoqua plus d'un plongeon inopiné dans les eaux enserrant la cité. Durant ces scènes de liesse, Minfilia était toujours le centre du spectacle, saluant inlassablement ses admirateurs de la main pendant que Zal'bard et Ran'jit se contentaient d'observer en retrait.

Les triomphes furent nombreux, mais les pertes, hélas, l'étaient encore davantage. Dans leur élan indomptable, les Conjurateurs avaient révélé bien des vérités sur les purgateurs et leurs mystérieuses origines, et au bout d'un certain temps, la flamme de l'espoir dont ils s'étaient faits les porteurs se transforma soudain en brasier incandescent. Quelque part au sein de la chaîne de montagnes des Duergars, le grand purgateur qui tentait d'établir sa domination sur l'île de Kholusia avait enfin été acculé dans ses derniers retranchements. Au terme du combat acharné qui s'ensuivit, Zal'bard parvint à lui asséner le coup de grâce, mais alors que tout le monde était sur le point d'éructer de joie, la tragédie vint réduire à néant le feu ardent qui brûlait dans leurs cœurs : en rendant l'âme, le grand purgateur avait laissé échapper une immense énergie de Lumière qui avait englouti l'assassin en chef. Il lâcha un hurlement sinistre qui se perdit au milieu des montagnes, pendant que son corps changeait peu à peu de forme. Les autres soldats durent encaisser le choc d'une vie, celui d'assister à la fois au trépas de leur pire ennemi et à sa renaissance à travers l'enveloppe charnelle de l'homme qui, croyaient-ils, venait de leur apporter le salut.

Forcés de battre en retraite à toute vitesse, les Conjurateurs déclarèrent Zal'bard mort au champ d'honneur et ne rapportèrent à leur entourage que la nouvelle de la défaite du grand purgateur. Leur tromperie était sans doute blâmable, mais ils comptaient avant tout sur un repli temporaire de leur nouvelle némésis pour mettre une stratégie au point dans le calme. Pendant que l'humeur de la population voguait naturellement entre le deuil dû à leur plus fameux guerrier et le bonheur de se sentir à nouveau libres suite à une victoire historique, Minfilia avait entre-temps été préposée à rencontrer les chefs de village et de tribu pour leur révéler la vérité sur la situation présente. L'abasourdissement fut général, chacun d'entre eux tirant la conclusion que des lendemains difficiles étaient à prévoir. En écoutant leurs questions sur l'existence ou non d'une solution envisageable, Minfilia fut frappée par l'évidence : grâce à son pouvoir, elle était la seule capable de briser le cercle vicieux de réincarnation des grands purgateurs. C'était elle, et personne d'autre, qui devait endosser le devoir de porter le coup fatal à l'abominable créature lors de la prochaine bataille décisive.

La chasse aux purgateurs devait malgré tout continuer, et les Conjurateurs avaient impérativement besoin de remplacer leur défunt dirigeant. Ce rôle revint naturellement à son héritier désigné à la naissance, ce fils unique qui n'était encore qu'un adolescent. Personne ne disposait réellement des compétences pour évaluer à quel point Ran'jit était parvenu à assimiler les techniques de Zal'bard, mais de l'avis général, ses faits d'armes n'avaient rien à envier à ceux des soldats d'élite nettement plus âgés et expérimentés que lui. Attendu qu'il venait tout juste de perdre ce père qui lui avait tout appris, son ardeur et sa motivation en dépit de sa tristesse semblaient indiquer un potentiel sans limites. En réalité, certains rapports d'époque révèlent que ce ne fut pas vraiment Ran'jit qui dirigea dès lors les opérations militaires, mais principalement Minfilia. Une ineffable voix intérieure incitait la demoiselle à prendre les rênes du mouvement pour empêcher de futurs sacrifices inutiles. Chaque nouvelle mission permettait aux deux jeunes gens d'entrer simultanément en collaboration et en compétition. À leurs yeux, il n'y avait pas de meilleur moyen de communication.

Une décennie de conflits ininterrompus advint alors dans l'histoire de leur escadron. Durant toutes ces années, Minfilia ne renonça jamais à son serment, mais le jour funeste vint où elle fut contrainte de mettre un genou à terre sur le champ de bataille. Le reste de son corps suivit le mouvement quelques instants plus tard et s'affala sur le sol… Hélas, l'immunité dont elle jouissait face aux purgateurs, aussi efficace soit-elle, ne pouvait rien contre une blessure trop profonde pour être pansée à temps et empêcher l'hémorragie fatale. Avant de dire adieu au monde matériel, elle prophétisa la réincarnation de « Minfilia » aux soldats réunis autour d'elle. « Telle est la volonté de la véritable Prêtresse de la Lumière qui repose en moi », dit-elle d'une petite voix endolorie en s'efforçant de sourire… Puis elle pria l'assemblée de la laisser expirer en présence du seul Ran'jit.

Les comptes rendus des événements restent muets sur ses ultimes instants. Nul ne connaît les paroles alors échangées entre l'enfant de la Lumière et celui qui veillait sur elle dans l'ombre, ces alliés de circonstance que tout séparait de prime abord. Minfilia aura peut-être rendu son dernier souffle la gorge nouée de sanglots, à moins que ce ne fût au travers de ce sourire bienveillant qui la rendait si singulière… Quant à la réaction de Ran'jit, elle resta aussi impénétrable que l'intéressé lui-même.

Pour le moins, la cérémonie de son enterrement fut à la hauteur de ce qu'elle représentait pour celles et ceux qui lui vouaient un culte. De nombreuses personnes issues des quatre coins de Norvrandt et d'ailleurs vinrent lui rendre hommage une dernière fois, tandis que Ran'jit ensevelit lui-même sa dépouille dans la crypte d'Eulmore, où elle devait reposer en paix pour l'éternité.

À l'aide d'une mise à contribution générale, la réincarnation de Minfilia fut découverte moins de trois ans plus tard. La nouvelle élue avait les mêmes cheveux blonds, et ses yeux brillaient de la même lueur chargée d'éther que sa devancière. Une analyse approfondie certifia qu'elle disposait également de la même résistance à la transformation en purgateur, mais la ressemblance s'arrêtait là. C'était une tout autre personne, une petite fille ingénue dont le manque d'expérience se voyait au premier coup d'œil, ne serait-ce que dans sa manière de saluer. Cependant, sa gaucherie juvénile n'empêchait personne de voir en elle le nouvel espoir de l'humanité. Gardant toujours son père pour modèle, Ran'jit résolut par conséquent de la prendre sous son aile.

Cette Minfilia vécut jusqu'à l'âge de douze ans. Au bout du compte, elle participa à moins de dix batailles. Durant son existence, des chercheurs tentèrent de découvrir le moyen idéal pour une créature aussi chétive de donner le coup de grâce à un grand purgateur. Ils ne parvinrent à aucune conclusion satisfaisante, hormis celle que leurs ennemis, malgré les apparences, n'étaient pas des êtres vivants ordinaires. Une fois pourfendus, aucun organe ni quelconques entrailles ne jaillissaient de leur enveloppe charnelle… Telles des poupées d'argile, ils n'avaient pas de point faible particulier ; l'unique façon de les éliminer était de leur asséner des attaques suffisamment violentes pour les réduire en poussière.

Ran'jit continua d'entraîner sans relâche chaque nouvelle Minfilia qui se présentait à lui. Tandis que certaines faisaient preuve de talents divers et variés, d'autres l'imploraient avec des sanglots dans la voix de mettre un terme à leur calvaire, en les exécutant sur-le-champ afin de provoquer la venue de l'élue suivante. Toutefois, quel que soit le caractère de son cobaye en jupons, Ran'jit ne faiblissait jamais. Le monde devait être sauvé et, pour y parvenir, tous les moyens étaient bons, même s'ils coûtaient la vie à de jeunes séraphines.

D'innombrables péripéties se succédèrent avant qu'un point final fût mis à cette succession de malheurs au service d'une cause louable. Quatre-vingts années s'étaient écoulées depuis le déluge de Lumière lorsque don Vauthry accéda au trône de gouverneur d'Eulmore et accomplit le miracle d'apprivoiser les purgateurs. Du jour au lendemain, le bataillon des Conjurateurs perdit toute raison d'être. En outre, Vauthry fit quelque temps plus tard un songe dans lequel la Minfilia d'alors l'envoyait au tombeau ; voulant à tout prix étouffer dans l'œuf l'éventualité d'un rêve prémonitoire, il la fit immédiatement exécuter et ordonna à Ran'jit de dénicher son héritière. Sa décision était sans appel : la prochaine réincarnation sur la liste devrait demeurer confinée jusqu'à la fin de ses jours sans recevoir le moindre entraînement au combat.

Ici encore, les rapports restent muets sur les sentiments intimes de Ran'jit. Ce n'est que lors de sa rencontre avec les Guerriers des Ténèbres, accompagnés de cette Minfilia jusqu'alors captive, qu'il se laissa aller à une mise à nu de son âme tourmentée.

« L'enfer de la guerre… La stérilité du conflit… Seule une société stable et en paix peut nous apporter le bonheur.

L'homme ne pourra jamais échapper à la tentation de la guerre, quand bien même il chercherait à faire ce qui est juste. Sachant cela, j'ai préféré miser sur la paix promise par celui qui n'a que faire de la justice, celui qui s'est élevé au-dessus de sa condition humaine… »

Ran'jit mourut à l'âge de quatre-vingt-huit ans. Son corps fut retrouvé devant une rangée de tombes. Sur chacune d'entre elles était inscrit un seul et même nom : « Minfilia ».

ACTE IV

Une rencontre en rouge

« Raha ! Une lettre est arrivée pour toi ! »

C'est ainsi que Krile, enveloppe à la main, accueillit G'raha Tia à son retour dans l'annexe des Élèves de Baldesion. C'était une journée paisible, quelque temps après la fin des événements liés à l'apocalypse, et une douce brise soufflant sur Sharlayan, il en avait profité pour s'offrir une pause déjeuner un peu tardive. Une missive adressée non pas à l'organisation, mais directement au jeune Miqo'te, n'était pas chose courante, pourtant son nom était indiqué dans un alphabet éorzéen remarquablement calligraphié. Toutefois, aucune mention de l'expéditeur ne se trouvait sur le courrier. Après avoir emprunté le coupe-papier d'Ojika à l'accueil, G'raha entailla prestement l'enveloppe, puis se mit à parcourir le contenu de la lettre avant de laisser échapper une légère exclamation. Ni une ni deux, Krile et Ojika se tournèrent vers leur collègue, interloqués. Ce dernier recommença à lire frénétiquement le morceau de papier entre ses mains, de peur de s'être trompé, pour enfin prendre la parole, l'air embarrassé.

« C'est une lettre du seigneur Hien de Doma… Il me demande si je suis disposé à lui rrrendre visite.
— Attends, Hien… Tu veux dire le fameux Hien ?! Mais pourquoi s'adresser à toi en particulier ?
— C'est bien ce qui m'intrrrigue. Si encore il souhaitait que j'emmène le Guerrier de la Lumière avec moi… »

G'raha retourna le billet et le mit même à l'envers, mais il ne put déceler aucun code ni indication cachée. Il n'y avait donc pas d'erreur possible quant au motif de son expéditeur. Alors qu'il réfléchissait à comment procéder par la suite, il se remémora un instant les exploits d'un certain aventurier à Doma, avant de chasser ces souvenirs pour mieux se concentrer.

« Quoi qu'il en soit, je me vois mal rrrefuser. Après tout, cette requête émane des hautes sphères... »

Il répondit comme s'il cherchait à se convaincre lui-même, ce qui ne manqua pas de faire sourire ses deux compagnons. C'est ainsi que, le cœur encore empli de quelques doutes, mais surtout d'une vive attente, il commença les préparatifs nécessaires à son long voyage en Orient.

G'raha Tia se rendit donc au village d'Isari, après un court passage à Kugane, pour ensuite embarquer dans un navire remontant la Muni. Quand il accosta au quartier enclavé de Doma, un homme-bête aux allures de loup du nom de Hakuro l'accueillit d'une révérence formelle typiquement orientale. Le jeune Miqo'te entreprit alors de suivre son guide le long de l'avenue principale. Cette dernière était bordée des deux côtés par des murailles de pierres, parsemées de petites lucarnes en éventail qui laissaient entrevoir des artisans à l'ouvrage dans ce qui semblait être divers ateliers. Même si sa curiosité naturelle le poussait à observer les alentours, G'raha tenta tant bien que mal de regarder droit devant lui.

Le Lupin l'emmena devant un splendide édifice au coin de l'avenue. Cet ancien siège de la magistrature locale avait été aménagé pour devenir le manoir de Hien, qui l'avait alors rebaptisé « Kienkan ». Après avoir passé la porte d'entrée, ils arpentèrent un long couloir qui dégageait un profond parfum végétal inhabituel ; peut-être était-ce l'odeur du vieux bois employé pour bâtir la charpente, ou le bouquet d'un encens inconnu utilisé en Orient. Soudainement, G'raha Tia sentit la tension monter dans sa poitrine ; il avait pourtant pris le soin d'étudier les us et coutumes ainsi que les règles de politesse si propres à Doma, cependant, il ne put s'empêcher de se redresser, raide comme un piquet. Malgré son éducation sharlayanaise, il s'était toujours tenu éloigné des formalités et autres protocoles de la haute société, jusqu'au moment où il se retrouva lui-même à la tête d'une cité et décida alors de respecter un minimum l'étiquette requise.

Quelques pas plus loin, une porte coulissa sur le côté, révélant la silhouette de l'homme qui l'avait fait mander.

« Sois le bienvenu. Désolé de t'avoir imposé un si long voyage. J'espère au moins qu'il aura été plaisant ! » déclara ainsi Hien, un léger sourire s'esquissant au coin de ses lèvres.

G'raha avait déjà croisé le dirigeant domien lors d'un concile avec les chefs d'État de l'Alliance concernant la stratégie à suivre face à la menace des Télophores. D'ailleurs, il se souvenait également d'un Hien différent : l'homme qui vécut dans cet avenir désormais réécrit où le huitième fléau avait ravagé la planète. Il avait entendu de sa bouche le récit de sa vie ainsi que celui des aventures d'un certain héros. Toutefois, G'raha choisit lors de leur première rencontre de garder pour lui ces réminiscences et se présenta succinctement comme nouveau membre des Héritiers de la Septième Aube.

Le seigneur Hien dégageait un charisme naturel, semblable aux autres dirigeants de l'Alliance, mais aujourd'hui, il semblait encore plus radieux et imposant. Assis en tailleur, il arborait fièrement les armoiries de son pays et était adossé à un majestueux paravent décoré d'une peinture au lavis de montagnes et de torrents. Il était né l'année qui avait suivi l'annexion de Doma par l'empire de Garlemald et avait donc exactement le même âge que G'raha Tia. Mais rien ne l'indiquait dans son apparence digne, au contraire, elle reflétait parfaitement les épreuves qu'il avait dû surmonter pour atteindre sa position actuelle.

« Je vous rrremercie sincèrement pour votre invitation, mais si je puis me permettre... Êtes-vous certain d'avoir besoin de mes services en particulier ?

— Tout à fait ! J'ai une requête bien spécifique à te soumettre. »

Hien invita alors G'raha à s'asseoir en face de lui. Ce dernier s'exécuta et résuma en quelques mots son périple jusqu'à Doma, avant de demander au dirigeant en quoi consistait cette fameuse requête. Le seigneur domien lui précisa que les relations entre l'ancienne province et l'Empire étaient sur le point d'évoluer : suite à la reprise du commerce avec Radz-at-Han, des pourparlers avaient été engagés et une table ronde entre de nouveaux pontes de Garlemald et des représentants de plusieurs États allait bientôt se tenir à Doma. Hien désirait avant tout appréhender la situation à Garlemald avant d'entamer les négociations. D'autre part, le gouverneur de Locus Amoenus, la région autrefois connue sous le nom de Corvos, serait également présent, et le dirigeant domien voulait en apprendre davantage sur cette nation.

D'ailleurs, Hien était tout d'abord entré en contact avec Thancred afin d'obtenir des renseignements sur les provinces touchées par l'apocalypse. Avec sa réputation d'espion hors pair, le pistosabreur à la chevelure argentée semblait le mieux disposé parmi les Héritiers à pouvoir l'aviser. Mais du propre aveu de Thancred, les origines corvosiennes de G'raha Tia le rendaient très certainement plus apte à fournir ce que Hien recherchait.

« Thancred n'a pas torrrt, toutefois… je suis parti pour Sharlayan très jeune, et depuis j'ai toujours essayé de garder mes distances avec Corvos. J'ai bien peur de n'être qu'une piètre source d'informations.

— Cela n'est pas si important. Au sein des diverses provinces annexées par l'Empire, nombreux sont les habitants qui comme toi ont choisi l'exil plutôt que de vivre sous l'occupation. J'aimerais tout de même que tu me parles de ta terre natale. »

L'affaire présentée ainsi, G'raha pouvait difficilement refuser. Il offrit alors à Hien une brève chronologie de Corvos jusqu'à sa situation politique actuelle. Les disputes entre Corvosiens et Garlemaldais quant à la légitimité de leur autorité duraient depuis des générations. En tant qu'historien spécialiste de l'empire d'Allag, G'raha expliqua que plus de cinq mille ans en arrière, la région abritait une cité allagoise importante, où de nombreux travailleurs miqo'te furent envoyés afin de servir de main-d'œuvre. Après plusieurs fléaux et conflits armés, les Corvosiens prirent le dessus sur les Garlemaldais, environ huit cents ans plus tôt, poussant ces derniers à l'exil. C'est ainsi qu'ils s'enfuirent au nord du continent d'Ilsabard, vers des terres gelées et inhospitalières.

Le statu quo entre les deux nations dura ensuite plusieurs siècles, jusqu'à l'avènement de l'empereur Solus zos Galvus. Il y a environ soixante ans, à l'aide de la technologie magitek qu'il avait aidé à développer, il envoya les troupes de Garlemald au sud afin de reconquérir cette terre perdue, qu'il considérait injustement dérobée à ses ancêtres. Leur puissance militaire inédite et incontestable permit aux Impériaux de vaincre leurs anciens ennemis en un clin d'œil. Le nom même de Corvos fut alors rayé de la carte pour devenir la province de Locus Amoenus. Parmi les diverses appropriations de l'Empire, c'est d'ailleurs l'une des rares régions à avoir été renommée, ce qui dénote le caractère tout particulier que revêtait ce lieu dans l'esprit des Garlemaldais.

« Voilà donc plus d'un demi-siècle que cette terre a perdu son nom d'origine... », murmura Hien après avoir écouté attentivement la présentation de G'raha Tia.

Il n'osait imaginer ce qui serait advenu de son propre pays s'il avait subi le même destin que Corvos.

« À vrai dire, le nom de Corvos n'a pas totalement disparu, que ce soit dans la culturrre ou l'architecture. Cependant, à l'heure actuelle, toutes les personnes clés de la région, au niveau politique comme économique, sont nées sous le joug de Garlemald et n'ont connu que l'occupation. »

Cet état de fait se fit particulièrement ressentir lorsque l'apocalypse frappa Corvos. Même si le cataclysme ne ressemblait à aucun autre fléau, les responsables corvosiens manquèrent cruellement de réactivité, surtout comparés à leurs voisins hannois, confrontés à des problèmes identiques. Il faut dire que l'autorité centrale de la métropole – ainsi que l'appelaient les jeunes habitants qui n'avaient pourtant rien de garlemaldais – était totalement injoignable, car paralysée après la guerre civile et la chute de la capitale impériale.

Hien ferma les yeux, imaginant les fonctionnaires envoyant désespérément des rapports, sans aucune réponse en retour... et laissa alors échapper un long soupir.

« Lors de la guerre de libération, Doma était sous contrôle garlemaldais depuis vingt-cinq ans seulement, et Ala Mhigo depuis vingt... Avec plusieurs décennies supplémentaires d'occupation, je doute que nous aurions réussi à reprendre nos pays de la même manière », dit-il alors, perdu dans ses pensées.

« Quelques années de plus, et l'autorité impériale aurait fini par s'imposer comme la nouvelle norme... D'autant plus si la région avait été gouvernée sans anicroches, le désir d'indépendance se serait naturellement estompé », ajouta Hien.

« Ah, loin de moi l'idée de blâmer l'attitude des Corvosiens. Je voulais simplement dire que les ravages du temps sont parfois redoutables. D'ailleurs, j'ai moi-même été éduqué à la garlemaldaise... Sans la présence de mon père et de Gosetsu pour me transmettre leurs valeurs, ma volonté de liberté se serait rapidement émoussée. Quoi qu'il en soit, je peux difficilement être qualifié de "Domien de pure souche". »

Avec ces paroles, Hien laissa entrevoir la peine qu'il ressentait pour tous les enfants nés et élevés sous le joug de l'Empire.

Selon les règles strictes de la hiérarchie garlemaldaise, nombre d'entre eux n'ont jamais pu accéder à la citoyenneté. Pire encore, la ségrégation des populations issues des provinces annexées a toujours été rampante, et même les rares élus qui arrivaient à se distinguer pour obtenir la nationalité n'y échappaient pas. Comment se construire une identité lorsqu'on est considéré comme un moins-que-rien ? Que faire de cette rage et de cette tristesse qui vous serrent à la gorge, alors que les anciens ne jurent que par leurs souvenirs d'une nation disparue où vous n'auriez de toute manière pas votre place ? Lorsque la nostalgie des uns résonne comme une lointaine fiction pour les autres, les traditions perdues dans le flot du temps qui firent jadis la fierté d'un peuple semblent aujourd'hui aussi étrangères que les coutumes d'une terre distante, barrées par un mur générationnel qui a fini par s'imposer à tous.

Un silence pesant s'était installé dans cette pièce au parfum boisé si particulier, et G'raha Tia ne souhaitait pas le briser avec de simples paroles en l'air. Il se plongea dans une intense réflexion pour choisir méticuleusement une réponse, avant de déclarer calmement et en toute franchise :

« Nous autres archéologues et historiens établissons des limites entre différentes périodes de l'Histoirrre : ici se termine cette civilisation, là en commence une autre… Mais en réalité, les gens ne se transforment pas soudainement dès qu'une date clé est franchie, vous ne croyez pas ? Les dirigeants se succèdent, les États se voient renommés, mais le peuple, lui, rrreste le même. Ce sont les habitants qui doivent apprendre à naviguer contre vents et marées pour tracer leur avenir et aller de l'avant. »

Ainsi s'écrit l'Histoire. L'occupation garlemaldaise et l'éducation impériale imposées aux conquis ne sont qu'un courant parmi tant d'autres. Un changement qui vient certes bouleverser un pays, mais qui ne l'anéantit pas pour autant. Voilà le propos que souhaitait transmettre G'raha à tous ceux qui se trouvaient dans le doute et la tourmente.

Hien toisa alors le jeune Miqo'te avec un vague air de surprise sur son visage. Il laissa soudainement échapper un rire étouffé, comme si son propre corps peinait à se retenir de s'esclaffer.

« Pardonne-moi, je n'avais pas l'intention d'orienter la conversation vers un sujet si… solennel. Par contre, je ne m'attendais pas à recevoir une telle leçon de sagesse.

— Comment ?! Oh, euh... Oubliez cela, je n'aurais pas dû me permettre ce commentairrre.

— Pas question ! Entre ta crinière et ta tenue écarlate, je t'avais pris pour un jeune aventurier plein de fougue, mais j'aurais dû me douter que les Héritiers ne t'avaient pas invité à les rejoindre sans raison. Pour tout te dire, j'ai eu pendant quelques instants l'étrange impression de recevoir les conseils d'un vieux sage ! »

Comme si ses propres mots l'avaient rendu hilare, Hien ne put réfréner un fou rire. Visiblement gêné, les oreilles aplaties et la tête recroquevillée entre les épaules, G'raha s'excusa platement d'une petite courbette. Lorsqu'il releva la tête, son interlocuteur l'observait toujours, le visage illuminé d'un grand sourire aussi vaste que l'azur du ciel.

« Tes paroles sont pourtant d'une justesse imparable. Ma génération a succédé à celle de mon père, et une nouvelle prendra ma relève plus vite que je ne l'imagine. Je ne dois en rien craindre le changement, car cette nouvelle Histoire qui s'écrit fait également partie de Doma ! »

G'raha pouvait déceler la flamme qui brûlait dans le regard de Hien, comme s'il voyait se dérouler devant lui un lointain avenir radieux. Ce n'était pas la première fois qu'il croisait quelqu'un habité d'une telle passion. Tous ceux qui possédaient une lueur identique dans les yeux étaient prêts à affronter les pires dangers, à voyager jusqu'aux confins de l'univers pour protéger ce qu'ils ont de plus cher. G'raha sentit alors toute la tension s'échapper de sa poitrine. Il n'avait plus qu'une hâte : découvrir cette nouvelle Doma que Hien et son peuple allaient bâtir ensemble.

« C'est bien beau de se jeter des fleurs, mais il ne faudrait pas perdre de vue les pourparlers qui arrivent. J'espère qu'ils apporteront leur lot de changements, et dans le bon sens ! Tiens, et si tu me parlais un peu des plats traditionnels de Corvos ? Après tout, la gastronomie est un sujet qui nous passionne tous, quelles que soient nos origines ! »

Tandis qu'il terminait sa phrase, Hien se releva. Et lorsqu'il aperçut le visage perplexe de son interlocuteur, il lui lança avec un large rictus :

« Enfin, tu ne croyais pas que j'allais te garder séquestré tout de même ? Je ne suis pas tortionnaire au point de demander à mon invité venu de l'autre bout du monde de me parler de bonne chère sans lui proposer quoi que ce soit en retour ! En échange de tes connaissances, laisse-moi te faire découvrir une de nos spécialités domiennes… Tu m'en diras des nouvelles ! »

Ni une ni deux, G'raha se releva également, et les deux hommes se dirigèrent vers l'extérieur. En route, ils pouvaient apercevoir au loin la silhouette de l'ancien siège du pouvoir, le Château de Doma, toujours sous les eaux, mais les rues du quartier enclavé vibraient au rythme des divers travaux de reconstruction et bourdonnaient d'activité. Peut-être le signe d'un autre changement en cours.

Même après le passage d'une tempête de sang, les habitants de cette terre avaient gardé la tête haute et repris le chemin vers la prospérité.

ACTE IV

Promesses sous une nouvelle lune

Ce jour-là, le manoir des Leveilleur était en plein réaménagement. Ameliance, désignée comme mère d'accueil pour une étudiante venue de l'île de Thavnair, distribuait ses directives pour arranger l'une des pièces de sa demeure et en faire une chambre d'amis. On voyait se succéder pêle-mêle le mobilier, la literie et les ustensiles de maison, tous d'une élégance et d'un raffinement sans pareils. Ce vénérable salon, consacré de longues années durant à recevoir les invités de la famille Leveilleur lors de visites de courtoisie, se métamorphosait à vue d'œil en un lieu propice à la vie estudiantine.

Une fois le remue-ménage terminé, Ameliance admirait avec satisfaction le fruit de son labeur – quand soudain, elle remarqua un défaut intolérable : l'un des tiroirs du vieux bureau disposé au fond de la pièce était légèrement entrouvert. « Nous accueillons un nouveau membre dans notre famille, se dit-elle, il faut que tout soit parfaitement impeccable ! » Elle s'approcha alors du tiroir fautif et le poussa de toutes ses forces, mais celui-ci semblait coincé et refusait de s'enfoncer entièrement.

« Il est vrai que ce meuble est plutôt ancien… Je crains qu'il n'ait besoin d'une petite réparation. »

Bien que prononcé machinalement, le qualificatif « ancien » était parfaitement approprié pour désigner le bureau. On pourrait même parler d'antiquité, puisqu'il fut acheté par la famille Leveilleur durant l'enfance de Louisoix et constitue une partie de l'héritage qu'il avait légué à son fils, puis à son petit-fils. Il n'y avait donc rien d'étonnant à ce qu'il finisse en piteux état au bout de trois générations successives. Espérant avoir plus de succès en retirant d'abord le tiroir entièrement, Ameliance comprit alors la raison de l'obstruction : dissimulée grâce à un mécanisme dans le plateau supérieur se trouvait une cache secrète, dont le battant mal fixé était resté entrouvert. Un dispositif aussi ingénieux était typique de Louisoix, réputé pour ce genre de facéties.

Cependant, Ameliance était dotée du même esprit malicieux que le vieux sage. Maintenant qu'elle avait découvert cette cachette mystérieuse, elle ne pouvait résister à l'envie de regarder ce qu'il y avait à l'intérieur. Et ce qu'elle y trouva n'était autre qu'un carnet relié d'une couverture en cuir. « Je me demande ce qu'il peut bien contenir ? », pensa-t-elle, et il ne fallut pas longtemps pour qu'elle ouvre le petit livre et pose les yeux sur la date inscrite sur sa première page. Elle reconnut l'écriture soignée et harmonieuse d'Alphinaud et réalisa alors qu'il s'agissait du journal intime de son fils…

1er jour de la 3e lune. Le printemps avait bourgeonné tardivement en ce début de l'an 1572, celui que l'Histoire retiendra comme le dernier de la 6e ère astrale. C'était aussi une de ces journées où Alphinaud Leveilleur s'ennuyait ferme.

Le jeune Élézen venait de recevoir la validation de sa candidature lui permettant d'entamer ses études supérieures à l'académie de magie de Sharlayan. Pour autant, il lui restait encore du temps avant le début du prochain semestre et ses cours particuliers étaient, eux aussi, terminés ; n'ayant donc plus rien pour s'occuper l'esprit, il était parfaitement désœuvré. Il ne pouvait même pas profiter de sa famille : son père était absent et sa sœur Alisaie était partie faire quelques emplettes avec son grand-père. Il savait pourtant que ce dernier comptait bientôt quitter la Cité du savoir pour s'installer en Éorzéa, et Alphinaud espérait pouvoir passer quelques derniers moments ensemble avant son départ. Manque de chance, il s'était fait coiffer au poteau par sa jumelle. Ayant finalement décidé de se rendre au jardin familial pour s'adonner à un peu de lecture afin de tuer le temps, il se rendit à l'entrée du manoir… À sa grande surprise, il y croisa Fourchenault sur le point de sortir.

« Vous partez, Père ?

— Oui, une inspection de routine. »

Il pouvait sembler étrange qu'un père réponde aussi brièvement et sèchement à son fils de onze ans. Or la réaction d'Alphinaud ne correspondait guère plus à celle d'un enfant de son âge.

« Vous travaillez même durant un jour de congé ? Vous devez avoir fort à faire.

— Pas exactement. Il ne s'agit pas d'une inspection pour le Conseil, mais d'une affaire personnelle. »

Voilà le genre de conversation triviale que pouvait avoir un père avec son fils prodige. Bien entendu, cela ne signifiait pas qu'Alphinaud était entièrement dépourvu de l'innocence et de la candeur propres aux enfants. Aussi, dès lors qu'il comprit que cette excursion impromptue n'était pas liée à son travail, le jeune garçon insista auprès de son père pour l'accompagner. Après un instant de réflexion, Fourchenault y consentit. Ils quittèrent alors la maison, sans pour autant qu'Alphinaud sache précisément où ils se rendaient.

Sur le chemin, ils croisèrent Alisaie à proximité de l'Agora, la mine boudeuse. Elle était accroupie et caressait la tête de son chien Angelo, tandis que se tenait à côté d'elle Louisoix, lui-même entouré de quelques amis savants. Il s'agissait de Montichaigne, le recteur de l'académie, ainsi que de Rurusha et de Nenelymo Totolymo, respectivement professeurs d'archéologie et de magismologie. Nul doute que les trois compères étaient malgré eux à l'origine de la contrariété d'Alisaie : monopolisant l'attention de son aïeul, ils ne se rendaient pas compte que la jeune fille se retrouvait totalement à l'écart. Bien que plein de compassion pour sa pauvre sœur, Alphinaud continua d'emboîter le pas son père.

Au bout de plusieurs minutes, le duo finit par arriver aux Rostres, le grand amphithéâtre situé sur les hauteurs de Sharlayan. Autrefois, le majestueux bâtiment avait un tout autre aspect : il s'agissait simplement d'une grande place ronde avec des gradins où les citoyens sharlayanais se rassemblaient pour prendre les décisions politiques. Ces réunions récurrentes avaient fini par donner naissance au Conseil des sages, qui avait ensuite demandé la construction d'un édifice pour abriter l'amphithéâtre. Aux yeux de Fourchenault, lui-même l'un des membres les plus importants du Conseil, ce lieu équivalait donc à son principal lieu de travail. C'est pourquoi Alphinaud ne put s'empêcher de trouver étrange que son père choisisse de s'y rendre pour une « affaire personnelle ».

« C'est par ici. Suis-moi. »

Toujours aussi peu loquace, Fourchenault invita son fils à le suivre. Ils prirent l'entrée de gauche et, pénétrant à l'intérieur du bâtiment, descendirent immédiatement l'escalier en direction du sous-sol. Ils arrivèrent devant une porte lourdement gardée. Cependant, aucun soldat des Rostres ne pouvait ignorer le visage de Fourchenault ; sitôt les formalités d'entrée terminées, l'impassible Élézen entra avec son fils. La porte fut refermée instantanément derrière eux, et lorsqu'il sentit les murs de la pièce s'ébranler, Alphinaud comprit aussitôt qu'ils se trouvaient dans un ascenseur.

« Père, si je comprends bien, l'endroit où nous nous dirigeons serait...

— Exact. Tu as certainement déjà appris l'existence du Labyrinthos, qui se situe sous notre cité. »

Le jeune garçon en avait effectivement déjà entendu parler. Il avait découvert lors de ses études que Sharlayan se situait sur une ancienne île volcanique, et sous la cité se trouvait un énorme gouffre, vestige qui témoignait du temps où le volcan était encore en activité. Au cours de leur établissement sur l'archipel, les Sharlayanais y auraient importé des échantillons de minéraux ainsi que des espèces animales et végétales venues de tous horizons, faisant de ce lieu une sorte d'entrepôt géant.

Cependant, connaître un lieu au travers de récits et le voir de ses propres yeux sont deux choses très différentes, et tout prodige qu'il fût, Alphinaud ne put s'empêcher d'écarquiller ses yeux d'un air ébahi au fur et à mesure que la machine descendait. Au-dessus de lui s'étendait un ciel factice doté d'un soleil artificiel qui illuminait l'intérieur de la grotte. Jamais il n'aurait pu imaginer un jour admirer une telle prouesse, même dans ses rêves les plus fous. Voyant le visage sidéré de son fils, Fourchenault esquissa un léger sourire.

« Alors, qu'en dis-tu ? C'est un beau spectacle, n'est-ce pas ?

La construction du Pneuma, la dernière tour employée pour la ventilation, a été terminée récemment, et les premiers essais avant sa mise en route définitive sont en cours. C'est pour y assister que je suis venu ici. »

Sentant la caresse du vent dans ses cheveux, Alphinaud accourut vers la rambarde et se pencha pour chercher des yeux la tour dont parlait son père. Lorsqu'il porta son regard en bas, il découvrit un précipice d'une profondeur inouïe, échelonné en plusieurs étages verdoyants. Nul n'aurait pu imaginer qu'un tel paysage puisse exister sous terre.

« Fantastique… On se croirait ailleurs, loin des îles des mers du Nord ! »

Fourchenault se plaça à côté de son fils, dont les yeux étincelaient encore.

« Nous avons tenté de recréer un climat tempéré similaire à celui de la région de Corvos, au sud du continent d'Ilsabard. Il me semble que les Garlemaldais considèrent cet endroit comme leur terre promise, qu'ils nomment Locus Amoenus. Et je dois dire que, même s'il m'en coûte un peu d'être en accord avec ces barbares prônant la guerre, je comprends leur point de vue. »

Il était rare que l'émérite membre du Conseil se montre aussi bavard, et son apparente fierté trahissait sans nul doute la difficulté du chantier mis en place pour créer cet espace hors du commun. Suivant toujours son père, Alphinaud arriva ensuite au Logistikon alpha, le bâtiment servant à réguler l'atmosphère du Labyrinthos. Pour le jeune surdoué avide de connaissances, pouvoir visiter ainsi un lieu pourvu des merveilles technologiques les plus récentes était une expérience exaltante. « Je veux tout voir, tout savoir ! », se disait-il en son for intérieur.

« S'il vous plaît, Père ! Pourrions-nous visiter cet endroit aussi ? »

Alors qu'ils venaient de terminer leur inspection de l'installation et sortaient du bâtiment, Alphinaud avait remarqué les chemins boisés s'étendant au nord et les pointait du doigt. Cependant, Fourchenault répondit en secouant la tête.

« Nous avons vu ce que nous étions venus voir. Rentrons à la maison. »

À ces mots, l'expression d'Alphinaud se changea instantanément en celle d'un bambin dont on venait de confisquer le jouet. Mais s'il avait bien une qualité que lui reconnaissait son père, c'était d'être un garçon obéissant. Il fit donc en sorte de dissiper rapidement la déception qui se lisait sur son visage.

C'est alors qu'une alliée inattendue vint lui porter secours.

« Allons, mon ami, pourquoi ne pas le laisser y aller ?

Après tout, ne sommes-nous pas venus ici pour piqueniquer ? »

Cette voix, c'était celle d'Ameliance. Elle venait d'arriver à l'improviste, un panier bien garni dans chaque main.

« Ce n'est pas très gentil de me laisser ainsi toute seule lors d'un jour de congé. Pour ta peine, tu devras faire tout ce que je te demande, c'est d'accord ? »

Bien qu'elle ait dit cela en souriant, faisant croire à son mari qu'il avait la possibilité de négocier, il était clair que ce n'était pas le cas. Même un homme comme Fourchenault, pourtant intraitable lorsqu'il s'agissait de prendre les décisions politiques pour la cité, ne pouvait avoir son mot à dire dans une telle situation. Peu de temps après, Louisoix, Alisaie et son chien Angelo les rejoignirent, prévenus eux aussi par Ameliance ; et c'est ainsi que toute la famille se mit à dresser la table pour leur pique-nique champêtre au milieu du Circuit médian du Labyrinthos.

Profitant de la légère brise apportée par le Pneuma fraîchement construit, ils étendirent leurs toiles sur l'herbe et commencèrent à sortir les victuailles des paniers. On déboucha la bouteille de thé, et une douce fragrance embauma l'air, se mêlant à l'odeur alléchante des petits plats achetés au Dernier Rempart. Ce tableau pittoresque d'une des plus célèbres familles de Sharlayan réunie au grand complet attirait irrémédiablement le regard, et il ne fallut que peu de temps avant que des passants – principalement des chercheurs – ne s'arrêtent pour discuter avec eux, certains finissant même par se joindre à leur déjeuner improvisé.

Les premiers de ces convives inattendus furent Galuf Baldesion, grand représentant des Élèves de Baldesion, ainsi que sa petite-fille adoptive, une jeune Lalafelle du nom de Krile qu'il souhaitait présenter à Alphinaud et Alisaie. Cette dernière était actuellement étudiante à l'académie de magie, et lorsque Ameliance l'apprit, elle lui demanda humblement de bien vouloir jouer le rôle d'aînée pour ses enfants qui allaient bientôt intégrer l'établissement à leur tour. Elle en profita pour lui offrir une tasse de thé, que Krile accepta avec plaisir, tout en répondant avec un sourire qu'elle ferait de son mieux pour les soutenir. Plus tard encore, deux nouvelles têtes se joignirent au groupe : la sémillante Moenbryda Wilfsunnwyn et le taciturne Urianger Augurelt, tous deux disciples de Louisoix. Ce dernier avait des scrupules quant au fait de perturber leur intimité, mais la jeune Roegadyne l'entraîna par le bras et insista pour prendre part au banquet, prétextant que « plus on est de fous, plus on rit ». Sans doute avait-elle raison puisque Urianger, pourtant très réservé d'habitude, se révéla être le plus enthousiaste des convives, discutant à bâtons rompus avec Louisoix au sujet de ses connaissances sur les prophéties ; à croire qu'il était en réalité le plus intéressé du duo pour prendre part au repas. Bien sûr, ce défilé d'invités surprises ne s'arrêta pas en si bon chemin. Bientôt, Fourchenault fut lui aussi entouré de plusieurs de ses collègues et amis du Conseil. Rammbroes, un autre membre du Cénacle du Savoir, se joignit à la discussion entre Louisoix et Urianger puis leur partagea ses théories sur la culture et la civilisation de l'ancien empire d'Allag. Se sentant dans l'obligation de nourrir tout ce petit monde, Ameliance passa commande auprès de Dickon, le gérant du Dernier Rempart, qui vint apporter lui-même ses produits. Comme les autres, il finit par se mêler naturellement à la joyeuse assemblée, se lançant dans des discussions enflammées sur la meilleure façon de cuisiner de succulents gâteaux.

Ainsi le pique-nique se prolongea jusqu'à une heure avancée, bien après que la lumière de la sphère en cristal servant d'astre artificiel ne s'estompe pour laisser place à la pénombre de la nuit. Aux yeux des derniers participants, la faible lueur que dégageait le soleil factice leur parut semblable à celle qu'émettent les véritables astres illuminant Ætherys lorsqu'ils sont alignés, à l'image de la nouvelle lune…

Tandis qu'Ameliance refermait doucement le carnet, elle se plongea dans ses pensées. Les yeux clos, elle repensa à cette journée et aux paroles que les trois hommes de la famille prononcèrent sur le chemin du retour.

« À présent, je vais pouvoir quitter Sharlayan sans regret et œuvrer pour l'avenir de la planète. »

Derrière ces quelques mots transparaissaient la résolution et la détermination de Louisoix, qui allait bientôt partir en Éorzéa pour lutter contre la menace du septième fléau au péril de sa vie. Sans doute était-il rassuré et heureux d'avoir ainsi pu passer un dernier moment de bonheur avec sa famille et ses amis avant de partir.

« Quant à moi, je suivrai ma propre voie, pour que nos enfants puissent un jour suivre la leur. »

Cette phrase pouvait paraître obscure lorsque Fourchenault la prononça à cet instant, mais il semble évident aujourd'hui qu'il faisait référence au Grand Exode, le plan mis au point par le Conseil pour évacuer les habitants d'Ætherys vers la lune. Sans doute voulait-il témoigner à son père de la foi inébranlable qu'il avait en ce projet, qui était selon lui le seul moyen d'assurer un avenir aux générations futures. Il était bien connu que Louisoix n'approuvait pas sa démarche ; pourtant le vieil homme se contenta pour toute réponse de hocher silencieusement la tête en souriant, comme s'il comprenait les intentions de son fils au-delà de ses actes…

« Et moi, je continuerai aussi d'avancer sur le chemin que j'ai choisi, en espérant un jour vous être à tous les deux d'un quelconque soutien. »

Le souhait d'Alphinaud était celui, simple et pur, d'un enfant qui allait bientôt entrer à l'académie de magie et voulait se rendre utile auprès de ses aînés. Cependant, Ameliance savait maintenant que le vœu de son fils s'était réalisé : avec sa sœur Alisaie, ils ont suivi les pas de leur grand-père et emprunté la voie tracée par leur père, pour finalement sauver la planète aux côtés de leurs compagnons. Les trois hommes avaient ainsi chacun tenu leur promesse.

ACTE IV

Notes personnelles : Lecture interdite

La plupart du temps, les êtres humains ne comprennent pas la nature de leurs émotions. On dit que coucher sur papier ses expériences vécues est un bon moyen d'introspection. Cet exercice consiste à remettre de l'ordre dans ses pensées et à identifier les sentiments qu'on peine à nommer.

Il est donc temps pour moi, Y'shtola Rhul, de tenter cette expérience et de mettre mon cœur à nu.

Je n'ai appris la mort de Y'rhul Nunh, mon père, que quelque temps après mon retour des confins de l'univers. Glaneur de son état, il était spécialisé dans la collecte de manuscrits anciens, tels que des codex et des parchemins. On m'a rapporté qu'il avait succombé subitement d'une maladie, endémique à la région de Nagxia que son travail l'avait amené à visiter. La nouvelle de sa mort a été un choc pour tous les membres de notre famille, car il était réputé pour sa santé de fer, qui lui avait permis de continuer ses pérégrinations passé la soixantaine.

Mais c'est Nazqha, sa dixième enfant, qui en a le plus souffert, car elle l'accompagnait dans ses voyages en tant que disciple. Alors qu'elle venait à peine d'assister à ses derniers instants, cette jeune Miqo'te s'est retrouvée seule, loin de chez elle, et contrainte par les médecins locaux d'incinérer la dépouille pour éviter que le mal se propage davantage. Nazqha s'est exécutée à contrecœur, les larmes aux yeux. Sur le chemin du retour, elle a choisi de disperser les cendres de notre père dans la mer, espérant ainsi qu'elles soient portées par les courants jusqu'à sa terre natale, où il pourrait reposer en paix.

Une fois rentrée à Sharlayan, elle a brièvement informé Adebh, notre aînée, du décès de Rhul et de son ultime volonté : que ses douze filles se réunissent à cette occasion. Même si nous sommes sœurs, nos modes de vie sont très différents, et il s'agissait là de notre première véritable réunion de famille.

Je m'autorise une petite parenthèse ici afin d'expliquer nos relations, aux antipodes des coutumes de la Tribu du Soleil.

Traditionnellement, chaque village est structuré autour d'un chef auquel on attribue le titre de « Nunh », ce qui l'autorise à procréer. Ce dernier vit entouré de ses épouses et de leur progéniture. Ensemble, ils forment une communauté unie par les liens du sang.

Rhul était un glaneur, ce qui l'a conduit à explorer le monde plutôt qu'à mener un mode de vie sédentaire. Ainsi, chacune de ses compagnes et leurs enfants ont toujours vécu dans des contrées différentes, ce qui explique pourquoi je n'ai jamais été proche de la plupart de mes sœurs et de leurs mères.

Ce sentiment de détachement est encore plus marqué chez moi, étant donné que j'ai quitté le cocon familial à peine âgée de sept ans.

Après m'avoir mise au monde, ma mère a donné naissance à des jumelles. Très fatiguée par l'accouchement et contrainte de se concentrer sur sa santé, elle a sollicité l'aide du Conseil de Sharlayan, qui a proposé à Matoya de me prendre sous son aile. J'ai donc suivi les enseignements de cette dernière jusqu'à mes dix-sept ans au fond d'une grotte sombre et humide de l'Arrière-pays dravanien.

Je me suis ensuite rendue à Sharlayan pour y poursuivre mes recherches, dans l'espoir d'accéder au rang de Preuse, tandis que mes sœurs, les jumelles Mallibo et Mhitra, sont restées dans l'ancienne colonie sur le continent. Ainsi, nous n'avons jamais vécu sous le même toit.

À cause de mon existence chaotique, je n'ai jamais su comment me comporter envers les membres de ma famille. Si j'ai noué des liens étroits avec ma sœur Mhitra, archéologue de métier, c'est grâce à notre passion commune pour la magismologie, plus précisément pour les sorts de l'ancien empire d'Allag. À l'inverse, je n'ai jamais vraiment pris le temps de mieux connaitre Mallibo, plus attirée par l'archéologie en tant que discipline scientifique.

Mais revenons à nos moutons.

Selon les instructions de notre aînée, nous nous sommes toutes rassemblées aux Rostres, où siège le Conseil de Sharlayan. Adebh a affirmé avoir obtenu toutes les autorisations nécessaires en amont... Cela dit, je me demande si elle n'a pas abusé de sa position en tant que membre du Conseil. Quoi qu'il en soit, après s'être assurée que nous étions bien installées aux quatre coins de la salle, sur douze des quatre-vingt-dix-neuf sièges, notre sœur a pris la parole d'une voix forte et éloquente :

« Comme vous le savez toutes, notre père n'est plus de ce monde. À l'article de la mort, il a transmis ses dernières volontés à Nazqha, qui le secondait dans sa tâche. C'est pour honorer son souhait que nous sommes toutes rrréunies aujourd'hui. »

Après cette brève introduction, Adebh s'est effacée pour laisser la place à une jeune femme de petite taille, portant un énorme sac à dos. Nazqha, devenue glaneuse comme notre père, est intervenue à son tour :

« Papa a prrrofité de la moindre de ses missions pour acquérir des ouvrages à titre personnel, et il souhaite confier à chacune d'entre nous une pièce de sa collection... »

Elle a ainsi commencé à sortir les douze livres de son sac, manifestement légués par Rhul à ses filles.

« Pour toi, Adebh, c'est... *Le Serment des Sages*, premièrrre édition. »

Bien que notre aînée, forte de son sang-froid habituel, n'ait écarquillé les yeux à aucun moment, j'étais bien au fait de la rareté de cette publication. *Le Serment des Sages* n'est autre que le recueil dans lequel ont été consignés les principes idéologiques à l'origine de la cité de Sharlayan et de son Conseil, échafaudés par ses membres fondateurs à l'endroit même où nous nous tenions.

La première édition d'un tel document doit avoir une valeur historique inestimable pour Adebh, étant donné ses fonctions. Elle n'aurait certainement pas pu rêver d'un meilleur cadeau.

« Ensuite, pourrr Sumbla, c'est… *Études au fil de l'eau.* »

Je n'avais jamais entendu parler de cet ouvrage, mais Sumbla, notre seconde sœur, a eu la gentillesse de nous expliquer qu'il s'agissait d'un manuel technique de Nym, une ancienne cité maritime qui a existé sur l'île de Vylbrand durant la 5e ère astrale. Il contient des théories sur les mécanismes à mouvement perpétuel utilisant la gravité et l'énergie hydraulique. Pour elle, qui est une ingénieure travaillant sur le site de construction aérospatiale du Labyrinthos, ce livre vaut son pesant d'or.

Ranmaia, la troisième d'entre nous et une navigatrice passionnée qui passe le plus clair de son temps sur l'océan, a reçu le journal de bord du célèbre explorateur Ketenramm. Ce cadeau l'a profondément émue, car elle a justement choisi ce métier en raison de son admiration pour cet homme.

Sa sœur, la cinquième fille de la famille, Talhdi, est une artiste indépendante. Elle a hérité d'un recueil de croquis variés, soigneusement compilé par un marchand d'art à titre personnel. Alors qu'elle le feuilletait avec soin, ses mains se sont mises à trembler d'émotion à la vue d'une œuvre originale de maître Janquetilaque, le peintre itinérant.

En ce qui concerne mes propres sœurs, les jumelles Mallibo et Mhitra, respectivement sixième et septième enfants de notre fratrie, deux livres de l'ancien empire d'Allag leur étaient destinés. De quoi ravir ces archéologues qui ont étudié ensemble la magismologie allagoise à la Trouvaille de Saint-Coinach, car chacun des ouvrages correspondait à leurs spécialités respectives. Ainsi, celui de Mallibo était un compte rendu scientifique, tandis que celui de Mhitra était en rapport avec les sortilèges.

C'était ensuite le tour de la huitième d'entre nous, Raigoh, qui, tout comme sa sœur Talhdi, possède un don artistique. Notre père a laissé à cette compositrice talentueuse une partition écrite de la main du célèbre barde Santhelme en personne. Bien évidemment, nous nous sommes toutes demandé comment il avait pu se procurer un trésor d'une telle rareté.

Même au sein de notre assemblée hétéroclite, Sohnjin, propriétaire de la Solide armure à l'Agora et neuvième fille de Rhul, sortait du lot. Quelle drôle d'idée de venir accomplir les dernières volontés de notre père vêtue d'une armure de plaques intégrale ! Le hasard a voulu que sa mère soit également ma tante, ce qui fait d'elle ma cousine. Et malgré tout, je ne sais quoi penser d'elle… Toujours est-il qu'elle a reçu un manuel de techniques expertes rédigé aux forges d'Ishgard, qui détaille le processus de fabrication jalousement gardé de la « halonite », un alliage réputé pour posséder des caractéristiques remarquables. Espérons que notre père n'a pas eu recours à des pratiques illégales pour obtenir ce document.

Notre dixième sœur, Nazqha, qui a accompagné Rhul dans ses derniers instants, a reçu un ouvrage historique : des transcriptions de contes oraux de la région de Corvos, datant d'avant l'occupation impériale. Cependant, ce n'est pas un simple manuscrit, car son auteur y aurait habilement dissimulé de nombreux diagrammes mystiques ayant le pouvoir d'inviter l'esprit du lecteur dans l'univers de ses récits. De quoi enrichir la bibliothèque de cette amatrice de livres rares et anciens.

Après avoir étudié l'arcanisme sur l'île de Vylbrand, Jhimei, la onzième fille de Rhul, a embrassé une carrière d'aventurière. Nous étions toutes mortes d'inquiétude en apprenant qu'elle avait disparu après une attaque d'Ixali lors de l'un de ses voyages… et autant surprises que soulagées de la voir réapparaître un beau jour comme si de rien n'était. Notre père a légué à cette amatrice de sensations fortes un journal épais à la couverture en cuir : les mémoires du comte Edmont de Fortemps.

J'espère que Rhul ne considérait pas les exploits signés par une personne que nous connaissons bien comme un exemple à suivre pour la carrière d'aventurière de Jhimei, car ce serait placer la barre bien trop haut.

C'était ensuite au tour de Napa, la douzième d'entre nous, qui poursuit encore actuellement ses études à l'académie de magie de Sharlayan. Elle a reçu un livre relié de ficelles à la mode hingashienne, traitant des minéraux ornementaux de cet archipel oriental. Notre cadette est tombée sous le charme de cet art qui consiste à disposer des pierres pour former un monticule sur un socle approprié, avant de l'observer en méditant sur la puissance majestueuse des montagnes… Au point qu'elle délaisse parfois ses cours pour rejoindre d'autres élèves tout aussi emballés par cette activité.

C'est un passe-temps raffiné, mais je doute qu'elle puisse vivre de cette passion après ses études… Son avenir me préoccupe.

Il est enfin temps que je dévoile l'ouvrage que mon père m'a laissé, à moi, sa quatrième fille. Nazqha a tiré de son sac un vieux livre exsudant une aura menaçante. Rien de bien étonnant avec le recul, dans la mesure où il était relié de cuir tanné, arraché à une créature du néant.

« Ton livre, grande sœurrr Shtola, c'est… *La Porte du vide.* »

À l'annonce de ce titre, le regard d'Adebh s'est durci.

Je comprends parfaitement sa réaction. Ce grimoire a été écrit durant la 5e ère astrale, entre les murs de la cité de Mhach, sur les terres de Yafaem. Il explique en détail la manière d'ouvrir une porte sur le néant, et comment invoquer une entité de premier rang. Bien évidemment, son contenu est soigneusement crypté et comporte plusieurs niveaux de protection magique, car la divulgation de ces informations à des personnes mal intentionnées pourrait mettre en péril l'existence même de notre monde. En somme, ce livre mérite amplement son statut de manuscrit interdit.

Je connaissais l'existence de ce grimoire, car il est souvent mentionné dans d'autres ouvrages anciens, mais je ne pensais pas qu'un exemplaire avait survécu à l'épreuve du temps… En voyant Adebh avec les sourcils froncés, j'ai bien compris qu'elle songeait sérieusement à le confisquer pour l'entreposer dans les archives interdites du Noumène. Je me suis donc empressée de récupérer *La Porte du vide* des mains de Nazqha, avant de regagner ma place en serrant le livre contre ma poitrine.

Je me demande pourquoi mon père m'a offert un ouvrage aussi dangereux. À croire qu'il connaissait mon objectif, que je poursuis avec tant de passion depuis toutes ces années… Effectivement, ça ne peut pas être le fruit du hasard. Rhul était clairement au courant des intérêts de ses douze filles et a tout fait pour leur laisser un livre qui les aiderait à réaliser leurs rêves.

J'ai toujours considéré ce père distant comme un égoïste, ne vivant que pour satisfaire ses propres désirs. Mais je comprends maintenant qu'il nous aimait à sa manière, et qu'il croyait en nous. Je n'ai jamais ressenti de profond attachement pour mes parents ou mes sœurs, et ce n'est que maintenant que je réalise que nous formons bel et bien une famille.

Mais pour ma part, que laisserai-je à mes pairs ? La réponse m'est évidente : un moyen de voyager entre les mondes ! Connaissant les centres d'intérêt de mes sœurs, je suis convaincue que cela ouvrirait pour elles de nouvelles perspectives.

Adebh serait préoccupée par l'établissement de relations diplomatiques avec d'autres mondes, tandis que Sumbla s'engagerait sans hésitation dans l'apprentissage de leurs technologies exotiques. Ranmaia serait enthousiasmée à l'idée de naviguer sur leurs océans à la découverte de terres inconnues, tandis que Talhdi et Raigoh pourraient découvrir de nouvelles façons d'exprimer leur sensibilité artistique. Mallibo et Mhitra pourraient sortir de l'oubli d'anciennes civilisations ayant maîtrisé la magismologie, à l'image de l'empire d'Allag, et Sohnjin serait assurément ravie de s'intéresser à leurs armures. Nazqha accompagnerait certainement Jhimei dans ses aventures, à la recherche de manuscrits perdus. Enfin, Napa et ses camarades de classe seraient sans nul doute enthousiastes à l'idée de compléter leur collection avec des minéraux venus d'autres mondes.

Maintenant que j'ai enfin tout couché sur papier, il est grand temps de conclure cet exercice d'introspection.

Je pensais que mon manque de tristesse à l'annonce de la mort de mon père était dû à la relation distante que nous entretenions. Mais je réalise maintenant qu'inconsciemment, j'ai ressenti l'affection qu'il me portait à travers ce lourd grimoire au contenu sinistre.

Ma volonté de relier les mondes est plus forte que jamais. Je suis déterminée à réaliser cet exploit, même si le chemin pour y parvenir est semé d'embûches. Lorsque ce jour viendra, je déclamerai haut et fort dans toutes les dimensions que j'ai eu la chance d'avoir un père qui m'aimait de tout son cœur.

ACTE IV

Le dernier voyage

Le lamento qui avait résonné pendant des millénaires depuis les confins de l'univers s'était tu.

Devant cette conclusion aussi heureuse qu'inattendue à un conflit durant lequel s'était joué le destin de leur planète, les Dieux du panthéon éorzéen avaient décidé de se réunir dans leur domaine, Omphalos. Après de longues discussions passionnées au sujet du futur d'Ætherys, le frère et la sœur qui présidaient l'assemblée clôturèrent le débat sur des paroles à l'attention d'Oschon, le Vagabond.

« Ainsi donc, ce voyage sera ton dernier. Puisse-t-il te mener vers une heureuse destinée », lui souhaita Nymeia, la Fileuse, avant de lui adresser un sourire aussi radieux que les étoiles brillant dans la nuit.

« Pour que notre vœu se réalise, tu dois impérativement l'attirer jusqu'à Omphalos », ajouta Althyk, le Contemplateur, sur un ton plus solennel.

En guise de réponse, Oschon hocha simplement la tête, l'air cependant déterminé. Les autres Dieux, eux, ne se sentaient pas moins concernés par la question. Thaliak, l'Érudit, était soulagé que l'histoire de l'humanité ait été préservée, et ressentait une immense fierté envers celles et ceux qui s'étaient battus pour défendre ce patrimoine ; Azeyma, la Gardienne, était profondément comblée à l'idée que la volonté de Venat ait été respectée ; quant à Halone, la Conquérante, et Menphina, la Bien-aimante, elles se remémoraient les prières d'espoir et de victoire qu'elles avaient adressées aux passagers du Ragnarok, le jour où le vaisseau s'était envolé vers le fin fond de l'espace.

Mais ce qui préoccupait chacun des Douze, c'était la

tournure qu'allait prendre leur existence, et plus précisément comment allait se dérouler son épilogue. Eux désiraient avant tout rendre à l'humanité le culte qu'elle leur avait voué et qui les avait façonnés, sous la forme d'une bénédiction qui apporterait bonheur et prospérité aux habitants d'Ætherys, ainsi qu'à leurs descendants. Le noyau qui avait servi à les créer – un fragment de leur âme alors qu'ils n'étaient encore que des « partisans de Venat » – retournerait alors à la mer des étoiles, et ils pourraient un jour renaître et vivre paisiblement au milieu des humains qu'ils chérissaient tant, cette fois en tant qu'égaux. Seulement, ce souhait ne se réaliserait qu'à une seule condition : ils devaient affronter de toutes leurs forces l'un ou l'une de leurs enfants adorés, et être vaincus à la loyale… La terrible menace de l'apocalypse désormais écartée, le moment était venu pour les Dieux éorzéens de mettre leur plan à exécution.

Byregot, l'Artisan, et Rhalgr, le Destructeur, commencèrent à réfléchir à la forme que prendrait l'arène qui allait accueillir le premier – et dernier – combat des Dieux contre les hommes. Quant à Llymlaen, la Navigatrice, elle se transforma en oiseau marin et s'envola loin d'Omphalos, soudainement mélancolique et prise d'une envie irrépressible de contempler Limsa Lominsa et ses habitants, qui lui avaient toujours voué une adoration inconditionnelle. Finalement, le pilier du projet – celui qui devait conduire le héros de l'humanité jusqu'ici – prit l'identité d'un explorateur nommé Deryk et quitta en silence le domaine divin.

Si Oschon était communément appelé le Vagabond, alors que son devoir originel était de régir les monts et les montagnes, c'est parce qu'il appréciait voyager au milieu des mortels et goûter à leur solitude. Lors de ses nombreuses escapades vers le monde d'en bas – où il passait clairement plus de temps qu'à Omphalos –, il appliquait invariablement une règle d'or : quitter le domaine divin de l'endroit où il y était arrivé, c'est-à-dire retourner au dernier lieu où il avait vagabondé. Dans son esprit, c'était autant pour éviter d'éveiller les soupçons que pour se plier aux mêmes lois que ses homologues voyageurs, et comprendre ainsi l'essence de l'existence humaine.

La session extraordinaire du panthéon éorzéen terminée, il se téléporta ainsi dans un petit coin reculé de la forêt de Sombrelinceul, à l'abri des regards. Lorsque, de derrière un bosquet, il apparut sous les traits de Deryk, il n'y avait guère que quelques monstres et animaux sauvages pour être surpris de son irruption. Il inspira alors une grosse bouffée d'air boisé, avant de se mettre en marche, tel un simple voyageur qui aurait repris sa route à la suite d'une halte.

Après quelques malms à cheminer en cet après-midi radieux, la peau doucement caressée par le vent et les oreilles bercées par le bruissement des feuilles, il aperçut la rivière qui marquait la séparation entre la futaie des Murmures et les sources de l'Aulne. Un peu plus loin se trouvait le Moulin des Bois, son dernier lieu de villégiature avant sa visite à Omphalos. Bien qu'isolé, le modeste hameau était régulièrement visité par les aventuriers de passage dans la forêt, ce qui en faisait un endroit parfait pour séjourner paisiblement sans attirer l'attention. Il n'avait d'ailleurs pas fallu longtemps au discret explorateur pour gagner la sympathie des quelques vigiles sombres qui y montaient la garde, l'un d'eux lui adressant même un sourire amical à travers son masque chaque fois qu'il le croisait sur l'un des ponts du village.

Alors qu'il poursuivait sa route, plissant les yeux sous l'intensité de la lumière du couchant qui transperçait la canopée, Deryk envisageait la suite de son itinéraire. En abandonnant la Sylve par le nord, il lui suffirait de passer par le Coerthas pour rejoindre le Mor Dhona. Là-bas, il n'aurait plus qu'à aborder un des chercheurs de la Fondation de Saint-Coinach afin de lui confier qu'il avait découvert l'entrée du fameux « monde chimérique ».

« Ce sera plus bref que je ne l'imaginais », constata-t-il sur un ton déçu, réalisant à mesure de son avancée que ce voyage serait bien son dernier.

Il était impératif que la suite d'événements qui devait mener à sa rencontre avec l'aventurier paraisse le plus naturel possible, sans quoi celui-ci risquerait de se méfier et de ne pas l'engager comme guide. Plus facile à dire qu'à faire pour Deryk, qui n'apparaissait après tout que comme un vulgaire vagabond, sans aucun fait d'armes ou découverte passée à son actif. La dissolution des Héritiers de la Septième Aube récemment actée, il ne fallait plus compter sur l'organisation pour atteindre l'intéressé. Quant à une approche frontale, c'était de toute évidence le meilleur moyen de faire capoter l'affaire… Puisqu'il était conscient que son identité d'emprunt serait de toute façon bien vite percée à jour par l'intuition acérée de son futur partenaire d'exploration, Deryk souhaitait surtout éviter que leur collaboration parte du mauvais pied.

Alors, comment faire ? Finalement, sur les conseils de Nald'thal, les Marchands, et de Thaliak, il fut décidé que la méthode la plus sûre et directe serait de révéler la découverte à un organisme de recherche sharlayanais, qui diligenterait à son tour une enquête auprès des Élèves de Baldesion, une organisation possédant d'étroits liens avec les Héritiers. C'est dans ce but que Deryk se dirigeait vers le Mor Dhona, non sans déplorer que sa dernière destination ne soit pas un peu plus éloignée.

Quel que soit le chemin qu'il empruntait, il avait invariablement déjà été foulé par quantité de voyageurs avant lui, chacun de ces passages représentant une ligne dans le grand livre de l'histoire humaine… Si Oschon souhaitait comme les autres Dieux éorzéens devenir un acteur de cette dernière en rejoignant la mer des étoiles et le cycle infini de la vie, le vagabond de cœur qu'il était désirait prolonger sa route sous les traits de Deryk pour contempler autant que possible les traces laissées par l'existence des mortels.

Sur ces pensées, il arriva bientôt au Radeau de la Calebasse, aussi connu sous le nom de « village flottant ». Le hameau, qui avait été construit à même le lac dans un souci de préservation de la forêt, était connu pour la qualité de son hébergement et l'accueil bienveillant de ses habitants. Escale prisée des voyageurs ou des marchands désirant reprendre des forces sur la route menant au Coerthas, on pouvait apercevoir ce jour-là sur sa place centrale quelques individus à l'allure d'aventuriers. En s'imprégnant de cette atmosphère paisible mais vivante, si typique de l'endroit, Deryk esquissa un sourire.

Alors qu'il passait à côté de l'éthérite en essayant de se faire aussi discret que possible, un Hyur assis non loin de là l'interpella :

« Brave voyageur, vous apprêteriez-vous à reprendre la route si tard ? La nuit est sur le point de tomber, et je ne saurais trop vous conseiller de passer la nuit au Liège flottant. »

Il s'agissait certainement d'un habitant du village. Comme il le faisait justement remarquer, il commençait à faire sombre, et les lampadaires autour de la place avaient déjà été allumés. Deryk s'inclina vers l'homme en signe de remerciement.

« J'apprécie votre prévenance, mais le temps m'est compté. Je gîterai donc un peu plus loin sur ma route. »

Non seulement il avait en tête d'approcher l'aventurier aussi vite que possible, mais il n'aurait pas supporté d'occuper une chambre au risque d'en priver un mortel qui en avait vraiment besoin. En tant que Dieu du panthéon éorzéen, Oschon se devait de respecter cette règle pour le moins évidente : privilégier le bien-être des humains avant tout.

À ce moment, le regard de l'aimable Hyur se porta vers les pieds de Deryk. Quelque chose avait attiré son attention, mais avant qu'il ait le temps de dire quoi que ce soit, l'explorateur s'inclina de nouveau pour le remercier puis reprit sa route.

Une fois le Radeau de la Calebasse derrière lui, c'est un paysage radicalement différent qui s'offrit à ses yeux. Ce qui était autrefois une luxuriante forêt d'immenses arbres tutoyant les cieux avait été transformé en morne plaine brûlée par le septième fléau, une terre écorchée jonchée de débris du satellite Dalamud, d'où ne dépassaient plus aujourd'hui que quelques restes d'énormes racines, derniers vestiges de sa splendeur passée.

Néanmoins, les chemins étaient toujours entretenus pour que la zone reste praticable et plusieurs sentinelles y patrouillaient pour assurer la sécurité des passants. Il faut dire que les nombreuses fissures qui déchiraient la plaine attiraient une foule de mineurs rêvant de s'enrichir en découvrant quelque filon de métal précieux. Une énième preuve de la formidable résilience des habitants d'Ætherys, en dépit des innombrables épreuves traversées.

Espérant toujours rallier le Coerthas avant la nuit noire, l'explorateur se hâta encore un peu plus.

« Deryk, j'aimerais te parler avant que tu t'éloignes de la forêt de Sombrelinceul. »

Surpris par cette soudaine apostrophe, il se retourna pour découvrir une jeune pousse de plante ambulante, autrement dit l'apparence qu'avait choisie Nophica, la Mère, pour passer inaperçue dans le monde d'en bas. La petite créature touffue, qui flottait doucement dans les airs, porta avec dextérité l'extrémité d'une des lianes qui lui servaient de bras vers ce qui était vraisemblablement son menton.

« Nous n'avons que rarement l'occasion de converser… Qu'y a-t-il, au juste ?
— D'après ta réaction, tu n'as vraiment rien remarqué… Regarde donc à tes pieds. »

Il s'exécuta, et constata avec étonnement qu'un bébé opo-opo se trouvait là, tout tremblotant, les mains fermement agrippées au revers de son vêtement. Leurs regards se croisèrent, et le petit animal gémit timidement en direction de Deryk.

« Oh… Depuis quand es-tu là, mon petit… ?
— Il te suivait déjà comme ton ombre lorsque tu es arrivé au Radeau de la Calebasse. Après avoir été blessé par un monstre, il s'est retrouvé seul et effrayé au beau milieu de la forêt, alors il a décidé de t'emboîter le pas quand tu es passé par là. »

En bonne protectrice de la cité forestière qu'elle était, Nophica avait décidé de passer dans la Sylve le temps qu'il restait jusqu'à l'exécution du plan des Douze. Ainsi, elle n'avait rien manqué du trajet de son homologue… Comme si elle s'exprimait au nom de l'opo-opo, elle poursuivit, un sourire au coin des lèvres.

« Tu es tellement dans la lune… J'ai préféré te prévenir avant que tu n'arrives dans le Coerthas, pour votre bien à tous les deux. Sur ce, je retourne à mes occupations. »

Joignant le geste à la parole, elle se métamorphosa en une petite boule de lumière, avant de disparaître dans l'obscurité de la forêt.

La Déesse partie, Deryk se retrouva seul à nouveau, ou plutôt avec le bébé opo-opo comme unique compagnon. Les deux se fixèrent, non sans une certaine gêne, et le petit animal aux grands yeux ronds sembla comprendre que son camarade d'infortune ne lui ferait aucun mal. Il s'était vraisemblablement retrouvé à l'écart de son groupe, et sans personne pour le protéger, ses jours dans la nature sauvage étaient probablement comptés. Pire, Deryk se disait qu'en l'abandonnant, il trahirait la timide confiance que la frêle créature sans défense avait finalement placée en lui.

Ainsi, il se décida à passer les dernières heures de sa présente existence affublé de son nouvel ami simiesque. Il reprit sa route en se fiant aux quelques lampes qui l'éclairaient, conscient qu'il atteindrait bientôt le poste d'observation des vigiles sombres qui marquait la frontière entre Sombrelinceul et le Coerthas. Derrière lui, le bébé opo-opo s'efforçait tant bien que mal de suivre sa foulée rapide.

Une fois arrivé, l'explorateur s'adressa à une des sentinelles présentes :

« Excusez-moi de vous déranger, j'ai recueilli ce petit animal sur ma route, et il m'a l'air blessé. Puis-je m'éclairer de votre feu pour l'ausculter ? »

Fidèle à la réputation de serviabilité des agents de l'ordre des Deux Vipères, l'Élézen l'invita aussitôt à s'installer où bon lui semblait. Après l'avoir remercié, Deryk s'assit à proximité du feu avant de prendre le jeune singe dans ses bras pour examiner de plus près la blessure mentionnée par Nophica. Immédiatement, il remarqua une plaie près de l'aine. Par instinct, les animaux sauvages s'efforcent de se déplacer le plus normalement du monde même lorsqu'ils sont mal en point afin de cacher toute faiblesse à leurs prédateurs ; mais au vu de sa blessure, le pauvre opo-opo avait dû souffrir le martyre pour arriver jusqu'ici.

Deryk sortit alors de sa besace un onguent qu'il avait jadis reçu de la part d'un marchand ambulant qui s'était inquiété de le voir voyager aussi légèrement équipé. Plutôt heureux d'avoir finalement trouvé une occasion de s'en servir, il en prit un peu sur ses doigts avant de l'appliquer sur la plaie à soigner. Visiblement requinqué et rassuré, le petit singe vint alors s'installer sur les genoux de son bienfaiteur. À ce moment, un des vigiles sombres s'adressa à Deryk :

« On dirait qu'il s'est attaché à vous… Si vous comptez franchir le passage montagneux qui mène au Coerthas avec lui, je vous recommande d'être prudent. Que diriez-vous de passer la nuit ici, en échange de quelques récits de vos voyages ? Si vous préférez, vous pouvez aussi rebrousser chemin jusqu'au Radeau de la Calebasse. »

Hésitant, l'explorateur leva le regard vers le ciel. Le soleil s'était finalement couché à l'horizon, et ses derniers rayons avaient abdiqué devant les ténèbres de la nuit, déjà parsemées de quelques étoiles dont le lointain éclat serait bientôt la seule source de lumière pour éclairer un chemin bien accidenté. Il était donc plus prudent de suivre sagement ce conseil, aussi bien pour offrir un peu de répit à son compagnon convalescent que pour s'accorder un repos bien mérité.

Mais alors, quelles histoires seraient bonnes à raconter aux deux sentinelles qui allaient lui tenir compagnie pendant cette veillée improvisée ? Il aurait pu leur parler du détective excentrique dont il avait eu vent lors d'un séjour dans la cité des sables, ou bien des dernières rumeurs qui couraient dans l'Ala Mhigo libérée… Mais le feu crépitant qu'il avait devant lui fit ressurgir dans son esprit quelques vagues souvenirs de sa rencontre avec une voyageuse qui changea sa vie, dans un très lointain passé. Il la revit assise à ses côtés, le reflet d'une flamme dansant sur ses pupilles, tandis qu'elle racontait combien elle aimait voyager librement dans des terres inconnues, l'altruisme chevillé au corps.

Ce faisant, l'esprit de Deryk vagabondait sur son propre passé, son présent, et le futur qui l'attendait ; ses pensées allaient tantôt à ladite voyageuse qui se sacrifia par amour pour la planète et l'humanité, tantôt à ses compagnons animés par la même volonté, pour enfin dériver vers cet héritier spirituel qu'il allait rencontrer, et qui détenait la clef de sa destinée… Au fond de lui, il espérait que tous lui pardonneraient de faire durer ce dernier voyage plus que de raison.

ACTE IV

Le cœur empli d'espoir

Sur la pénombre du néant se découpait une silhouette longiligne. Elle appartenait à une créature vêtue d'une armure d'argent : Zero, l'hybride, mi-humaine, mi-créature du néant. Elle pénétrait le territoire d'une puissante entité et progressait avec prudence parmi des constructions informes en suspension dans le vide. Au vu de leur arrangement chaotique, elle ne se faisait pas d'illusions quant à la santé mentale du propriétaire de ce domaine. Sans grande surprise, des bêtes assoiffées d'éther, manifestement incapables de s'exprimer de manière rationnelle, se précipitèrent sur l'intruse.

« Dire que j'étais simplement venue discuter… Malheureusement pour vous, je manque gravement de pratique, donc… je ne vais pas faire dans la dentelle. »

Contrairement à l'avertissement, la lame de Zero virevolta avec grâce. Toutes les créatures du néant y succombèrent, et la plus imposante d'entre elles ne fit pas exception. Le silence retombant peu à peu, l'hybride attendit quelques instants avant de baisser sa garde et de rengainer son arme.

« Ça devait être le maître des lieux. »

À ces mots, la petite nixe qui observait le combat voltigea hors de sa cachette pour rejoindre Zero. Ce familier, qui lui avait été confié par une amie d'un autre monde, ne requérait qu'une infime quantité d'éther pour survivre dans l'environnement hostile du néant.

Tout à coup, des volutes d'éther opaque jaillirent des interstices du sol, à l'endroit où se tenait la nixe. Une créature se matérialisa et se jeta sur l'invocation sans défense.

« J'aurais dû m'y attendre ! »

Prise de court, Zero saisit à nouveau la poignée de son épée et s'élança sur son nouvel ennemi… Fort heureusement, un éclair frappa l'abomination avant qu'elle ne commette l'irréparable.

« Ton manque de vigilance me consterne. »

Une main, encore parcourue d'électricité, émergea des ténèbres. Elle appartenait à une entité du néant massive, vêtue d'une cuirasse sombre. Golbez, l'autre compagnon de route de Zero, avança vers elle d'un pas lourd.

« Merci pour ton aide. »

Le chevalier à l'armure noire ne répondit que d'un léger hochement de tête avant de changer de sujet.

« Encore un domaine que nous allons quitter bredouilles. Je n'ai trouvé aucune créature douée de parole. »

Machinalement, Golbez tendit la paume de la main dans la direction de l'éther rémanent des bêtes vaincues et commença à l'absorber. Malgré l'apparence humanoïde que lui donnait son armure, il était lui aussi une créature du néant, dont la survie dépendait de l'éther d'autrui. Manger ou être mangé, telle était la loi cruelle de leur monde.

Soudain, Golbez interrompit son festin, interloqué.

« Tu ne te nourris pas, Zero ?

— Très peu pour moi. Je me contenterai d'absorber un peu de l'éther environnant, ça devrait suffire à me sustenter.

— Es-tu en train de me dire que tu as atteint une telle puissance sans dévorer quiconque ? Tu sais parfaitement que ça va à l'encontre des principes de notre monde. Pourquoi t'imposer une telle contrainte ?

— Sentir mon âme fusionner avec une autre… Il n'y a rien qui me répugne davantage.

— Je vois… Tu en as donc déjà fait l'expérience, pas vrai ? »

Zero tourna le dos à Golbez et se mura dans le silence. Si elle avait encore porté sa vieille tenue, elle aurait probablement rabattu le bord de son chapeau sur ses yeux pour se donner une contenance. Un ange passa, puis la jeune femme se décida enfin à se confier…

La mère de Zero était une manieuse de mémorias, ce qui lui permettait de capturer le pouvoir des Eidolons, de terribles créatures qui dévastaient tout sur leur passage. Exposée à l'influence des Ténèbres durant sa grossesse, elle finit par donner naissance à un être hybride. Le seul souvenir que l'enfant avait de sa mère était une histoire qu'elle lui racontait avant de s'endormir. Celle de Zeromus, un personnage mythique qui aurait rendu la Lumière à un monde plongé dans les Ténèbres. Bien que la jeune fille sût pertinemment qu'il s'agissait d'un conte à dormir debout, il resta gravé dans sa mémoire.

Un jour, Zero apprit avec tristesse et stupéfaction le décès de sa mère au combat. Avec le temps, elle finit par oublier jusqu'à son visage, mais elle ne pouvait oublier l'épopée du héros Zeromus. Au fil des ans, elle prit conscience avec dépit que les fins heureuses n'appartenaient qu'aux œuvres de fiction, car une fois anéantis, les Eidolons qui tourmentaient son monde laissèrent la place à un nouveau conflit. Après leur victoire, les manieurs de mémorias se divisèrent en deux camps. La majorité, corrompue par les Ténèbres des Eidolons, s'opposa aux rares apôtres de la Lumière qui avaient su préserver leur discernement. Si Zero prit les armes, comme l'avait fait sa mère avant elle, ce n'était pas pour la gloire ou la justice. C'était simplement parce que son monde avait désespérément besoin du pouvoir de la Lumière.

Malheureusement, les manieurs de mémorias des Ténèbres étaient redoutables, rusés et surtout très nombreux. Pour les combattre, Zero aurait eu besoin de s'entourer d'alliés partageant ses idéaux, mais elle n'avait pu s'y résoudre, incapable de faire confiance à qui que ce soit. Depuis son plus jeune âge, sa nature hybride l'avait forcée à une existence solitaire. Quiconque apprenait la vérité l'évitait, refusait de lui parler, voire la chassait violemment à coups de pierre. Pour cette raison, la jeune femme rejeta la main qu'un chevalier lui avait tendue durant son périple.

« Si seulement j'avais accepté de le rejoindre… Si seulement j'avais en moi la force nécessaire ! »

Submergée par le nombre des manieurs de mémorias des Ténèbres s'opposant à elle, Zero gisait sur le sol, impuissante. C'est au comble du désespoir qu'elle fut témoin de la fin de son monde sous la forme d'un déluge de Ténèbres. Ainsi, la lumière des cieux s'éteignit et un voile de noirceur les enveloppa. Coup de chance ou coup du sort, alors que les Ténèbres détruisaient tout sur leur passage, Zero évita l'influence néfaste du déluge en tombant inopinément dans une fissure interdimensionnelle. Flottant dans l'interstice une éternité durant, elle en resta prisonnière jusqu'à ce qu'une nouvelle issue se présente enfin, lui permettant de rejoindre son monde.

La jeune femme découvrit avec stupeur un paysage de

désolation. Ce qui avait été autrefois sa patrie n'était plus qu'un amas de ruines flottant dans le néant. La faune avait disparu et la flore avait été irrémédiablement corrompue par cet environnement hostile à la vie humaine.

Affaiblie et n'ayant pas marché depuis des lustres, Zero explora tant bien que mal les environs à la recherche d'autres survivants. Après plusieurs tentatives infructueuses, elle était sur le point d'abandonner, persuadée que tous avaient péri. C'est alors qu'un son familier parvint à ses oreilles incrédules.

« Quelqu'un… n'importe qui… aidez-moi… ! »

Sans aucune hésitation, elle se précipita vers la voix. Zero était désarmée et épuisée, mais elle n'en avait cure. Le simple fait qu'elle n'était plus seule et que cette personne était en difficulté l'avait galvanisée.

« Où êtes-vous ? Répondez-moi, je vous en prie !
— Je suis là… ! »

Au moment où la voix jaillissait dans son dos, un violent coup de griffes fendit l'air. Zero l'évita de justesse, puis se retourna prestement pour faire face à une immonde créature du néant au sourire malsain. Le timbre de sa voix, proche du rire, contrastait effroyablement avec son visage inhumain, dépourvu d'yeux et de nez. Seule une bouche fendait sa face horriblement lisse, révélant une dentition acérée.

« Garder une apparence humaine dans ce monde dévasté… C'est rare. »

Un frisson parcourut l'échine de Zero, qui comprenait enfin

le destin tragique de ses semblables. Jadis rejetée à cause de sa nature hybride, elle était maintenant le seul être à forme humaine encore en vie.

« Où que j'aille, je suis condamnée à la solitude…

— T'es une proie de choix, parfaite pour assouvir ma faim. Je dois manger plus… toujours plus… pour devenir le plus fort… Laisse-moi dévorer ton éther ! »

Avec un hurlement sauvage, la créature se précipita sur Zero, toutes griffes dehors. Une fois de plus, la jeune femme ne les évita que d'un cheveu. Son adversaire était trop imposant pour être affronté à mains nues, et pourtant l'idée de fuite ne lui effleura pas l'esprit.

« Monde dévasté ou pas, je refuse de céder à la fatalité… Je refuse de mourir dans un endroit pareil ! »

Comme pour répondre à sa volonté, les Ténèbres environnantes commencèrent à converger vers Zero. Elles prirent finalement devant ses yeux la forme d'une faux. Bien que surprise par ce phénomène inattendu, la jeune femme se ressaisit et agrippa cette arme providentielle. L'hybride bondit ensuite vers la créature du néant, pivotant sur elle-même afin de lui asséner un coup mortel. Incapable de réagir, l'abomination poussa un cri d'agonie alors que les deux parties de son corps sectionné heurtaient le sol.

Zero, à bout de forces, s'effondra de fatigue dès qu'elle eut touché le sol. Elle avait passé tant d'années à survivre dans l'interstice dimensionnel sans aucun moyen de se sustenter…

« Moi aussi… je dois… me nourrir… »

Guidée par son instinct de créature du néant, Zero assembla l'éther de l'adversaire qu'elle venait de vaincre et le dévora avidement. Lentement, elle sentit ses forces revenir. Mieux encore, son corps était maintenant empli d'une vigueur nouvelle. Mais l'ivresse de cette sensation laissa soudainement place à une violente vague de dégoût qui la submergea. Désorientée et nauséeuse, elle avait l'impression que sa tête était sur le point d'exploser. Tout son corps rejetait cette assimilation qui bouleversait sa conscience.

Au paroxysme de la souffrance, une voix impérieuse résonna dans son esprit.

« Plus… Toujours plus ! Dévore-les tous ! Comme ça, je serai… Nous serons imbattables !

— Encore toi ?! Mais tu es… Qu-qu'est-ce qui m'arrive ?! »

Zero avait reconnu la créature du néant, dont l'éther venait pourtant d'être dispersé. Sa voix retentissait au plus profond d'elle, comme si leurs âmes ne formaient plus qu'une. Ce monde n'avait pas seulement subi une transformation radicale de son environnement. La réincarnation de l'éther des défunts, symbole par excellence du cycle de la vie, n'existait plus. Ainsi, les âmes continuaient de vivre à l'intérieur de ceux qui les avaient dévorées. Zero cherchait frénétiquement un moyen de s'opposer à cette volonté usurpatrice.

« Pourquoi te battre pour préserver ton identité ? Laisse-moi sonder ton âme, j'y trouverai peut-être la réponse… »

Sans ménagement, la créature se mit à fouiller profondément dans sa mémoire, ses doigts crochus faisant remonter à la surface des souvenirs que Zero croyait perdus à jamais. Une petite fille rejetée par tous, forcée à la solitude. Le visage de sa mère, puis…

« C'est quoi ça ? Une statue de pierre ? Elle représente qui ? Et d'abord, qu'est-ce que ça fait dans ta tête ? »

Zero luttait de toutes ses forces, mais la fusion avec l'entité du néant était presque terminée. Ne pouvant s'arrêter de penser, la jeune femme se confia à contrecœur.

« Un héros des temps anciens… Zeromus. Comme lui, je rêvais de sauver le monde… »

Le parasite éclata de rire. L'image de son visage lisse, arborant un rictus méprisant, s'imposa dans l'esprit de Zero.

« Voilà qui est attendrissant ! Je vais te le dire, moi, ce qui est vraiment arrivé à ton prétendu héros ! »

Ainsi, la créature lui révéla le véritable destin de Zeromus. Après avoir sauvé le monde, l'homme avait atteint une puissance sans égale ; à tel point que ce peuple, qu'il avait pourtant secouru, le traita comme un monstre et le poussa à s'exiler de nouveau, sans espoir de retour. Zero n'aurait su dire si sa mère ignorait cette conclusion de l'histoire ou si elle l'avait délibérément cachée à sa jeune enfant hybride.

Cependant, malgré cette cruelle révélation, sa détermination demeura inflexible.

« Fort bien… Si c'est le prix à payer pour s'approprier le pouvoir de la Lumière et sauver le monde, je serai ce monstre solitaire ! »

Sa résolution sans faille permit à son esprit de se libérer de l'emprise de la créature. La voix de cette dernière et le tumulte qu'elle causait se dissipèrent et ne l'importunèrent plus jamais. Zero avait réussi à regagner le contrôle absolu de sa conscience. Toutefois, cette atteinte à son intégrité mentale lui laissa un goût amer.

« Mais qu'est-ce que je raconte ? Y a-t-il seulement encore quelque chose à sauver dans ce monde ravagé ? »

Le cœur lourd, Zero continua d'errer sans but. Jamais plus la jeune femme ne commit l'erreur de se nourrir de l'éther des créatures du néant qui l'attaquaient. Elle découvrit que, dans ce monde privé du cycle de la vie, mourir de faim n'était qu'une gêne passagère avant de ressusciter naturellement.

Après plusieurs milliers d'années d'une existence monotone, ces souvenirs s'étaient eux aussi retrouvés enfouis au plus profond de sa mémoire… jusqu'à aujourd'hui.

« Cet épisode… Je l'avais totalement oublié. Mais grâce à toi, je m'en souviens enfin. »

Après que Zero eut terminé son récit, Golbez intervint d'un ton neutre.

« Les créatures dominantes, auxquelles j'appartiens, sont nourries par une ambition insatiable qui nous permet de conserver notre personnalité propre. Ton ennemi a sans doute senti ton trouble intérieur et l'a habilement exploité. »

La jeune femme considéra brièvement les mots de son compagnon, puis secoua la tête en signe de déni.

« Je me mentais simplement à moi-même. Dans mon isolement et mon impuissance, je ne voulais pas admettre mon admiration pour ce héros… »

Zero fit une brève pause et leva les yeux vers le ciel du néant. Elle reprit, son regard toujours perdu au loin.

« Pendant très longtemps, je m'étais posé des questions sur cette statue de pierre qui trônait au centre de mon domaine. À présent, je me souviens enfin de son identité : Zeromus, le sauveur d'un monde qui le considérait comme un monstre. À tâtons dans les Ténèbres de mon cœur, je m'accrochais à l'espoir que son histoire m'avait insufflé. »

Réagissant à cette tirade empreinte d'émotion, Golbez tourna les talons.

« Dans ces circonstances, je vais également cesser de me nourrir de l'éther d'autres créatures. Ne te méprends pas, je n'ai pas la prétention de sauver le monde… mais j'espère tout du moins le préserver. »

Zero écarquilla légèrement les yeux sous le coup de la surprise. Elle esquissa un sourire timide, mais se retint de répondre.

« Reprenons notre route. Nous finirons bien par trouver d'autres individus qui partagent nos idéaux. »

Nourrissant toujours l'espoir de restituer un jour à ce monde son état originel, l'étrange duo accompagné d'un familier continua ainsi son voyage.

ACTE IV

Souvenirs de fête

Wuk Lamat, nouvellement intronisée Aurarque de la Force du Tuliyollal, contemplait silencieusement les rues animées de la ville qui s'étendaient sous ses yeux. Des individus de tous horizons se côtoyaient et formaient une foule bigarrée au milieu des allées éclairées par la lueur du crépuscule.

Récemment, de nouveaux visages avaient rejoint cette population cosmopolite : les habitants du dôme de la Yyasulani, de retour dans leur pays natal. Entraînés malgré eux dans la fusion de deux mondes puis isolés du reste du continent, ils avaient vécu près de trente ans sous la férule de Néo-Alexandrie et avaient été contraints de s'adapter à une culture entièrement différente de la leur. Hélas, s'il leur était enfin possible de rentrer au bercail, cela n'effaçait pas la dure réalité : celle de ne plus être en phase ni avec leur époque, ni avec le mode de vie de leurs semblables. Pouvaient-ils seulement être acceptés par ces derniers et retrouver le chemin de la cohabitation ?

De nombreuses mesures avaient été mises en place pour aider à leur réinsertion, et l'une d'entre elles était l'organisation d'une nouvelle fête de la chasse au Tuliyollal. Cet événement joyeux, que n'aurait pas dénigré l'ancien aurarque Gulool Ja Ja, grand amateur de festivités, devait ainsi favoriser les échanges au sein de la population.

« Ma première fête de la chasse remonte à quand j'avais seize ans… Non, même avant ça, je m'étais éclipsée pour assister à l'une d'elles, sans rien dire à mon paternel. »

Wuk Lamat ferma doucement les yeux, le cœur envahi par la nostalgie.

Quatorze ans plus tôt

Des dizaines de féroces guerriers au regard perçant s'étaient rassemblés devant le palais royal à La Juchée. C'est alors que Gulool Ja Ja fit son apparition à la loggia, dans ce climat de tension et d'excitation presque palpables. Les mots qu'il prononça reflétaient la hardiesse qui caractérisait sa tête de la Force.

« Merci à tous d'être venus ! Tout d'abord, nous tenons à vous rappeler que la fête de la chasse n'est pas une occasion pour vous de faire étalage de votre force, ja ! Il s'agit avant tout de remercier la nature de ses bienfaits et de montrer que chaque vie est liée à une autre ; que tous les êtres vivants font partie d'un même cycle ! »

Ses paroles enflammèrent le cœur de la foule. Puis la tête de la Raison poursuivit d'une voix teintée de sagesse et exposa les règles du festival : il était demandé aux participants de traquer les bêtes relâchées depuis l'Arc de Gulool Ja Ja dans les rues de la cité. Celui ou celle qui parviendrait à abattre le plus gros gibier dans le temps imparti se verrait auréolé de la gloire du vainqueur et obtiendrait en récompense l'objet de son choix.

C'est ainsi que Hunmu Rruk, chef des Xbr'aal et champion de la précédente édition, avait opté pour un grand arc entreposé dans la chambre forte du palais et l'avait emporté dans son village, faisant de lui un héros auprès de son clan. Voilà le genre d'honneur auquel pouvait prétendre tout participant à cette compétition prestigieuse.

L'Aurarque annonça finalement l'ouverture de la chasse, et le son du Tambour matineux retentit à travers la ville. En réponse, les participants lancèrent un cri à l'unisson, puis se dispersèrent d'un même mouvement dans les rues de la cité. Contemplant ce spectacle semblable au passage d'un ouragan, la tête de la Force laissa s'échapper quelques mots à voix basse.

« La plupart des candidats sont issus de clans vivant de la chasse. Notre fils parviendra-t-il seulement à se distinguer dans la compétition au milieu de tous ces trappeurs aguerris, ja ? »

La tête de la Raison répliqua d'un ton las.

« Il est inutile de t'inquiéter pour Zoraal Ja. C'est un guerrier accompli, même du haut de ses treize ans. N'est-ce pas justement pour cette raison que tu lui as permis de participer à la fête, ja ? »

Si les deux têtes de Gulool Ja Ja partageaient un même corps, chacune disposait d'une personnalité propre ; une caractéristique commune à tous les Mamool Ja bicéphales. Ainsi, ayant une confiance absolue en son alter ego, la tête de la Force acquiesça en signe de soulagement. C'est alors qu'une sentinelle de la Légion de l'Aurore déboula devant le souverain, le visage blême.

« V-votre Majesté ! La princesse Wuk Lamat s'est enfuie de sa chambre alors que nous avions bien fermé celle-ci à clef sur vos ordres ! Elle n'a laissé aucun indice quant à sa destination ! »

La tête de la Raison poussa un soupir, dépitée par le rapport du soldat, mais la réaction de celle de la Force fut tout autre. Elle explosa d'un rire tonitruant.

« Hahahaha ! C'est qu'elle ne pouvait pas tenir en place et

voulait absolument assister à la fête ! Elle ira loin, cette petite ! On le sait, c'est notre fille, ja ! »

En effet, ladite princesse se trouvait en ce moment dans un coin de la Baie commerçante, un lieu à ciel ouvert qui regroupait de nombreuses échoppes. Elle se dissimulait dans l'ombre des caisses de victuailles empilées, se faisant aussi minuscule que le permettait son corps d'enfant, et tendait l'oreille pour écouter ce qu'il se passait autour d'elle. On lui avait interdit de participer à la fête de la chasse, mais elle avait tenu coûte que coûte à ressentir d'elle-même l'atmosphère au sein de la capitale. Incapable de contenir son excitation à l'idée de voir bientôt de véritables combats se dérouler sous ses yeux, elle sentait son cœur s'accélérer au point de dépasser le rythme du Tambour qu'elle entendait au loin.

« Hé, gamine ! C'est dangereux de rester ici ! »

Surprise par cette voix dans son dos, Wuk Lamat avait bondi malgré elle, si bien qu'elle se retrouva hors de sa cachette. Lorsqu'elle se retourna, une personne vêtue d'un long manteau se tenait devant elle. Il s'agissait d'une jeune fille aux yeux en amande, dont les iris dorés brillaient telles des étoiles. Sa chevelure noire ondulait comme la mer nocturne, et deux longues oreilles se dressaient sur sa tête…

C'était la première fois que la princesse voyait une Shetona.

« Toi aussi, t'es une gamine, j'te signale ! Si t'as la trouille, t'as qu'à aller te réfugier au palais ! »

Wuk Lamat avait répliqué d'un ton légèrement agacé, mais son interlocutrice ne changea pas d'expression pour autant.

« Ça, il n'en est pas question. J'ai fait tout le trajet depuis la Yyasulani pour assister à la fête de la chasse, alors je ne compte pas en manquer une miette. Si je me contente de l'observer de loin depuis le palais royal, je ne pourrai pas en profiter au maximum. »

Comprenant que la jeune Shetona était elle aussi venue ici à l'insu de ses parents, Wuk Lamat laissa s'échapper un sourire.

« T'es comme moi, alors ! On peut regarder la chasse ensemble, si tu… »

Surprise par cette heureuse coïncidence, Wuk Lamat s'apprêtait à inviter cette nouvelle amie, mais elle ne put finir sa phrase. En effet, elle venait d'apercevoir un volatile qui s'avançait dans leur direction ; probablement une des bêtes relâchées pour servir de proie aux chasseurs.

« Hé ! C'est quoi ce piaf ?! »

Elle cria en pointant du doigt l'animal. La Shetona se retourna et répondit en tentant de rester calme autant qu'elle le put.

« Un toucanlibri… En général, ils ne se nourrissent que de nectar de fleurs et sont inoffensifs, mais mieux vaut rester sur nos gardes. Car si on les excite, ils peuvent se servir de leur énorme bec pour matraquer tout ce qui passe à leur portée. »

Wuk Lamat n'avait pas compris un traître mot des explications données par l'inconnue, mais le simple fait de se retrouver face à une véritable bête sauvage fit battre son cœur à tout rompre.

D'autant que l'oiseau, qui poussait de grands cris stridents, n'était clairement pas dans son état normal. La princesse empoigna alors sa hache reposant sur les caisses à côté d'elle et déclara d'une voix forte :

« T'inquiète pas, ma grande, je vais te protéger ! »

Ces paroles prononcées, elle s'élança en direction du toucan-libri. Il va sans dire qu'elle n'avait absolument pas réfléchi à un plan d'attaque… Elle se contenta de foncer tête baissée, puis, levant son arme, frappa de toutes ses forces.

Une étincelle se forma à l'impact de son coup – elle venait de rater sa cible, et sa hache avait percuté le pavement. Par chance, le son puissant et la vive lueur émis par le choc suffirent à effrayer le volatile, qui s'envola sans demander son reste.

À peine eut-elle poussé un soupir de soulagement que toute son adrénaline descendit d'un coup, si bien que Wuk Lamat tomba à genoux, les jambes encore tremblotantes. C'était son premier véritable combat, et la peur venait de se rappeler soudainement à elle.

La jeune Shetona s'approcha alors de la princesse tétanisée et lui tendit la main.

« T'es plutôt fortiche, pour une petite fille. Enfin, on n'a pas trop le temps de se reposer. Mieux vaut aller nous réfugier au palais tant qu'on peut. »

Wuk Lamat prit sa main et se releva, puis les deux enfants se mirent à marcher en silence. Elles remontèrent ainsi la côte, toujours sur leurs gardes. Au bout de plusieurs minutes, elles aperçurent enfin l'escalier menant au palais et laissèrent chacune échapper un soupir, soulagées de la tension qui pesait jusqu'alors sur elles.

Mais ce répit ne fut que de courte durée car des bruits de pas lourds et puissants retentirent dans leur dos. Elles se retournèrent aussitôt.

« Une crinière semblable à celle d'un cheval et des défenses longues comme des lances… Pas de doute, c'est un zaghnal. Ils ont osé relâcher un tel monstre en pleine ville ?! »

La voix de la Shetona trahissait son effroi. Mais même sans cela, n'importe qui aurait deviné du premier coup d'œil la dangerosité d'un tel monstre ; c'est donc par réflexe que Wuk Lamat dégaina sa hache.

« Oublie ça ! On n'est plus au même niveau que le toucanlibri de tout à l'heure, là ! Même un groupe de chasseurs chevronnés aurait du mal à abattre une telle brute ! C'est risqué, mais on n'a pas le choix, faut qu'on se tire d'ici ! »

Malgré cet avertissement, la vaillante princesse ne bougea pas. Se tenant toujours entre la bête et la jeune fille, elle lâcha à cette dernière :

« Je sais ! C'est pour ça que je vais faire diversion. Toi, tu vas te mettre à l'abri ! »

Protéger une inconnue au péril de sa vie était le choix le plus naturel pour Wuk Lamat, aussi peu raisonnable soit-il. Malgré tout, la Shetona ne put se résoudre à laisser derrière elle cette fillette bien trop petite. Elle avait pourtant les jambes paralysées par la peur et savait pertinemment que le plus important était de fuir en cas de danger, comme le lui avait enseigné sa mère et mentor. Mais elle ne pouvait pas non plus se résoudre à abandonner quelqu'un qui était prêt à tout pour la protéger, là encore un principe que lui avait inculqué sa génitrice.

Le monstre, lui, n'avait cure de leurs considérations personnelles. Frappant ses sabots contre les pavés, il semblait prêt à bondir sur elles à tout instant. Quand soudain… Un caillou fendit les airs et se logea entre les yeux de la bête.

« Maintenant, Lamaty'i ! Courrrs ! »

Surpris par cette attaque inattendue, le zaghnal leva la tête. Loin devant lui, en haut des escaliers, se tenait un garçon hhetsarro armé d'un lance-pierre en cuir.

« Koana ! »

Wuk Lamat prit la main de la Shetona et se mit à courir vers l'escalier du plus vite qu'elle le put. Pendant ce temps, son frère lança un deuxième, puis un troisième projectile sur l'animal, chacun de ses coups faisant mouche. Toutefois, il n'était encore qu'un petit garçon dont les tirs ne pouvaient pas faire bien mal. Après un temps de confusion, le zaghnal reprit ses esprits et poussa un hurlement féroce, puis il se mit à charger.

« Oh non ! Il va nous rattraper ! »

Lorsqu'elle entendit le cri paniqué de la Shetona, Wuk Lamat se résolut une nouvelle fois : quitte à se mettre en danger, il fallait au moins que la pauvre inconnue puisse s'enfuir. La courageuse princesse s'arrêta à quelques pas de l'escalier, puis changea de direction et reprit sa course de plus belle afin de s'en éloigner.

Appâté par ses mouvements, le zaghnal se lança à sa poursuite. La voix réprobatrice de la jeune fille lui parvenait aux oreilles, mais Wuk Lamat l'ignora et fonça sans se retourner. Elle devait à tout prix attirer la créature le plus loin possible de la Shetona. C'est du moins ce qu'elle espérait, mais ses jambes la trahirent et elle trébucha.

Voyant le monstre fondre sur elle, Wuk Lamat se prépara à mourir… Pourtant, rien ne se passa. Elle releva alors craintivement la tête et aperçut la bête effondrée au sol, inerte tel un amas de chair, ainsi que le dos d'un Mamool Ja aux écailles bleues, un sabre à la main.

Il n'existait qu'un seul individu doté à la fois de la couleur azur des Boonewa et de la constitution physique des Hoobigo : le premier dauphin du Tuliyollal, Zoraal Ja. Son apparence prouvait qu'il avait hérité du sang de Gulool Ja Ja et en était le fils légitime, un statut auquel n'auraient jamais pu prétendre Wuk Lamat et Koana. Leur grand frère, le plus jeune participant de toute l'histoire de la fête de la chasse, venait de terrasser le zaghnal d'un coup net à la gorge, sauvant par la même occasion sa famille et la mystérieuse inconnue.

« Vous étiez donc là, vous deux… On rentre. »

C'est ainsi que se termina la brève escapade de Wuk Lamat. Quant aux festivités, elles se conclurent sur la victoire écrasante de Zoraal Ja. En récompense de ses hauts faits, ce dernier reçut un second sabre, qui symbolisait sa volonté d'acquérir les techniques de rôdeur vipère de son géniteur.

Impressionnés par les exploits de ce prince âgé de treize ans à peine, les Tuliyollois lui témoignèrent leur admiration, convaincus que l'« enfant prodige » succéderait à son illustre père un jour. Toutefois, le peuple ne fut pas le seul à louer les prouesses du jeune guerrier. Son frère et sa sœur célébrèrent sa victoire du plus profond de leur cœur, l'image du vaillant héros venu les sauver gravée à tout jamais dans leur mémoire.

« Ohé, tu m'écoutes ? »

Réagissant à l'appel de cette voix, Wuk Lamat s'extirpa de sa rêverie et ouvrit les yeux. Celui qui venait de parler n'était autre que son ami d'enfance, Erenville.

« Rappelle-moi qui m'a demandé de sélectionner les monstres qui seront relâchés durant la fête de la chasse ? »

Malgré ses reproches, il avait le visage impassible, comme à son habitude.

« Ouais, désolée, j'étais en train de repenser à la première fois où j'ai assisté à l'événement. Tu sais, celle où Zoraal Ja a remporté la victoire…
— Oui, je m'en souviens… »

Erenville avait lui aussi gardé en mémoire un souvenir de cette époque. Il ferma légèrement les yeux comme pour se remémorer ce qu'il s'était passé quatorze ans plus tôt : tout comme Wuk Lamat avait désobéi à son père, le jeune homme avait rompu la promesse faite à sa mère pour partir vivre sa propre aventure…

« Dire qu'à l'époque, je croyais que t'étais une fille super jolie !
— Ce qui n'était pas entièrement faux, en vérité. »

On raconte en effet que le sexe des Shetona se définit non pas à la naissance, mais au cours d'une période située entre leur treizième et leur quinzième année. S'il ne s'agit pas d'un secret à proprement parler, peu de personnes issues des autres ethnies connaissent cette particularité, et ce pour une simple raison : les Shetona étant peu nombreux et jouissant d'une grande longévité, il est assez rare d'en croiser dans leur prime jeunesse.

« Et contre toute attente, t'es devenu ensuite mon meilleur ami d'enfance ! »

Wuk Lamat s'exprimait avec sa franchise et sa bonhomie habituelle, un sourire aux lèvres ; un sourire auquel Erenville répondit par un rictus blasé, quoique empreint d'une certaine affection.

Il poursuivit sur sa sempiternelle rengaine.

« Je te l'ai déjà dit, on est juste des connaissances. Allez, viens… On doit faire de cette fête une réussite. »

Son amie réagit avec enthousiasme et laissa de côté sa nostalgie. Le chemin qu'ils empruntèrent était celui qu'ils avaient traversé autrefois en fuyant main dans la main, et ils allaient maintenant le parcourir côte à côte.

ACTE IV

Le cadeau de grand-père

Confortablement installée dans une chaise longue à l'écart du tumulte de la cité, Krile se trouvait à L'Éminence, la grande esplanade de Tuliyollal située à flanc de colline. Le souvenir d'avoir croisé sur le chemin des passants typiquement vêtus à la mode de Solution Neuf lui revint, et elle esquissa un sourire.

Quelques jours seulement s'étaient écoulés depuis que le règne de Zoraal Ja et de Sphene avait pris fin. Il restait une montagne de problèmes à résoudre quant aux relations entre les deux nations, dont l'accueil des expatriés du dôme désireux de retourner sur leur terre natale. Afin de permettre la réinsertion des futurs habitants dans leur nouvelle vie, les aurarques Wuk Lamat et Koana travaillaient à la mise en place de divers dispositifs visant à faciliter les échanges au sein de la population. Krile avait d'ailleurs aperçu la jeune souveraine se diriger vers le palais un peu plus tôt, clamant avec enthousiasme qu'une grande fête de la chasse allait être organisée.

Krile s'était rendue au Tural pour suivre les traces de son grand-père Galuf, le fondateur des Élèves de Baldesion, qui l'avait élevée depuis sa plus tendre enfance. Mais jamais elle n'aurait imaginé que ce périple la mènerait à visiter un nouveau reflet…

Son aïeul avait accepté la lourde tâche d'élucider les mystères de la cité d'or ; c'est finalement sa petite-fille qui avait repris sa mission. Celle-ci étant désormais accomplie, Krile songeait maintenant à la façon dont elle résumerait les événements dans son rapport d'enquête… Souhaitant faire une pause après une séance de réflexion intense, elle s'autorisa un moment de détente.

C'est à cet instant qu'une petite ombre fit son apparition dans son champ de vision. Un oiseau doté d'un plumage rouge et vert chatoyant s'était perché sur le parapet.

« Salut, toi ! Tu viens pour reposer tes ailes ? »

À l'instant où elle prononça ces mots, le souvenir d'un autre volatile qu'elle avait vu avec son grand-père durant son enfance lui revint en mémoire.

C'est ce jour-là que Galuf lui avait offert sa capuche fétiche…

« Un monstre végétal, dont le souffle toxique provoque des effets nocifs sur la plupart des créatures de ce monde…

— Je sais ! Le morbol ! »

La voix aiguë d'une jeune fille avait interrompu celle, grave et calme, du vieil homme qui se tenait devant elle. Celui-ci avait plissé les yeux face à cette réponse rapide et pleine d'assurance. Avec une pointe de malice, il poursuivit son interrogatoire.

« Et quel produit alchimique obtient-on lorsqu'on mélange un sarment de morbol avec une racine de mandragore et du mercure ? »

Décontenancée par cette question trop précise pour elle, la fillette fronça les sourcils et manifesta son mécontentement.

« C'est pas juste, Grand-père ! On avait dit qu'on se limitait aux devinettes sur les êtres vivants !

— C'est vrai, mais il faut profiter de ce que tu viens d'apprendre. Il est important de voir les choses dans leur ensemble et de ne pas se concentrer sur un seul aspect », dit-il en souriant. Gonflant ses joues d'un air boudeur, Krile lui tourna le dos.

Un nouveau paysage s'offrait alors à elle : l'immense statue de Thaliak l'Érudit, le protecteur de Sharlayan, au pied de laquelle s'étendait le port de la Cité du savoir, dont la forme ronde des quais évoquait celle d'une conque. Leur petite embarcation était sur le point d'accoster sur l'une des jetées du port, et pour la jeune Lalafelle, cela signifiait la fin des réjouissances. Elle poussa un léger soupir.

Avec ses compagnons, Galuf avait fait l'acquisition de l'île de Val pour y bâtir le quartier général des Élèves de Baldesion, dont la mission était d'étudier les nombreux phénomènes inexpliqués à travers le monde. À cette occasion, il avait emmené sur l'île sa petite-fille, alors âgée de douze ans, et qui vivait jusqu'ici dans l'orphelinat dont il avait la charge.

Mais le vieil homme était un travailleur acharné, et s'ils logeaient dorénavant sous le même toit, Krile ne voyait son grand-père qu'à l'heure des repas et du coucher, où il faisait part à sa protégée de ses impressions sur ses lectures du jour. Pourtant, la jeune fille gardait un souvenir heureux de ces jours paisibles. Cela en raison de son étrange pouvoir…

Dotée d'une sensibilité particulière, Krile pouvait en effet lire dans le cœur de ses semblables. Plus précisément, elle percevait malgré elle les véritables intentions des personnes à proximité. Il lui arrivait même de fondre en larmes lorsqu'elle décelait l'indifférence, l'intolérance, voire la haine dissimulée derrière certaines paroles. Ses réactions excessives avaient également troublé Galuf, mais celui-ci avait fini par comprendre au terme de son enquête qu'il s'agissait d'une aptitude innée.

En effet, l'une des manifestations du pouvoir de l'Écho permettait à son détenteur de transcender la barrière de l'esprit et de mettre à nu les pensées d'autrui. Galuf avait eu beau expliquer à sa petite-fille la nature de son don, cette dernière étant incapable de le contrôler, elle avait instinctivement pris l'habitude d'éviter tout contact avec le monde extérieur. L'île de Val était donc le seul endroit où elle se sentait en sécurité, puisque le lieu n'accueillait que des personnes qu'elle connaissait et en qui elle avait confiance.

Cependant, tout bourreau de travail qu'il fût, le savant ne pouvait pas rester cloîtré dans son laboratoire. Il devait effectuer des voyages réguliers jusqu'à Vieille Sharlayan pour s'approvisionner en matériel ou faire part de ses derniers résultats de recherche à ses pairs.

C'était justement la raison pour laquelle ils se rendaient en ville cette fois-ci. Krile avait accompagné son grand-père car le trajet en barque lui donnait l'occasion de discuter plus longuement avec lui ; sans compter qu'elle n'avait pas mis les pieds à la Cité du savoir depuis plusieurs mois.

La jeune fille s'était séparée de son aïeul à l'arrivée au port, ce dernier devant retrouver ses collègues académiciens, puis elle avait commencé à vagabonder sur les quais afin de tuer le temps. Elle n'était de toute façon pas venue pour le gêner dans son travail ; à dire vrai, elle caressait même l'espoir de pouvoir observer un alque, cet oiseau qu'elle avait découvert dans un ouvrage de zoologie quelques jours plus tôt.

Hélas, son souhait tourna subitement court : elle venait de tomber sur d'autres enfants de son âge qui semblaient jouer à chat. Krile reconnut même certains visages qu'elle avait vus à l'époque où elle avait brièvement fréquenté l'école primaire affiliée à l'académie de magie. Elle tourna aussitôt les talons, mais la voix d'une fille au sein du groupe lui parvint aux oreilles.

« Aaah ! Qu'est-ce que tu fais là, toi ?! »

Il aurait sans doute été plus judicieux qu'elle quitte les lieux tout de suite ; pourtant, en entendant ce cri, Krile s'était arrêtée net sans le vouloir. L'instant d'après, elle sentit des pensées noires et effilées comme des aiguilles lui transpercer la poitrine. Dégoût, animosité, rejet… Tels étaient leurs noms.

Les larmes commencèrent à poindre au coin des yeux de la pauvre fillette, mais elle les retint en se mordant les lèvres avec force et entreprit de s'enfuir en direction de l'académie. « Je dois partir d'ici au plus vite et retrouver grand-père… Après, ça ira mieux », se dit-elle.

C'est alors qu'une silhouette apparut soudainement devant elle… Un Lalafell de son âge, aux longs cheveux ondoyants, se tenait les bras croisés, comme s'il cherchait à lui barrer la route. Krile se figea, persuadée qu'il s'agissait d'un de leurs camarades. Le garçon s'avança vers elle d'un pas décidé, mais à sa grande surprise, il la dépassa sans lui prêter attention et s'adressa d'une voix irritée aux autres enfants.

« Dites donc, vous n'avez pas honte ?! »

Tous furent pris de court par cette fureur soudaine, y compris celle qui n'en était visiblement pas la cible.

« Vous vous mettez à plusieurs pour faire pleurer une demoiselle… Et vous prétendez être des Sharlayanais ? Ceux qui développent le savoir indispensable au progrès de l'humanité ?! »

Ces mots, bien compliqués pour un enfant de son âge, avaient été prononcés avec aplomb ; Krile remarqua toutefois que les oreilles du garçon rougissaient. L'instant d'après, elle ressentait en elle les émotions de celui-ci : sa peur de se confronter à un groupe, qu'il tentait de réprimer… mais également une colère intense, dont l'unique raison était de protéger la petite Lalafelle, sans la moindre arrière-pensée.

Krile était étonnée qu'un parfait inconnu prenne sa défense, et elle n'était pas la seule. Les autres enfants, tout aussi déconcertés, ripostèrent d'un ton furieux.

« Fiche-nous la paix, Ejika ! Tu sais pas que cette fille est super bizarre, ou quoi ?! »

Ils lui lançaient des regards noirs et serraient les poings. Face à leur attitude vindicative, le dénommé Ejika eut un mouvement de recul et répliqua par l'insulte.

« I-il n'y a que les barbares qui ont recours à la violence ! »

Réfléchissant désespérément à un moyen d'apaiser les tensions, Krile s'apprêtait à prendre la parole, quand soudain… une autre voix retentit derrière elle.

« Les émotions exacerbées émoussent les pensées… et le savoir si durement acquis en devient gâché. »

Ce timbre grave et calme, Krile le reconnut entre mille : c'était celui de la seule personne avec qui elle se sentait sereine. Son grand-père avait accouru pour la retrouver, ayant visiblement réglé ses affaires.

L'irruption soudaine d'un adulte avait médusé l'assemblée, Ejika inclus. Les observant d'un air peiné, Galuf s'adressa à eux.

« Nous naissons tous avec la peur de ce qui nous est inconnu. Mais c'est en étudiant cet inconnu que les Sharlayanais ont pu acquérir tant de connaissances… »

À ces mots, les enfants baissèrent la tête, coupables.

« Il est vrai que Krile dispose d'un don qui la rend différente des autres. Mais c'est aussi ce qui fait sa singularité. Je vous en prie, ne rejetez pas ma petite-fille à cause d'une part d'elle-même qui vous échappe et vous effraie. »

Il avait parlé d'une voix douce mais néanmoins ferme, si bien que les garnements murmurèrent quelques excuses puis partirent sans demander leur reste. L'ancien porta alors son regard sur Ejika. Celui-ci, encore hébété par la tournure des événements, s'affola subitement et se mura dans le silence.

« Toi aussi, tu dois comprendre que ton sens de la justice peut devenir une arme contre les autres. Et ceux qui se sentent blessés lèvent naturellement leur bouclier pour se protéger ou ripostent épée à la main », dit-il avant d'esquisser un sourire. « Je suis néanmoins très heureux que tu aies agi pour défendre ma petite-fille. Du fond du cœur, merci. »

Ejika, toujours l'air grave, hocha la tête. Krile se tourna également vers lui pour lui exprimer sa gratitude, mais le garçon prit la parole en premier, comme pour l'en empêcher.

« Tu ne me connais sans doute pas… mais moi, je te connais. Je sais que tu possèdes une sorte de pouvoir. »

Même pour s'adresser à la jeune fille, il gardait une expression sévère. Il poursuivit.

« Moi, je m'en fiche que tu sois pas comme nous. En revanche, je t'ai déjà vue te promener avec ton grand-père et répondre à ses devinettes… Et plus d'une fois, j'aurais voulu être à ta place. Parce que moi aussi j'ai beaucoup étudié, et je suis sûr que je peux faire mieux que toi ! »

Krile écarquilla les yeux, surprise par ses propos. Le regard du garçon était franc et ses pensées semblaient dépourvues de tout mensonge.

« Je m'appelle Ejika Tsunjika. Et un jour, je serai le disciple numéro un de maître Galuf ! Tu peux être certaine que je vais tout faire pour te dépasser, tiens-le-toi pour dit ! »

Il tourna ensuite les talons et partit en courant, ne leur laissant pas le temps de répliquer. Prise au dépourvu, la fillette ne put que le regarder s'en aller, sans avoir pu le remercier d'une quelconque façon.

« Ainsi, ce jeune homme souhaite devenir mon disciple… On dirait bien que tu as désormais un rival », dit Galuf d'une voix basse en caressant les cheveux de sa petite-fille. Celle-ci sentit alors la chaleur de sa main et ne put retenir plus longtemps ses larmes.

« Je veux pas d'un rival… De toute façon, il finira par avoir peur de moi… comme tous les autres… »

Tant qu'elle était assaillie par des voix intrusives, cette triste conclusion ne pouvait manquer d'arriver. Si c'est pour que tout le monde m'évite, autant ne pas avoir d'ami, ni de rival, se disait-elle.

À cet instant, Krile cessa de sentir sur sa tête la main de son grand-père. Mais elle perçut une sensation douce à la place :

il venait de la recouvrir d'un tissu. Elle leva les bras pour toucher l'étoffe et s'aperçut qu'il y avait deux sortes de pointes au sommet.

« Je suis désolé d'être arrivé si tard… Je sais que ça a été difficile pour toi. J'ai demandé à un ami académicien qu'il confectionne ceci afin que je puisse te l'offrir. »

Krile retira le couvre-chef pour l'observer : c'était une capuche ornée de deux grandes oreilles de chat. Bien qu'adaptée à la taille des Lalafells, elle restait un peu trop large pour sa tête d'enfant.

« J'aime pas ces oreilles… Elles sont trop voyantes, tout le monde va comprendre que j'entends des choses que je ne suis pas censée entendre ! »

Elle voulut alors rendre le vêtement à son aïeul, mais celui-ci l'arrêta avec douceur.

« Krile, tu te souviens de ce que j'ai dit tout à l'heure ? »

Le vieil homme porta son regard vers la mer qui s'étendait au-delà du port, et la fillette fit machinalement de même.

« Il ne faut pas rejeter l'inconnu. Cela vaut aussi pour toi. En évitant de te confronter à ton pouvoir, tu ne feras qu'accroître ta souffrance. En revanche, c'est en cherchant à le connaître que tu donneras la possibilité aux autres de te comprendre… Et à ce moment-là, les grandes oreilles de ta capuche pourraient bien devenir ta marque de fabrique ! »

Galuf avait les yeux rivés sur un alque, le volatile que Krile voulait observer plus tôt.

« Cet oiseau capable de vivre dans l'eau est d'ailleurs plus doué pour nager que pour voler… Saurais-tu me dire ce qu'il ressent en ce moment ? »

Incitée par son grand-père, la fillette examina l'animal et sentit ses émotions affluer en elle.

« Son cœur déborde de joie… comme s'il était vraiment heureux de recevoir la douce lumière du soleil.
— Excellente réponse, Krile. »

Il poursuivit avec un grand sourire.

« Tu vois ? C'est un don incroyable que tu as, car il te rend unique. Tu n'as pas à en avoir peur… »

Krile sentit que quelque chose lui touchait les pieds, la tirant de sa rêverie. Lorsqu'elle ouvrit les yeux, elle constata que l'oiseau de tout à l'heure s'était approché de ses chaussures et s'était mis à les picorer.

« Je suis désolée, je n'ai rien à t'offrir à manger. »

Le volatile émit un bref piaillement comme pour lui répondre, puis s'envola.

À cette époque, Krile n'avait pas voulu accepter les propos de son grand-père. Mais si elle avait finalement admis ce pouvoir comme une part d'elle-même, c'était sans doute grâce à ce qui s'était passé ce jour-là.

Depuis lors, elle s'était efforcée d'apprivoiser son don avec l'aide de son mentor. Forte de ses nouvelles connaissances, elle put apaiser sa peur irrationnelle et ainsi réduire la fréquence à laquelle il se déclenchait. Par la suite, après tant de temps passé aux côtés de son grand-père, elle avait fini par rejoindre l'organisation des Élèves de Baldesion qu'il avait fondée.

Suivant du regard l'oiseau qui volait en direction du couchant, Krile leva les yeux vers le ciel. C'était ce même ciel que Galuf avait admiré autrefois, et qu'elle contemplait à son tour après avoir marché dans ses pas.

« Ma capuche n'est pas le seul trésor qu'il m'a laissé… Ce paysage en est un, lui aussi… »

RAPPEL

RAPPEL

L'éternel retour

« Tiens, Azem a oublié quelque chose. »

De retour dans ses quartiers de directeur, au bureau des créations, Hythlodaeus avait été surpris de retrouver un cristal gisant sur le siège réservé à ses invités. Un cristal de la taille d'une paume de main, brillant d'un éclat bleu et limpide : pas de doute, c'était bien celui de son ami et premier visiteur de la journée. Celui-ci renfermait le concept de « l'outil numéro quatorze améliorant la vie du voyageur ». Son inventeur lui avait demandé conseil à lui, le directeur du bureau des créations, pour parfaire la structure de sa dernière trouvaille. Seulement, les anecdotes de voyage avaient tant fusé en préambule qu'Azem avait finalement dû filer à une séance ordinaire du Concile des Quatorze avant même qu'Hythlodaeus n'ait eu le temps d'entamer son examen. Du reste, ce dernier devait lui-même s'absenter : il était attendu ce jour pour évaluer *in vivo* un concept de créature géante, mission dont il venait tout juste de revenir.

« Ah là là. Si tu l'oublies ici, ton outil ne va améliorer la vie de personne… »

Il ramassa le précieux cristal en pouffant de rire, puis il jeta un œil par la fenêtre en direction du Capitole, siège du Concile, portant au même moment son attention sur le plan éthéré. N'importe qui était capable de percevoir l'éther, et même ses ondulations à force d'entraînement ; mais Hythlodaeus était bien le seul, avec Emet-Selch, à pouvoir en saisir les soubresauts avec une telle précision, et ce depuis sa naissance. Fort d'un tel don, il reconnut sans peine l'éther d'Azem à sa couleur. L'empreinte était trop lointaine pour lui permettre d'en deviner l'exact emplacement ; mais il ne faisait aucun doute que son propriétaire se trouvait quelque part dans l'enceinte du Capitole.

Hythlodaeus se reconcentra sur le plan matériel. Dehors, le soleil venait d'amorcer son coucher, éclairant les rues et bâtiments d'Amaurote d'une lueur diffuse. Sauf événement imprévu, la réunion du Concile venait vraisemblablement de s'achever ; un moment bien choisi pour aller rendre un objet trouvé à l'un de ses membres.

Hythlodaeus jaillit donc hors de son bureau, puis traversa la réception du bâtiment à toutes jambes, gratifiant au passage son secrétaire général d'une salutation laconique. Ce dernier, un type très appliqué dans son travail, tenta bien de le retenir – du moins, c'est ce qu'il lui sembla – mais il fit mine de ne pas entendre. Il ouvrit grand la porte principale du bureau des créations et fut une énième fois saisi par la majesté du décor urbain qui s'étendait sous ses yeux : un enchevêtrement de rues surplombées d'une haute tour, elle-même couronnée d'un soleil radieux et caressée de douces brises.

Hythlodaeus avait gravi la petite pente menant au Capitole et venait d'atteindre le parvis de l'édifice quand, de l'intérieur, surgirent deux amies qui discutaient gaiement. Il les connaissait bien et pouvait certainement compter sur ces demoiselles pour le renseigner.

« Mitron, Loghrif, désolé de vous déranger. La réunion est finie ?

— Oh, c'est toi. Oui, elle s'est terminée il y a quelques instants… Tes deux comparses doivent encore être à l'intérieur. »

Pour Mitron, la raison de la venue du directeur du bureau des créations coulait visiblement de source. « Cette fois, je viens surtout voir Azem. Je dois lui rendre un objet oublié », rebondit Hythlodaeus, ce à quoi son interlocutrice haussa les épaules en souriant, avant de s'éloigner en direction du Carré macarien.

Loghrif se fendit quant à elle d'un « À plus tard ! » accompagné d'un signe de la main, pour finalement emboîter le pas à son amie.

« Au fait, Mitron, tu peux me rappeler où on va ce soir ?
— Je te l'ai dit il y a même pas une heure ! Toi alors, quelle tête de linotte... »

Le joyeux pépiement s'éloigna peu à peu. Ces deux-là passaient sans doute le plus clair de leur temps libre ensemble. Mitron était responsable de la faune marine, et Loghrif, de la faune terrestre. Aussi vrai que terre et mer s'épousent pour former les rivages, ces deux créatrices étaient naturellement destinées à être à tu et à toi.

Hythlodaeus regarda leurs silhouettes disparaître, puis s'empressa de pénétrer dans le Capitole.

Le vaste hall d'entrée était splendide et, comme toujours, parfaitement immaculé. Au fond de la pièce, deux individus étaient absorbés par une discussion qui semblait des plus sérieuses. Ils avaient ôté leurs masques et leurs capuches, comme le voulait l'usage lors des réunions du Concile des Quatorze, haute instance décisionnaire s'il en est. La dernière session venant de s'achever, il n'était pas surprenant que des débatteurs poursuivent leurs échanges à visage découvert. Encore qu'entre ces deux-là – Lahabrea et Igeyorhm – ces artifices étaient sans doute superflus en toutes circonstances... puisqu'ils étaient cousin et cousine.

Évitant d'interrompre leur joute verbale, Hythlodaeus poussa tout doucement la porte qui lui faisait face. Il se retrouva alors dans un couloir silencieux. Aussitôt, il se focalisa à nouveau sur le plan éthéré, repérant cette fois l'empreinte colorée d'Azem à quelques encablures de sa position, peut-être dans le jardin de l'édifice. Il lui fallait accomplir un grand détour pour s'y rendre ; mais rien ne pressait, d'autant plus qu'il avait détecté à côté d'Azem une autre signature familière. C'est donc d'un pas détendu et avec un léger sourire aux lèvres qu'il se mit en route.

Bientôt, il arriva à hauteur de la porte menant à la grande salle de réunion. C'est alors que, dans un bruit sourd, celle-ci s'ouvrit brusquement, laissant poindre la silhouette d'un jeune homme assez petit. Il portait une robe blanche, tandis qu'à sa poitrine était suspendu un masque rouge.

« Tiens, salut Elidibus ! La réunion n'était pas trop fatigante, j'espère.

— Hythlodaeus… ? Si tu cherches Azem et Emet-Selch, ils sont partis depuis un petit moment. »

Les intentions du directeur du bureau des créations étaient manifestement aussi transparentes aux yeux d'Elidibus qu'à ceux de Mitron. Cela dit, si les dénommés Azem et Emet-Selch s'étaient rendus sur son propre lieu de travail, nul doute que ses subordonnés se seraient montrés tout aussi directifs, et auraient omis de vérifier leur motif de visite – à l'exception peut-être des tout nouveaux employés et, bien évidemment, de son très consciencieux secrétaire général.

Hythlodaeus répondit qu'il savait déjà à peu près où se trouvaient ses camarades et en profita pour se renseigner au sujet de la scène observée plus tôt :

« Au fait, vous avez traité un sujet particulièrement difficile aujourd'hui, non ? J'ai vu Lahabrea et Igeyorhm jouer les prolongations dans le hall, et ça avait l'air sérieux.

— Pas tant que ça… En fait, le problème en question est déjà résolu. Mais pour y parvenir, Lahabrea a dû traverser mille tourments, et s'absenter à plusieurs reprises… Autant te dire qu'Igeyorhm s'est rongé les sangs.

— Je vois. Donc, ce que j'ai aperçu tout à l'heure n'était pas tant un échange d'idées qu'une bonne vieille remontrance… N'empêche, ce devait être un sacré problème pour plonger le grand Lahabrea dans la détresse… »

Chose rare, Elidibus sembla quelque peu perturbé par cette dernière remarque. Lui qui était d'ordinaire si lucide avait visiblement du mal à exprimer son ressenti par rapport à cette histoire. Déroulant peu à peu ses pensées, il bredouilla : « C'était, on peut le dire, une affaire alarmante… et qui, à bien des égards, dépassait l'entendement… » Puis, comme s'il avait finalement trouvé sa propre vérité, il esquissa un léger sourire et releva la tête.

« J'en retire malgré tout plusieurs choses positives. À commencer par un nouvel ami. Surtout… j'ai rencontré un astre ; tombé du ciel par le plus grand des hasards, aussi chatoyant qu'insondable… à l'image d'une comète vagabonde.

— Eh bien, voilà une rencontre qui a dû te marquer.

— Oui… Je crois que je m'en souviendrai pour l'éternité. »

Elidibus ne s'étendit pas davantage sur le sujet. « Bon, j'y vais », lâcha-t-il, avant d'enfiler sa capuche ainsi que son masque. Ainsi redevenu le médiateur que tout le monde connaissait, il s'en alla vers le hall d'entrée.

Hythlodaeus reprit alors sa marche et parvint à l'angle du couloir. Il s'y engageait quand soudain une sorte de masse noire déboula sur lui. Il l'esquiva de justesse dans un mouvement de recul. Reprenant ses esprits, il inspecta de bas en haut ladite masse ; son regard croisa alors de grands yeux ronds, verts comme le jade.

« D-désolé, j'aurais dû faire attention… ! »

L'homme qui venait de s'excuser n'était autre que le nouveau Fandaniel récemment entré en poste – Hermès, de son véritable nom. Hythlodaeus le connaissait bien, pour lui avoir souvent rendu visite sur son ancien lieu de travail. Lui aussi avait encore le visage nu au sortir de la réunion du Concile ; un visage affreusement cerné et qui, par son teint livide, trahissait un manque certain de vitalité.

« Y a pas de mal… Et toi alors, est-ce que ça va en ce moment ? J'ai l'impression que tu as maigri… Tu prends le temps de te reposer ?

— Disons que je suis très impliqué dans mes recherches… »

La réponse d'Hermès était évasive, mais son air embarrassé et sa façon de détourner le regard étaient plus qu'éloquents. Du reste, Hythlodaeus avait déjà entendu la vérité de la bouche d'Emet-Selch, à savoir que le nouveau Fandaniel se réfugiait nuit et jour dans son travail, au mépris de sa santé. Certes, il n'était déjà pas du genre à compter ses heures lorsqu'il officiait comme directeur d'Elpis, mais sa tendance au surmenage avait encore empiré depuis un certain événement.

Il se trouve que, juste avant son accession au Concile des Quatorze, lors d'une tournée d'inspection d'Elpis, Hermès avait été à l'origine d'un incident notable. En effet, le familier qu'il avait créé au prix d'innombrables années de recherche s'était détraqué et avait implosé, entraînant un dysfonctionnement du système d'altération mémorielle de l'Hyperborée. Résultat, la mémoire récente de toutes les personnes présentes sur les lieux avait été effacée ; un fâcheux concours de circonstances que le personnel d'Elpis prenait volontiers à la rigolade… mais pas son directeur, qui répétait à qui voulait l'entendre qu'il avait « donné la mort » à son familier (une curieuse tournure, qu'il était bien le seul à employer). Depuis, il était – c'est le cas de le dire – comme un oiseau sans ailes puisqu'il avait complètement délaissé l'ornithogénie, sa spécialité. À la place, il consacrait tout son temps et ses efforts à l'observation ainsi qu'à l'étude du monde et des phénomènes matériels, comme le voulait son titre de Fandaniel.

« Tu es évidemment libre de faire ce qui te plaît, mais pense au moins à te nourrir correctement. Si tu veux, je peux même t'apporter à manger. Tu as des préférences particulières ?
— Des préférences… »

Tandis qu'Hermès reprenait mécaniquement les mots de son interlocuteur, ses pupilles s'agitaient de façon imperceptible, comme s'il fouillait en lui-même.

« Désolé, je suis incapable de te répondre à l'heure actuelle.
— Eh bien, tu dois vraiment être sur les rotules… Enfin, je dis ça, mais moi-même, je n'ai pas de goûts particuliers en cuisine. À vrai dire, je considère avant tout les repas comme une occasion de passer du bon temps entre amis ! »

Ce petit soliloque amusa – toute proportion gardée – Hermès, qui se dérida quelque peu. Hythlodaeus en profita pour mettre les pieds dans le plat :

« Entre nous, pourquoi est-ce que tu t'acharnes autant ? Quoi qu'on en dise, aucun sujet au monde ne mérite qu'on s'en passionne au point de s'esquinter la santé. »

Hermès se tut à nouveau, cherchant sans doute une fois encore la réponse en son for intérieur, dans cet océan de pensées devenu du jour au lendemain aussi sombre qu'une mer d'encre. Au terme d'une réflexion visiblement pénible, il répondit de façon lapidaire, mais assurée :

« Parce que je n'ai d'autre choix que d'avancer.

— Qu'entends-tu par là ?

— Eh bien… Je ne sais ni vers où je dois aller… ni ce que je compte devenir… mais tant que je suis en vie, alors… je dois poursuivre ma route… »

Un discours franchement insensé ; le produit d'un esprit noyé dans une mer d'encre. Allons bon ! Hermès lui-même ne devait pas comprendre un traître mot de ce qu'il disait. Son rôle en tant que Fandaniel était d'observer le monde matériel, à l'exact opposé d'Emet-Selch qui, lui, veillait sur les Enfers. À ce titre lui revenait également la charge du vivant dans son ensemble. Était-il en train de philosopher sur cet aspect de son travail ?

Devant le silence gêné de son interlocuteur, l'intéressé se ressaisit tout à coup et s'excusa une fois de plus.

« Désolé. Je vais aller prendre un peu de repos dans mes quartiers. Merci encore pour ta prévenance, Hythlodaeus.

— Sage décision. Au passage, tu rassureras aussi Emet-Selch : il répète sans cesse que tu vas "finir par nous claquer entre les doigts". »

Hermès se fendit d'un dernier sourire contrit, puis il prit congé de son camarade. Sous le regard un peu perplexe de ce dernier, il s'éloigna d'un pas mal assuré, se heurtant plusieurs fois aux murs avant d'atteindre enfin la sortie du couloir.

Hythlodaeus reprit quant à lui son parcours dans l'autre sens. Le jardin du Capitole ne devait plus être très loin. Il fit de nouveau appel à sa vision éthérée… et laissa aussitôt échapper un cri de surprise : en effet, il venait de voir l'empreinte colorée d'Azem s'élever dans les airs et s'envoler au loin.

Il pressa le pas jusqu'au jardin. Avec une architecture rappelant celle de l'Anagnorisis, celui-ci offrait un coin de verdure petit, mais soigné. Bien qu'entièrement ceint par les couloirs du Capitole, c'était un jardin à ciel ouvert ; il était donc tout à fait possible d'y prendre son envol à dos de familier…

Sans surprise, Azem était absent, et la seule personne qui se tenait là était le propriétaire de l'autre empreinte qu'Hythlodaeus avait repérée plus tôt : Emet-Selch. Ce dernier avait les yeux rivés au ciel, sans qu'il fût nécessaire de lui demander ce qu'il regardait. Ses sourcils souvent froncés à l'extrême dessinaient pour une fois une courbe arrondie, tandis que les commissures de ses lèvres remontaient très légèrement sur son visage. Le tout semblait manifester une certaine fierté.

« Il n'y a vraiment que lorsque tu viens de croiser Azem que tu as une aussi bonne tête. »

Hythlodaeus lança cette boutade en approchant d'Emet-Selch, qui se retourna, le regard furibond. Les sourires chez lui étaient décidément aussi rares qu'éphémères.

« Ben quoi ? C'est vrai. Ta mine est renfrognée presque tout le temps, et tes autres sourires penchent soit vers la condescendance, soit vers le rictus.

— Dis donc, Hythlodaeus… J'espère que tu n'as pas fait tout ce chemin uniquement pour venir me chercher querelle… »

Les plis entre ses sourcils s'étaient accentués pour former de véritables crevasses. L'autre ne s'en soucia pas le moins du monde et vint s'arrêter à ses côtés, contemplant à son tour le ciel dégagé. La silhouette d'Azem était encore visible au loin. Elle rapetissa peu à peu pour ne bientôt plus devenir qu'un point. Une fois qu'elle eut disparu, Hythlodaeus lorgna le profil de son ami.

« Je ne me moque pas de toi, au contraire. J'aime quand tu souris comme ça.
— Bah, il n'y a pas de quoi en faire tout un foin… J'ai un peu encouragé Azem, rien de plus. Juste avant qu'il ne s'embarque dans une énième quête absurde et abracadabrante, je lui ai dit de croire en ses capacités.
— D'accord, d'accord. Et donc ? »

Le membre du Concile fusilla du regard son indiscret voisin, mais il en fallait plus pour le décourager. Après tout, ces deux-là avaient l'habitude de se côtoyer depuis l'enfance, unis qu'ils étaient par leurs visions éthérées hors du commun. Hythlodaeus savait pertinemment que son camarade ne prendrait pas la mouche malgré ses taquineries. Simplement, il fallait lui laisser le temps de faire la part des choses entre sa fierté et sa gentillesse ; mais il obtiendrait, à coup sûr, une réponse de sa part.

Comme de juste, le silence fut brisé au bout de quelques secondes :

« Et donc, je me suis dit que connaissant Azem, il irait au bout de ses convictions, aussi farfelues soient-elles. J'ai alors tenté d'imaginer la suite… et disons que ça m'a mis de bonne humeur. »

Hythlodaeus rit aux éclats. Il était du genre à devenir intenable une fois sa *victoire* acquise. Tout en reprenant sa respiration, il lâcha un « Je te comprends ! », auquel Emet-Selch répondit par un long soupir de consternation.

Cet échange ainsi que les quelques chamailleries qui s'ensuivirent résonnèrent dans le ciel où venait de s'envoler Azem, avant de s'estomper tout à fait.

Le ciel de ce soir-là n'existait d'ores et déjà plus. L'apocalypse, dont les prémices étaient apparues aux quatre coins de la planète, avait fini par engloutir Amaurote, peignant sa voûte céleste d'un rouge cramoisi.

À l'appel de son nom, Hythlodaeus se retourna et aperçut Emet-Selch, pantelant.

« Pourquoi ?! Si quelqu'un doit continuer de vivre, c'est bien toi ! Reste parmi nous et travaille à restaurer notre planète du haut de tes responsabilités !

— Mes employés sont tous extrêmement compétents. Et beaucoup d'entre eux ont décidé de rester, alors il n'y a pas d'inquiétude à avoir. »

Il bottait en touche, faisant mine de ne pas saisir le sens implicite de la supplication de son ami. C'étaient les Quatorze eux-mêmes qui appelaient des volontaires pour offrir leur vie à la matérialisation de la volonté de la planète, ultime rempart contre l'apocalypse. Dès lors, Emet-Selch ne pouvait rien trouver à redire à ses arguments, et en était réduit à serrer les poings.

Il fallait admettre que pour Hythlodaeus, qui était tout sauf un foudre de guerre, le choix de se sacrifier était de loin le plus judicieux. Retourner à l'éther, devenir le carburant de la magie créatrice des humains survivants, rien de tout cela ne l'effrayait. À l'heure où l'humanité goûtait de la peur de mourir, le fait de pouvoir continuer, comme avant, à consacrer son existence à la planète était même vu par beaucoup comme une forme de salut.

Reste que cela lui déchirait le cœur de voir son ami de toujours aussi désemparé ; et ce, même s'il avait conscience de n'être qu'en partie responsable de son désarroi.

« Azem ne vous a pas abandonnés, tu sais. Il a préféré suivre son cœur, comme toujours ; mais je suis certain qu'il se bat en ce moment même, à sa manière.

— Je me fiche de ses frasques ! L'heure est à l'action concrète, pas aux postures imbéciles. Je te rappelle que nous avons un devoir qui est de défendre la planète ! »

Emet-Selch crachait sa colère et sa frustration, lui qui espérait plus que quiconque vivre d'heureux lendemains aux côtés d'Azem. Sa déception et sa peine étaient évidemment immenses. Qu'il eût malgré cela continué d'assumer son rôle au sein du Concile prouvait qu'il était un homme pétri de courage et de bonne volonté ; un ami dont on pouvait être fier.

« Tu as parfaitement raison, Emet-Selch. Et c'est pour cette raison que je vais suivre le plan des Quatorze. »

L'heure de l'invocation de Zordiarche approchait. « J'espère que tu me pardonneras », conclut Hythlodaeus de son ton frivole habituel. Puis il tourna les talons et se mit en marche vers son

destin. Chemin faisant, il se remémora le sourire de son camarade, qu'il ne reverrait jamais plus.

Et ce fut la fin…
… ou presque.

En effet, par un étrange tour du destin – ou de la très acharnée Venat –, ils furent appelés aux confins de l'univers : Emet-Selch, Hythlodaeus et l'héritier de l'âme d'Azem. Des retrouvailles millénaires. C'était la réponse de l'humanité à la chantre de l'anéantissement, matérialisée grâce aux volontés qui emplissaient ce coin reculé de l'espace.

Une fois son rôle accompli, Emet-Selch avait offert non pas des mots d'adieu, mais une invitation au voyage :

« Je te garantis qu'ils valent le détour. »

Ainsi avait-il évoqué les lieux fabuleux visités de son vivant, avant de tirer crânement sa révérence, un sourire au coin des lèvres – ce fameux sourire mêlant fierté, encouragement, espoir et confiance en l'autre ; le même que lorsqu'il venait de dire au revoir à Azem.

Puis le rappel s'acheva à son tour, et les morts regagnèrent leur place légitime. Remontant le sillage d'un imposant vaisseau d'albâtre, ils retournèrent au grand bouillon de vie qu'étaient les Enfers, en laissant cette fois le courant tout doucement les emporter.

Déjà, ou enfin, nous arrivons à destination. De l'autre côté du miroir aqueux qui scintille dans le lointain nous parviennent les voix de nos camarades : « Bienvenue, vous nous avez manqué ! », s'écrient-ils. Leurs vivats se mélangent, célébrant notre victoire en même temps que nos retrouvailles.

Tout près de moi, Emet-Selch ferme les yeux comme pour mieux percevoir un murmure lointain. Il sourit là encore, sans doute une façon d'adresser ses adieux au passé et au futur d'Ætherys. Même après l'avènement de Zordiarche, il a sans doute dû traverser d'innombrables tempêtes. La douleur, l'affliction, la peur et la solitude que l'humanité a découvertes il y a si longtemps sont à n'en pas douter devenues son lot quotidien. Et pourtant, voilà qu'au bout du chemin, il accueille le repos éternel paré de son plus beau sourire ; un miracle dont je te remercie du fond du cœur.

Aujourd'hui comme hier, nous nous tenons côte à côte. Je lève à mon tour les yeux vers le miroir d'eau qui nous surplombe. Avant de le traverser, je jette un ultime regard à mon ami, dont le visage semble à présent si doux, et lui adresse mes derniers mots de gratitude. Enfin, je m'assoupis.

Ô, très chère planète, la vie de tes enfants de jadis regagne ton giron. Nous sommes toi, et tu es nous. Inscris nos corps, nos âmes et notre mémoire dans ce cycle éternel qui préside à toute chose, et qui les ramènera tôt ou tard sur les berges de l'existence.

Je songe au jour où cela adviendra, et soudain mon cœur bondit. Le tien aussi, pas vrai Hadès ?

Pour l'heure, nous nous fondons dans la mer de la vie, une ultime fantaisie peinte derrière nos paupières.

Ainsi s'achève la pièce, sans applaudissements.
Dans un songe entêtant, la scène se délite,
Nous voilà hors du temps, sans faute ni mérite.
Nul salut n'est requis pour franchir l'océan.

Mais ce repos ne durera pas éternellement.
Déjà un autre rôle vous attend pour la suite,
Parmi d'autres visages aux voix inédites,
Sous un masque oublié, mais porté fièrement.